Dietmar Kuhl

Der Tote am Café Winkler

Über dieses Buch

Der Reutlinger Kriminalkommissar Wilhelm Klein wird eines Morgens rüde geweckt. Seine beiden Kollegen sind in seine Wohnung eingebrochen, weil er weder telefonisch erreichbar war noch auf ihr Klopfen reagiert hat.
Sie bringen ihm eine schlimme Nachricht: Sein Vorgesetzter und Freund Hans Görges wurde am Morgen tot am Café Winkler in der Innenstadt gefunden. Wie im Schock macht sich Klein auf den Weg in die Stadt, erledigt Einkäufe und kommt an Stätten seiner Kindheit vorbei. Schließlich beginnt er am Café Winkler mit seinen Ermittlungen. Die Spuren führen zu einer Laientheatergruppe, in der auch Hans Görges mitspielte. Da zwei der Schauspieler von Görges und Klein verhaftet und hinter Gitter gebracht wurden, scheinen die Schuldigen schnell gefunden. Einer flüchtet allerdings, und der andere beteuert seine Unschuld. Kommissar Klein wird schnell klar, dass diese Verdächtigen nicht die Täter sein können.
»Der Tote am Café Winkler« ist Dietmar Kuhls erster Kriminalroman mit seinem Hauptkommissar Wilhelm Klein. Seine autobiographischen Erinnerungen und eine gute Portion Reutlingen lassen den Leser eintauchen in eine Suche nach dem Täter, die schließlich zum Showdown im Norden führt.

Dietmar Kuhl wurde 1966 in Reutlingen geboren. Hier lebt er zusammen mit seiner Frau Silke und seinem Sohn Ragnar. Nach dem Besuch der Hauptschule erlernte er den Beruf des Schmieds. Seit nun fast 30 Jahren arbeitet er in einem Extrusionsbetrieb als Teamleiter. In seiner Freizeit trinkt er gerne ein Glas Wein mit einer Zigarette dazu in seinem Café. Der Tote am Café Winkler ist sein erster Krimi mit dem Hauptkommissar Wilhelm Klein. Der Protagonist erhielt den Namen vom Großvater des Autors. Er lernte diesen nie kennen.

Dietmar Kuhl

Der Tote am Café Winkler

Ein Reutlingen-Krimi

Oertel+Spörer

Dieser Kriminalroman spielt an realen Schauplätzen. Alle Personen und Handlungen sind frei erfunden. Sollten sich dennoch Ähnlichkeiten mit lebenden oder verstorbenen Personen ergeben, so sind diese rein zufällig und nicht beabsichtigt.

Postfach 16 42 · 72706 Reutlingen

Titelbild: Markus Niethammer, Reutlingen
Umschlaggestaltung: Oertel + Spörer Verlag,
Bettina Mehmedbegović
Satz: Uhl + Massopust, Aalen
Druck und Bindung: CPI books GmbH
Printed in Germany
ISBN 978-3-88627-382-9

Für meinen Opa Wilhelm Klein
und
seine Tochter Anneliese

Um es kurz zu machen, er war tot. Er rührte sich nicht mehr, alles Leben war aus ihm entwichen. Es musste passiert sein, solange ich geschlafen hatte. Wie konnte das nur geschehen? Vor etwa sechs Stunden war er doch noch so unterhaltsam gewesen. Klar, in letzter Zeit hatte er morgens schon mal seine Probleme gehabt, in die Gänge zu kommen, was ihm ja bei dem Alter auch nicht zu verdenken war, aber ansonsten war doch alles tadellos gewesen.

Ich konnte meine Wut und meine Tränen nur schwer zurückhalten, wenn ich jetzt daran dachte, was wir nicht alles zusammen erlebt hatten. Die Feten und Partys, die wir gefeiert hatten, letzte Woche erst hatten wir über dich eine halbe Flasche Capion ausgeleert, aus Versehen natürlich. Du hast es ja auch nicht krummgenommen, bis auf ein komisches Brummen, sonst war nichts gewesen. Du warst der Erste, der Marion nackt gesehen hat. Damals, als sie nach dem Kinobesuch auf der Couch auf mich wartete, eigentlich wollten wir nur noch einen Kaffee bei mir trinken. Die Couch, ja, die hast du überlebt. Marion gibt es noch. Wie lange war das her? Zwölf Jahre bestimmt. Was sie wohl sagen wird, wenn sie es hört? Traurig wird sie sein, ganz bestimmt.

Was soll ich denn jetzt mit dir machen, dachte ich so bei mir, einfach anrufen, dass sie dich abholen, zuschauen, wie du lieblos verfrachtet wirst nach all den Jahren? Nein! Ich werde es nicht tun. Ich bring dich in den Keller und heb' dich dort auf. Vielleicht gibt es ja in der Zukunft jemanden, der dich wieder zum Leben erwecken kann. Beim letzten Mal hatten sie mich schon gewarnt, dass dir bei einem neuerlichen Kollaps nicht mehr geholfen werden kann. »Es ist eben das Alter, wissen Sie«, hatten die beiden freundlichen Herren mir damals gesagt. Ach, Schluss jetzt mit der Trauer, das Leben geht doch weiter. Die Tagesschau kommt ohne dich trotzdem, und den nächsten Tatort will ich auch sehen. Es hilft nichts, dachte ich, ich brauche einen neuen Fernseher.

Bei all der Trauer über meinen toten Fernseher, der übrigens Kurt hieß, hatte ich das Telefon nicht bemerkt. Wenn mich das Display meines Telefons nicht anlog, so hatte Rüdiger schon dreimal vergeblich versucht, mich zu erreichen. Das erste Mal um neun Uhr fünf. Ts, ts, ts, der weiß doch, dass ich heute freihabe. Der wird sich schon wieder melden, dachte ich so bei mir und ging in die Küche, um mir einen Kaffee zu machen. Tiefschwarz musste er sein, wie es sich für einen Trauernden gehört und ohne Zucker, wie ihn die Cowboys trinken. Als mein Kaffee so langsam zu dampfen anfing, bekam ich Hunger und beschloss auch gleich mein Frühstück zu machen, das ich mir nach der Aufregung redlich verdient hatte.

Mindestens drei Scheiben Brot gehörten zu einem guten Frühstück. Die erste Scheibe musste süß sein mit Honig oder selbst gemachter Marmelade von meiner Mutti. Die zweite und dritte Scheibe waren dann mit Käse oder einem anderen herzhaften Brotbelag. Wurst gab es nicht immer. Seit ich das Lied »Die Würde des Schweins ist unantastbar« von Reinhard Mey gehört hatte, war mir klar geworden, dass ich mein Fleisch und meine Wurst nicht mehr bei Penny oder Aldi kaufen kann. Ich wollte nicht schuld sein am Elend dieser Tiere, die in sechs Monaten schlachtreif waren und die Sonne nur auf dem Weg zum Schlachthof sahen. Wie dem auch sei, als ich mit meinem voll beladenen Frühstückstablett wieder in mein Wohnzimmer kam, blinkte das Display meines Telefons schon wieder. Nach genauerer Untersuchung des Apparates stellte es sich heraus, dass er auf stumm geschaltet war. Kein Wunder wählte sich Rüdiger die Finger wund. Nun denn, ein weiteres Mal dachte ich, er wird sich wieder melden. Genüsslich nahm ich den ersten Schluck Kaffee, um gleich damit die erste Hälfte einer Blutdrucktablette zu schlucken. Na ja, mit einundvierzig Jahren lief »Mann« eben nicht mehr so rund. Vielleicht wird es doch noch ein schöner Tag, dachte ich so bei mir und schaute dem Regen zu, der seit gut zwei Stunden meine frisch geputzten Fenster ruinierte. Kaum hatte ich den Gedanken zu Ende gebracht, als es an der Tür klingelte. Nicht kurz und dezent, nein wie ein Irrer hing da jemand am Knopf.

Das Marmeladenbrot, das sich wohl schon stückchenweise im Nirwana gesehen hatte, knallte auf das Frühstücksbrett. Auf dem Weg zur Tür überlegte ich mir noch, welche Tantalusqualen ich dem penetranten Besucher angedeihen lassen sollte, als es schon wieder klingelte, diesmal aber nur kurz. Ich nahm den Hörer der Sprechanlage in die Hand und hauchte ein »Ja bitte?« in die Leitung. Nichts, keine Antwort, also sendete ich mein »Ja bitte?« nochmals durch die Leitung, um wieder keine Antwort zu erhalten. Stattdessen klingelte es erneut.

Gott sei Dank war kein Spiegel in der Nähe, ich glaube, ich hätte mich vor meinem eigenen Gesichtsausdruck erschrocken. Klingelputzer, schoss es mir durch den Kopf und mit der Wut eines Berserkers riss ich meine Dienstwaffe aus dem Halfter, das immer an der Garderobe hing. Na warte, denen wollte ich den Spaß verderben, und wenn es auch nur Kinder waren, sie waren eben zur falschen Zeit am falschen Ort. Natürlich wollte ich nicht schießen, allein die Waffe in der Hand zu halten, mit dem Lauf nach unten, genügte in neunundneunzig Prozent der Fälle um so viel Eindruck zu schinden, dass sie es bei mir nie wieder taten.

Mit der Waffe in der Rechten und nur mit einer Unterhose bekleidet, riss ich die Tür auf, um die Treppen vom zweiten Stock ins Erdgeschoss hinunter zu stürmen. Doch ich blieb wie angewurzelt stehen, direkt vor meiner Nase war der Lauf einer Walter-Pistole und dahinter die Augen von Rüdiger. Vor mir, quasi auf Geschlechtshöhe, hockte Aysel mit einem Dietrich in der Hand und starrte auf meine Unterhose. Erschrocken hielt sie sich die Hand vor den Mund und fing dann leise an zu kichern.

»Seid ihr noch zu retten, was soll der Scheiß hier?«

»Wir dachten, dir sei auch etwas passiert, wir haben ständig bei dir angerufen, aber du bist nicht rangegangen, also sind wir her und wollten schauen, ob alles in Ordnung ist. Als du nach dem zweiten Klingeln nicht geantwortet hast, ist deine Nachbarin zufällig vom Einkaufen gekommen und hat uns zur Haustür reingelassen. Nach dem dritten Klingeln haben wir dann beschlossen, die Wohnungstür zu knacken, aber das ist ja nun nicht mehr nötig.«

»Dir geht es gut?«, fragte Rüdiger.

»Blöde Frage, klar geht es mir gut, was man von euch nicht behaupten kann. Nur weil ich nicht ans Telefon geh' und nicht sofort die Türe öffne, wollt ihr meine Wohnung stürmen? Habt ihr mal daran gedacht, dass heute mein freier Tag ist und ich eventuell meine Ruhe haben möchte?«

Ruhe, keiner von den beiden sagte ein Wort. Aysel, Königin von Saba, meine große, schlanke, türkische Kollegin, starrte auf den Boden und in ihren Augen, die immer zu kleinen Schlitzen wurden, wenn sie lachte, sammelten sich Tränen. Jetzt wurde mir erst bewusst, dass etwas nicht stimmen konnte.

Natürlich wussten beide, dass heute mein freier Tag war und natürlich würden beide nicht versuchen, mich telefonisch zu erreichen, geschweige denn versuchen, meine Wohnungstüre zu knacken, wenn nicht irgendetwas passiert wäre, das sie denken ließ, auch mir könnte etwas passiert sein. Ich sah in Rüdigers Augen, die sich eben noch hinter seiner Dienstwaffe versteckt hatten, und sah die Trauer darin.

»Was ist passiert?« Jetzt wurde ich laut. »Warum stehst du

mit einer durchgeladenen Waffe vor meiner Tür und warum wolltet ihr in meine Wohnung einbrechen?«

Rüdiger sah mich an und sagte keinen Ton. Ich schaute Aysel an, sie war mit einem Taschentuch beschäftigt, das ihre Tränen aufsog. Jetzt fiel mir der Satz wieder ein, den Rüdiger vor gerade mal einer Minute gesagt hatte: »Wir dachten, dir sei auch etwas passiert.«

»Weiß Hans was ihr hier macht?«

»Hans ist tot«, kam es Aysel über ihre zittrigen Lippen.

Aus der Wohnung neben mir drang das Spiel eines Klaviers ins Treppenhaus, der kleine Sven versuchte mal wieder mit »Lavender« von Marilion seiner Mutter zu gefallen. Aus dem ersten Stock drang der inbrünstige Klang der kleinen Fredericke. Sie hatte wohl genug geschlafen und wollte nun mit ihren sechs Monaten die Welt weiter entdecken.

»Das kann nicht sein, ich war doch gestern noch bis einundzwanzig Uhr mit ihm zusammen. Wir waren im Winkler. Auf dem Heimweg sind wir noch an einem Imbiss vorbei, um uns was für den Nachhauseweg zu holen. Bis vor seine Haustüre hab ich ihn gebracht. Ich habe ihn sogar noch reingehen sehen, weil ich mich noch mal umdrehte, um einen schönen Abend zu wünschen.«

»Es ist aber so, heute Morgen haben sie ihn gefunden«, sagte Rüdiger.

»Was und wie ist es passiert?«

»Er wurde heute Morgen mit einem Kopfschuss aufgefunden!«

»Wie bitte? Was, wie, ich meine wo? In seiner Wohnung?«

»Nein, in einem Gebüsch am Rathaus, gegenüber vom Café Winkler, an der Stelle wird das Rathaus umgebaut. Dort haben ihn Bauarbeiter gefunden. Das war um sechs Uhr dreißig. Die Kollegen vor Ort haben uns sofort verständigt. Die Spurensicherung ist noch bei der Arbeit, hat aber noch nichts Konkretes gefunden, wird wohl bis morgen Mittag dauern, bis sie was sagen können.«

»Spuren gibt es genug, aber sie lassen sich schlecht zuordnen, sie denken, dass die meisten von den Bauarbeitern sind, die alles niedergetrampelt haben.«

»Also, dann wisst ihr noch nicht, ob es auch der Tatort war?«

»Nein, wissen wir nicht.«

»Und wie kommt ihr auf die Idee, dass mir etwas passiert sein könnte?«

»Gegen acht Uhr fünfundvierzig kam Marcel, um sein Café zu öffnen. Er konnte es auch kaum glauben, dass der Tote im Gebüsch Hans sein soll. Er hat uns dann erzählt, dass du und Hans bis zwanzig Uhr im Café wart und dann gemeinsam gegangen seid. Etwa eine halbe Stunde später kam dann ein Gast, den er nicht kannte, der einen Espresso trinken wollte. Als Marcel ihn darauf hinwies, dass er die Maschine schon geputzt habe, hat er sich nach Hans erkundigt.«

»Ja und was hat Marcel zu ihm gesagt?«

»Na, dass ihr vor einer halben Stunde gemeinsam gegangen seid. Der Mann hat dann, ohne sich zu verabschieden, das Café verlassen.«

»Habt ihr die Personenbeschreibung?«

»Ja, alles schon gemacht, ist schon unterwegs zum LKA.«

»Na ja, und als du übers Telefon nicht zu erreichen warst, sind wir zu dir gefahren.«

»Angerufen hätten wir dich so oder so, wir wollten nicht, dass du es morgen früh aus der Zeitung erfährst.«

»Ist gut, ich danke euch für eure Sorge, ihr habt alles richtig gemacht.«

»Na dann, wir müssen auch wieder, nicht wahr Rüdiger?«

»Ja ja, sind schon zu lange hier, haben noch viel zu tun.«

»Also Abmarsch und halt die Ohren steif, Wilhelm.«

»Mach ich, Aysel, mach ich.«

Sie drehten sich um und gingen die Treppen hinunter. Ich schaute ihnen hinterher wie in Trance. Sven spielte »Für

Elise«. Jetzt hatte er es bestimmt geschafft und seine Mutter war begeistert von ihm. Die kleine Fredericke war verstummt, entweder bekam sie die Brust, oder sie war mit ihrer Mutter auf Entdeckungsreise in der großen weiten Welt ihrer Hundert-Quadratmeter-Wohnung. Als meine Kollegen fast unten waren, fiel mir noch etwas ganz Wichtiges ein. Ich sprang zum Treppengeländer und rief ihnen hinterher.

»Danke, danke, dass ihr gekommen seid. Ich bin froh, dass es euch gibt!«

Der Vormittag war gelaufen. Als Rüdiger und Aysel gegangen waren, zog ich mich ins Wohnzimmer zurück. Ich legte Mark Knopflers »Shangri-La« auf und kuschelte mich mit einer Decke auf der Couch ein. Mit offenen Augen dachte ich an die Zeit mit Hans zurück.

Als ich vor vierzehn Jahren zur Kripo kam, wurde er mein Vorgesetzter. Hauptkommissar Hans Görges, als harter aber gerechter Hund bei der »Kundschaft« und bei den Kollegen bekannt, so wurde er mir vorgestellt. Ich war damals sechsundzwanzig und total grün hinter den Ohren, was die Kripo anbelangt. Die Welt wollte ich retten und der Kriminalität den Kampf ansagen. Die Welt zu retten, hab ich aufgeschoben, war dann doch für den Anfang ein bisschen viel, aber den Kampf habe ich aufgenommen. Zusammen mit Hans. Von Anfang an hat mich Hans an seiner Erfahrung teilhaben lassen und war dabei wie ein Vater zu mir. Den harten Hund hat er nie rausgehängt. Was haben wir nicht alles hinter Schloss und Riegel gebracht. Vergewaltiger, Autoschieber, Einbrecher, Drogendealer, Erpresser und einmal auch einen Mörder. Davon gibt es bei uns in der Stadt Gott sei Dank nicht so viele.

Richtig gute Freunde wurden wir vor etwa drei Jahren, als Rüdiger und Aysel unser Zweierteam verstärkten. Er bekam

Aysel und ich Rüdiger unter die Fittiche. Rüdiger erfuhr alles von mir, was ich bei Hans gelernt hatte und auch an meinen eigenen Erfahrungen ließ ich ihn teilhaben. Eigentlich waren wir vier dicke Freunde und Kollegen geworden, und jeder konnte sich auf den anderen verlassen. Geheimnisse gab es keine, selbst Probleme im Privatleben teilten wir miteinander. Es war einfach alles perfekt, gewesen.

Aus diesem Grund konnte ich nicht begreifen, was geschehen war. Warum war Hans noch mal weggegangen? Wen hatte er noch getroffen? Was war am Rathaus vor dem Café Winkler passiert? Fragen über Fragen, auf die ich bis jetzt keine Antworten wusste.

Ich beschloss, mir erst mal einen doppelten Espresso zu machen und mir dabei die erste Zigarette des Tages zu gönnen. Damit ließ es sich besser denken.

Als der blaue Dunst langsam durch das extra eingerichtete kleine Raucherzimmer waberte, schaute ich auf die Uhr. Sechzehn Uhr. Geschlagene drei Stunden hatte ich auf der Couch gelegen. Mark Knopfler hatte schon des Öfteren an diesem Tag sein »Shangri-La« in mein Wohnzimmer geträllert. Es half nichts, ich musste in die Gänge kommen. Ich öffnete das Fenster, um den Rauch entweichen zu lassen, was eigentlich nicht nötig war, da eine kleine Lüftung den Rauch gleich nach draußen beförderte. Es sollte aber noch ein wenig von der duftigen Herbstluft in den Raum strömen. Es regnete nicht mehr, und die Luft roch nach nassem Laub und feuchtem Unterholz.

Der Herbst war mit seinen vielen erdigen Farben, seinen tief dunkelgrauen Wolken, seinen kräftigen Winden und, bei gutem Wetter, mit seinen atemberaubenden Sonnenuntergängen eine meiner drei Lieblingsjahreszeiten, der Winter und der Frühling gehörten auch dazu. Der Sommer hingegen konnte mir gestohlen bleiben.

Durch abgefallenes Laub zu spazieren oder abends auf den Übersberg zu fahren, um Maultaschen zu essen und dabei durch die kahlen Bäume die Lichter der Stadt zu beobachten, war schöner als sich bei herrlichstem Sommerwetter mit Tausenden von anderen Menschen veruriniertes Freibadwasser zu teilen, um dann abends im Bett zu liegen und bei achtundzwanzig Grad Celsius Raumtemperatur vor Schwüle nicht schlafen zu können. Ich träumte schon wieder. Ich riss mich vom Fenster los und ging aus dem Raucherzimmer. Nachdem ich die Tür hinter mir geschlossen hatte, machte ich mich auf den Weg ins Wohnzimmer, um dort Ordnung zu schaffen. Als ich den Raum betrat, fiel mir Kurt, mein verstorbener Fernseher, ins Auge. Dich gibt es ja auch noch, sagte ich so vor mich hin und versuchte ein letztes Mal, ihn einzuschalten, aber er blieb stumm.

Innerhalb von zwanzig Minuten hatte ich das Wohnzimmer aufgeräumt, mich geduscht, rasiert und war auf dem Weg in den Keller, um mein Fahrrad zu holen. Ich hatte mir einen kleinen Plan zurechtgelegt: Fernseher kaufen, zwei Flasche Château Grillon besorgen und einen Abstecher ins Winkler machen. Die ersten beiden Wege führten mich von der Ost- in die Weststadt. Bei »Fernseh-Rath« wollte ich mir meinen neuen Freund erstehen. Meister Rath hatte sich zwölf Jahre lang rührend um Kurt gekümmert und deshalb sollte er auch mein Geld bekommen.

Guten Tag, Herr Klein«, wurde ich freundlich vom vollbärtigen Chef in Empfang genommen, »na, macht ihr Grundig wieder Probleme?«

»Nicht mehr«, antwortete ich. »Diesmal ist es der von ihnen angekündigte Exitus. Guten Tag, Herr Rath«, begrüßte ich ihn nun ebenfalls. »Ich brauche einen Neuen.«

»Besondere Wünsche?«

»Ja, einen habe ich, ein Grundig soll es wieder sein. Meine Eltern hatten schon einen Grundig, und ich habe es, als ich mir meinen ersten Fernseher kaufte, ebenso gehalten. Bei mir sind eben auch noch Kindheitserinnerungen beim Fernsehkauf mit zu berücksichtigen.«

»Röhre, Plasma oder LCD?«

HD Ready, Full HD und so weiter. Von so etwas hatte ich keine Ahnung, aber davon ganz schön viel.

»Er sollte so lang leben wie mein alter Kurt, Videotext sollte er auch noch haben und wie gesagt, ein Grundig halt.«

Ich durfte mir die drei Geräte, die er da hatte und auf die meine Wünsche zutrafen, einzeln in Betrieb anschauen und wurde beim Zweiten auch schon fündig. Ein LCD von Grundig mit zweiundneunzig Zentimetern Bildschirmdiagonale und Videotext. Dass heute eigentlich keine Fernseher mehr ohne Videotext verkauft werden, wusste ich ja nicht. Erst als ich das leichte Grinsen auf dem Gesicht von Herrn Rath sah, als ich ihn fragte, ob er denn auch Videotext habe, wusste ich, dass es wohl eine blöde Frage gewesen war, die ich gerade gestellt hatte. Herr Rath wurde jetzt redselig und klärte mich darüber auf, was in der Welt des Fernsehers in den letzten zwölf Jahren so passiert war. Als er zum Schluss seines Vortrags kam, hatte ich den Anfang schon wieder vergessen, tat aber so, als könnte ich sofort bei ihm in der Werkstatt anfangen. Na, wenigstens wusste ich jetzt, dass ich in zwölf Jahren nicht wieder nach einem Fernseher mit Videotext fragen musste.

»Nehmen Sie ihn gleich mit?«

»Nein, es wäre mir recht, wenn Sie ihn bringen könnten.«

»Kein Problem, wann?«

»Ginge es heute noch?«

»Klar bis neunzehn Uhr können wir liefern.«

»Hm, ich müsste noch ein paar Dinge erledigen und wäre dann erst so gegen zwanzig Uhr wieder zu Hause. Das wird wohl zu spät sein?«

»Eigentlich schon, aber Sie sind ja ein guter Kunde, und zudem haben Ihre Eltern ja schon bei meinem Vater eingekauft. Ich habe um halb sieben einen Termin im Schönen Weg, danach könnte ich noch bei Ihnen vorbeischauen. Das wäre dann aber gegen zwanzig Uhr dreißig, ist Ihnen das recht?«

»Ja, klar, auf jeden Fall, danke.«

Ich bezahlte mit meiner EC-Karte, bedankte mich nochmals und verließ den Laden. Als ich mich wieder auf mein Fahrrad schwang, schaute ich noch mal schnell auf die Uhr, siebzehn Uhr dreißig. Jetzt musste ich mich beeilen, durfte beim Weinmusketier höchstens eine halbe Stunde bleiben, was aber sehr schwer war, denn der Besitzer, Dieter Holzner, hatte immer irgendwie ein neues, leckeres Tröpfchen parat. Eine halbe Stunde war da nichts. Vom Fernseh-Rath zum Musketier waren es etwa fünfhundert Meter, das war natürlich von Vorteil. Dazwischen aber lag die Wohnung meiner Mutter, und wenn ich einfach vorbeifuhr, ohne bei ihr reinzuschauen, bekam ich jedes Mal ein schlechtes Gewissen. Weil ich das nicht wollte, hielt ich sonst immer an. Heute nicht, denn ich wollte unbedingt noch ins Café, wollte mit Marcel reden und den Tatort anschauen. Meine Mutter würde das bestimmt verstehen.

Als ich dann an ihrer Wohnung vorbeifuhr, fiel mir ein Stein vom Herzen, weil ihr Auto nicht auf dem Parkplatz stand. Gott sei Dank, murmelte ich vor mich hin und rollte erleichtert die Straße entlang, um keine Minute später vom Rad zu steigen und »Didi« Holzners Laden zu betreten. Sobald man die Türe zum Laden öffnete, gelangte man in eine andere, in eine gemütliche Welt. Man glaubte es kaum, was sich in dem Flachdachbau aus den Fünfzigern verbarg. Leicht gedämmtes Licht erfüllte den Raum, der mit ein paar Stehtischen an der Probierecke zum gemütlichen Plausch einlud. Alte schwere Holzfässer, dunkelbraune in die Jahre gekommene Schränke standen an der einen Wand, dort wo es die Bordeauxweine aus dem leicht gehobenen Preissegment gab.

Die Spanier und Italiener standen am Eingang schön aufgebahrt auf selbst gebauten Tischen, die schon fast ins Schwarz übergingen und aus der Zeit meiner Urgroßeltern hätten stammen können.

Den größten Teil des Ladens aber nahmen die Franzosen ein, von denen es nicht nur Bordeaux- oder Beaujolais-Weine gab. Zum Beispiel der weiße Colombard aus der Gascogne, dem Land der Musketiere. Ein Gedicht, im Frühjahr bei zweiundzwanzig Grad auf dem Balkon zu sitzen und eine Flasche davon neben sich zu haben, am besten, wenn man im Vorfeld noch etwas Gegrilltes gegessen hat. Oder der »Mas du Petit Azegat« aus der Rhône, es gibt nur eine Jahresproduktion von sechzehntausend Flaschen, die von Madame Compagne, der Winzerin, gehegt und gepflegt werden und auch noch nach biologischen Richtlinien ausgebaut werden. Ein Roter, den ich nicht mehr missen mochte.

Eine kleine Ecke mit kulinarischen Köstlichkeiten wie Käse, Oliven, Wildschweinsalami, Pasta und Pesto gab es auch. Ebenso Cognac, Liköre, Pastis, eigentlich einfach alles, was zu einem gemütlichen Abend so dazugehörte. Es war ein Ort, an dem ich mich wohlfühlte und an dem ich gerne war.

Dass ich so gerne dorthin ging, konnte aber auch daran liegen, dass ich als Kind schon gerne hierhergekommen war. Damals war es noch ein Konsum gewesen, später dann ein Coop. Mit meinem Einkaufszettel bewaffnet, war ich regelmäßig als kleiner Knirps zum Einkaufen geschickt worden. Ich weiß noch genau, wo die zwei Kassen gestanden hatten. Der Obst- und Gemüsestand war gleich rechts beim Eingang gewesen. Wie heute auf dem Wochenmarkt hatte dort eine Verkäuferin den lieben langen Tag nichts anderes gemacht, als Obst und Gemüse abzuwiegen, zu verpacken und mit einem dicken Bleistift den Preis auf die Papiertüte zu schreiben. Sie wusste auch über alles Bescheid, was ihre Produkte anbelangte. Welcher Apfel am besten zum Backen für den Kuchen ist und ob die Orangen besser zum Essen oder eher zum Auspressen sind. Von Selbstbedienung und Anonymität war keine Spur, nicht zu vergleichen mit dem Supermarkt von heute, wo die Äpfel schon von hundert Kunden angefasst worden sind. Die Metzgerei war ganz hinten am anderen Ende vom Laden gewesen, dort wo heute eine Natursteinwand war.

»Hallo Wilhelm«, begrüßte mich der ehemalige Gitarrist der schwäbischen Rockband »Schwoißfuaß«, Dieter Holzner, mit seinem schütteren Haar und einem Grinsen über das ganze Gesicht. Hier war man aufgehoben, es gab genug Weinhändler in der Stadt aber keiner war so mit Leib und Seele dabei. Er war keiner, der seinen Laden nur betrieb, weil er sonst nicht wusste, was er mit seinem Geld anfangen sollte. Dieter lebte davon, und das merkt man. Wer einmal einen seiner »Jour-Fixe« mitgemacht hatte, weiß, wie er ins Schwärmen kommen konnte. Über jeden seiner Weine hatte er eine Geschichte auf Lager und oft kam das Trinken auf seinen Proben zu kurz, weil er wieder kein Ende fand in seinem amüsanten und spannenden Wortschwall.

Hallo Didi, ich hab nicht viel Zeit. Wollte nur zwei Flaschen Château Grillon für heute Abend mitnehmen.«

»Für ein Gläschen Dolcetto wirst du wohl Zeit haben«, sagte er und drückte mir ein Glas in die Hand.

Ich wusste es, es würde schwer werden, hier in einer knappen Viertelstunde wieder rauszukommen.

»Ich habe aber höchstens zehn Minuten.«

Na also, und schon hatte ich den köstlichen roten Saft in meinem Glas. Ich schwenkte das Glas mit der rechten Hand, steckte meine Nase rein, um schnell ein bisschen zu riechen und nahm danach einen so großen Schluck, dass mehr als die Hälfte des Inhalts im Glas fehlte.

»Du hast ja wirklich keine Zeit«, bemerkte er mit traurigem Gesichtsausdruck.

»Tut mir leid, ich muss wirklich los, ich würde gerne noch bleiben, aber Termine eben.«

»Ich lass dich laufen, was hast du, die beiden Flaschen? Macht dreizehnachtzig.«

Ich bezahlte, steckte die Flaschen in meinen Rucksack und verabschiedete mich. Als ich schon bei meinem Fahrrad stand, froh darüber, seinen Fängen entkommen zu sein, ging die Tür noch mal auf und Didi schaute heraus.

»Sag Hans Bescheid, dass er endlich seine drei Kisten Colombard abholen soll.«

Die Tür ging wieder zu. Zum Glück, ich hätte nicht gewusst, was ich hätte sagen sollen.

Einerseits würde er es sowieso bald erfahren, anderseits war es aus ermittlungstechnischen Gründen zu früh, etwas zu erzählen. Ich wollte den Ermittlern in diesem Fall keinen Weg verbauen, um ihre Fäden zu knüpfen und dazu gehörte eben auch Schweigen.

Ich setzte mich wieder auf mein Rad und fuhr die gleiche Strecke wieder zurück, wie ich gekommen war. Vorbei an der Wohnung meiner Mutter, deren Auto noch immer nicht auf dem Parkplatz stand. Vorbei am Fernseh-Rath, wo sie eben vielleicht meinen neuen Freund in den VW-Bus des Chefs einluden. Für den brauche ich auch noch einen Namen, dachte ich beim Abbiegen von der Mozartstraße in die Hindenburgstraße.

Ich fuhr an der Pomologie vorbei und die Hindenburgstraße hinunter bis zur Lindachstraße. Dann bog ich links ab, überquerte die sehr stark befahrene Lederstraße und fuhr an der Jos-Weiß-Schule vorbei hinein in die Altstadt. Über das Kopfsteinpflaster holperte ich die Kanzleistraße entlang, überquerte die Oberamteistraße und hielt mich dann links, um am Osiander vorbei in die Rebentalstraße einzubiegen. Ziel erreicht. Ich stand vor dem Café Winkler.

Ich stellte mein Rad ab und vertäute es ordentlich. Dann streifte ich meinen Rucksack ab und ging, ohne nach links oder rechts zu schauen, ins Café. Ich wollte erst mit Marcel reden, bevor ich mir die Stelle anschaute, die vielleicht der Ort war, an der Hans' Herz aufgehört hatte zu schlagen.

Ich hatte Glück, es waren wenig Gäste da und Irina, die kleine hübsche und lustige Ukrainerin, Marcels Aushilfe, hatte Dienst. Ich ging an die Theke, um bei Irina einen doppelten Espresso und – das wird sie aus der Bahn werfen, dachte ich mir – einen doppelten Grappa zu bestellen. Ich kam nicht dazu, denn als sie mich sah, schaute sie mich mit ihren großen Augen an und fragte in ihrem Akzent: »Wilhelm, was ist da passiert mit Hans? Ich habe nicht gewusst, dass er Probleme hatte.«

»Probleme? Was für Probleme meinst du?«

»Na ja, wenn jemand umgebracht wird, dann muss er doch wohl Probleme gehabt haben.«

»Ach so, ja weißt du, das muss nicht sein, es sind schon Leute ermordet worden, nur weil sie verwechselt wurden von irgendeinem Auftragskiller. Oder, weil sie etwas gesehen oder gehört haben, mit dem sie vielleicht nichts anfangen hätten können, aber andere dadurch sich in ihrer Sicherheit gefährdet fühlten und dann die ahnungslosen Zeugen einfach ermorden. Du siehst, es muss nicht immer ein Problem dahinter stecken.«

Ich sagte ihr nicht, dass auch ich dachte, dass Hans ein Problem gehabt hatte, denn anders konnte ich mir sein abruptes Ende auch nicht erklären.

»Was mit Hans genau passiert ist, kann ich dir auch nicht sagen, weil ich nichts weiß. Aber selbst wenn, ich dürfte dir nichts sagen.«

»Na gut, Wilhelm, es tut mir auf jeden Fall sehr leid um deinen Freund, er war immer so höflich und fröhlich. Ich werde ihn bestimmt vermissen.«

»Danke, mir geht es genauso.«

»Hab ich doch richtig gehört, hab mir gedacht, dass du heute noch kommst. Hallo Wilhelm.« Vor mir stand Marcel, er legte heute wohl einen Bürotag ein.

Obwohl er sich bestimmt täglich rasierte, hegte man ständig den Verdacht, er sei morgens nicht zum Rasieren gekommen. Ich denke mal, dass bei ihm jeder Elektrorasierer in die Knie geht, so dicht waren seine Barthaare. Von schlanker, drahtiger und sportlicher Gestalt, war er der Schwarm vieler seiner Kundinnen. Dazu war er ein sehr angenehmer Mensch, mit dem auch »Mann« gute Gespräche führen konnte, und er war ein Genießer. Was ihn mir umso sympathischer machte.

»Hallo Marcel«, grüßte ich zurück.

»Hast du schon bestellt?«

»Nein noch nicht.«

»Espresso und Frizzante?«

»Nein heute nicht, einen doppelten Espresso und einen doppelten Grappa, bitte.«

Er schaute mich an, wollte was sagen, ließ es aber dann und begann, meine Bestellung abzuarbeiten.

»Können wir uns raussetzen, ich würde ganz gerne eine rauchen?«

Ich bekam ein kurzes Kopfnicken von ihm als Bestätigung. Das genügte mir, um mich auf den Weg nach draußen zu machen. Mein Lieblingsplatz, gleich links neben dem Eingang, war frei. Ich setzte mich auf die Bank. Keine zwei Minuten später kam Marcel mit dem Tablett, auf dem neben Espresso und Grappa auch ein Glas Chardonnay stand, das er für sich mitgebracht hatte. Er setzte sich auf den Stuhl rechts von mir, hob sein Glas in die Höhe in Richtung Tatort.

»Auf Hans«, sagte er.

Ich tat es mit dem Grappa ebenso, ließ aber ein bisschen im Glas, um diesen Rest dann auf die Erde zu schütten, wie es viele Völker auf dieser Welt tun. Ich war überzeugt, dass

Hans in diesem Moment neben uns stand und mit uns aus unseren Gläsern trank. Wir zündeten uns Zigaretten an und rauchten eine Zeit lang vor uns hin, bis ich die Stille unterbrach.

»Rüdiger hat mir heute Morgen gesagt, dass sich gestern Abend ein Gast nach Hans und mir erkundigt hat. Kennst du ihn oder kannst du ihn beschreiben?«

»Ich habe Rüdiger schon alles gesagt, was ich weiß, aber wenn du möchtest, dann erzähle ich es dir eben noch mal.«

»Es ist Hans, verstehst du? Es ist kein Fremder, ich kann nicht einfach so tun als wäre es irgendein Toter. Ich weiß nicht, wie weit sie mit den Ermittlungen schon sind. Ich weiß auch nicht, wer für Hans zuständig ist, ich hoffe, dass sich nicht das LKA die Sache unter den Nagel reißt.«

Im Inneren wusste ich, dass es wahrscheinlich so sein würde, denn es war ein Kollege, der umgebracht worden war.

»Also Marcel, ich würde es gerne noch mal von dir selber hören. Wie sah er aus, und kennst du ihn?«

»Ich versteh dich gut, Wilhelm. Jetzt komm aber erst mal wieder runter und beruhige dich. Ich hol dir noch einen Grappa und dann erzähle ich dir alles noch mal von vorn.«

Damit stand er auf und ging ins Café.

»War ich eben irgendwie nervös«, murmelte ich vor mich hin und zündete mir dabei die dritte Zigarette des Tages an.

»Das kann man wohl sagen.«

Erschrocken drehte ich mich nach links, woher die Stimme kam. Andreas Panne hatte sich unbemerkt neben mich gesetzt.

»Guten Tag, Herr Direktor«, begrüßte er mich, und dabei hatte er sein typisches Grinsen aufgelegt. Der Spross einer alten, wohlhabenden und einflussreichen Familie der Stadt war nicht leicht zu nehmen. Man musste ihn kennen, um zu merken, dass es ein Mensch war, der ein großes Herz hatte und nur nach außen eine harte Schale besaß. Seine manchmal protzige, aber auch rebellische und unkonventionelle Art stieß oft auf Widerstand. Er war keiner mit runden Kanten und Ecken. Keiner, der sich anpasste, nur weil es eben Mode war und keiner, der anderen Menschen Honig ums Maul schmierte, weil sie eben gerne hören wollten, wie toll sie waren. Richtige Ecken und Kanten hatte er, ein Neinsager, wenn er mit etwas nicht einverstanden war. Ich hatte ihn wegen diesen Eigenheiten sehr gerne. Glatte, runde Menschen, die immer nur ja sagten und jedem Trend hinterherliefen, gab es genug. Von so Leuten, wie der Andy einer war, brauchte die Welt mehr.

Worin es wohl keinen gab, der ihm etwas vormachte, das war Kaffee. Es war wie eine Erfüllung für ihn, einen guten oder besser, perfekten Kaffee herzustellen. Seine Kunden fand er in der Gastronomie, in Büros, und man glaubte es kaum, in Bäckereien. Auch Kaffee für Schnelltrinker konnte man in fast perfekter Qualität herstellen. Das spiegelte sich in seinem Erfolg wieder.

»Mensch Andy, hast du mich erschreckt. Hallo erst mal.«

»Also, dass ich mich an einen Polizisten so leicht anschleichen kann, hätte ich nicht gedacht. Ein Wunder, dass dir noch nichts passiert ist. Sind halt auch nicht mehr das, was sie mal waren.«

»Was ist denn los, warum hast du denn Marcel so von der Seite angemacht?«

»Hast du es denn noch nicht gehört«, fragte ich verwundert. Es gab fast nichts, was Andy nicht wusste.

»Was denn?«

»Was mit Hans passiert ist.«

»Nein, hab ich nicht. Haben deine Kollegen ihn besoffen beim Autofahren erwischt?«

»Er ist tot«, sagte ich leicht vergrämt.

»Oh, scheiße, dass tut mir leid. Sorry, Wilhelm, aber ich komm eben erst aus Hamburg und wollte nur schnell Marcels Bestellung vorbeibringen. Ich hab nichts gewusst.«

»Ist schon gut Andy. Sie haben ihn heute Morgen dort hinten gefunden.«

Ich zeigte auf die Ecke, links neben dem Seiteneingang des Rathauses, an der nicht mal mehr ein Absperrband vorhanden war. Ein Zeichen dafür, dass die Spurensicherung ihre Arbeit beendet hatte. Morgen würde ich erfahren, was sie gefunden hatten und ob etwas Brauchbares dabei war. Andy sagte keinen Ton mehr und Marcel kam schon mit dem zweiten Grappa und noch einem Espresso.

Ich trank einen kleinen Schluck aus der Tasse und zündete mir schon wieder eine Zigarette an.

»Mach langsam Wilhelm, mach aus dem Genuss keine Sucht«, sagte ich zu mir selber und beschloss, eine Pfeife zu rauchen, wenn ich nach Hause kam.

Ohne große Umschweife begann Marcel, mir zu erzählen, was er wusste. Ich konnte nicht viel herauslesen, männlich, circa dreißig Jahre alt, ein Meter fünfundachtzig groß, dunkelbraune volle Haare, die wie geölt aussahen und nach hinten gekämmt waren, vermutlich Deutscher ohne Akzent. Sein Auftreten war eher unhöflich, da er sich nicht mal für die Auskunft von Marcel bedankt und sich auch nicht verabschiedet hatte. Morgen sollte er bei unserem Fachmann ein Phantombild anfertigen, Marcel war sich sicher, dass er sein Gesicht noch im Kopf hatte. Etwas anderes war dann viel interessanter.

Er erzählte mir, und Andy bestätigte dies, dass Hans in letzter Zeit öfter als sonst im Café gewesen war. Ungewöhnlich daran war, dass er sonst höchstens einmal im Monat das Café besuchte. Aber noch ungewöhnlicher war dann die Aussage, dass er meistens mit Laienschauspielern des neu gegründeten Theaters gekommen war. Angeregt und lustig war es immer bei ihnen am Tisch zugegangen, berichtete Marcel.

Ich machte mir ein paar Notizen und wusste eigentlich nicht recht, was ich damit anfangen sollte. Schauspieler, das passte so gar nicht zu Hans. Wie das wohl zusammenhing?

»Also, ich mach dir jetzt noch einen Grappa und dann muss ich aber meine Büroarbeiten fertigmachen. Die gute Irina ist morgen nicht da und dann will ich zeitig ins Bett.«

»Ich bekomm noch einen Prosecco«, sagte Andy.

Er erzählte mir von seinen neuen Projekten, die er im Kopf hatte. Wenn er die nur immer auch verwirklichen würde. Ich war mir sicher, es würde mehr als hundert Arbeitslose weniger geben. Sein Problem war, dass er nicht abgeben konnte. Er wollte immer alle Fäden selber in der Hand halten. Wenn man sah, was Manager aus vielen Firmen gemacht hatten, und dass sie für Bruchlandungen auch noch mehrere Millionen Abfindung bekamen, aber gleichzeitig Hunderte Arbeiter und Arbeiterinnen arbeitslos wurden. Da konnte ich ihn schon verstehen, wenn er sagte: »Wenn die mit ihrem persönlichen Kapital für ihren Mist, den sie bauen, haften müssten, dann sähe die Welt anders aus.« Aus diesem Grund wollte er dann doch lieber etwas bescheidener bleiben.

Der Grappa war leer, und es war jetzt auch schon richtig kalt geworden. Meine Uhr zeigte schon neunzehn Uhr fünfzig an, Zeit zu gehen. Ich verabschiedete mich von Andy und wollte zahlen, aber die kleine Irina nahm mein Geld nicht.

»Dankeschön«, rief ich noch in Richtung Büro und verließ dann das Café. Auf dem Weg zum Rad überlegte ich noch, ob ich den Tatort besichtigen sollte, aber zu sehen gab es bestimmt nichts mehr. Es war ja schon alles dokumentiert, und auf meine Kollegen konnte ich mich verlassen.

Also ging ich weiter und machte mein Fahrrad los, um den Heimweg anzutreten. Es war zwanzig Uhr fünf, als ich zu Hause ankam. Ich stellte mein Rad in den Keller und ging die Treppe hoch.

Im Erdgeschoss kam mir der kleine Sven entgegen. Er war auf dem Weg in den Keller, um Getränke zu holen. Seine Angst war ihm ins Gesicht geschrieben.

»Na Sven, wie sieht's aus bei dir, alles in Ordnung?«

»Weiß nicht, ist noch jemand unten?«

»Nein, alles dunkel. Musst du Getränke holen?«

»Ja.«

»Angst?«

»Hm, ja.«

»Kenn ich, ging mir auch immer so als Kind.«

»Was hast du dagegen gemacht?«

»Gar nichts, ich musste, sonst hätte ich schlechte Karten gehabt bei meinem Papa, aber ich kann dir sagen, dass ich heute weiß, dass die Angst unbegründet war. Es gibt nichts Schlimmes im Keller. Keine Räuber, Diebe, Mörder, Gespenster oder sonst irgendwas, kannst du mir glauben.«

»Meine Mutter hatte mir das auch immer gesagt, aber geholfen hatte es nie was.«

»Pass mal auf, wir machen einen Deal, wenn du mir ein Konzert auf deinem Klavier versprichst, dann geh ich mit dir in den Keller, was hältst du davon?«

Schlagartig hellten sich sein Blick auf, und man konnte förmlich spüren, wie die Angst aus ihm wich.

»Ja klar, mach ich, überhaupt kein Problem. Wann?«

»Das werde ich dir noch sagen, hab im Moment viel um die Ohren. Los komm, lass uns gehen.«

Trällernd lief er die Kellertreppe nach unten, ich folgte ihm bis zu ihrem Keller, wartete ordentlich, bis er sein kleines Körbchen voll hatte, und ging dann mit ihm wieder die Treppen hinauf. Man konnte richtig Mitleid haben, wie er da unter seiner Last schnaufte. Trotz allem hatte ich ihm schon genug geholfen. Zu meiner Zeit hätte ich von keinem Erwachsenen Hilfe erwarten können, die hätten dann höchstens noch im Keller gewartet, um einen zu erschrecken.

Auf den letzten Stufen zum dritten Stock sah ich schon,

dass etwas nicht stimmte. Meine Wohnungstüre war nicht verschlossen und stand einen Spalt weit offen, aus dem Flur drang Licht ins Treppenhaus. Ich hatte ein ungutes Gefühl im Bauch. Ich verabschiedete mich von Sven und versprach ihm, mich zu melden, wenn ich Zeit hätte, um seinen musikalischen Klängen zu lauschen.

Als er die Tür hinter sich schloss, wartete ich, bis das Licht im Treppenhaus ausging, um besser hören zu können, was in meiner Wohnung vor sich ging. Ein Tipp, den ich von einem Blindenlehrer bekommen hatte. Am Anfang konnte ich es kaum glauben, aber es war tatsächlich so. Bei Dunkelheit verbesserte sich wirklich das Gehör. Vorsichtig ging ich in Richtung Tür, um zu lauschen. Schranktüren klapperten und Schritte waren zu hören, einige dumpfe Schläge und undefinierbares Gemurmel drang zu mir durch.

Ich sollte die Kollegen rufen, dachte ich, aber dann kamen die Schritte in Richtung Flur und bogen in die Küche ab. Mir fiel etwas ein, was mir Hans immer wieder angekreidet hatte. Meine Dienstwaffe hing im Flur, wenn sie der Eindringling nicht schon an sich genommen hatte. Du bist nicht Kojak und wohnst nicht in Amerika, hatte er immer gesagt. Ich schwor auf alles, was mir heilig war. Wenn ich meine Waffe wieder in den Händen hatte, würde ich sie nie wieder an die Garderobe im Flur hängen.

Ich musste eine Entscheidung treffen und beschloss, den dümmeren Weg zu gehen. Mir schlug das Herz bis zum Hals, als ich auf Höhe der Tür war. Den Rucksack hatte ich abgelegt und dabei peinlich genau darauf geachtet, dass die beiden Flaschen nicht klapperten. Jetzt war Ruhe in der Wohnung, und ich konnte nicht lokalisieren, wo die Person sich aufhielt. Stand sie hinter der Tür und hatte mich gehört? Eine Minute wartete ich, vielleicht hörte ich doch noch was.

Ein gurgelndes Geräusch kam den Flur entlang und ich war perplex, die Klospülung. Entweder, der Eindringling war besonders dreist oder er hatte was an der Blase. Jetzt hieß es aufpassen. Wenn er von der Toilette kam, musste er unweigerlich durch den Flur, egal ob er die Wohnung verließ oder in ein anderes Zimmer ging. Die Toilettentüre ging auf, und leise Schritte waren zu hören, die sich wieder Richtung Küche entfernten, er musste barfuß oder in Socken unterwegs sein. Was suchte er da?

Egal, jetzt war der Zeitpunkt gekommen, länger durfte ich nicht warten. Ich drückte leicht gegen die Wohnungstüre und verfluchte im gleichen Augenblick meine Faulheit, die ich an den Tag legte, wenn es um die Arbeit im Haushalt ging. Die Tür gab ein aufdringliches Knarren von sich. Seit Tagen wollte ich sie schon ölen. Ich verringerte den Druck schlagartig. Scheinbar hatte er nichts gehört, denn es kamen immer noch Geräusche aus der Küche.

Zweiter Versuch, diesmal nicht langsam und zaghaft, sondern schnell und energisch öffnete ich die Tür. Ohne einen Laut glitt sie in ihren Scharnieren, bis ich sie stoppte. Geschafft, fast ohne einen Laut war ich in den Flur gelangt und stellte erleichtert fest, dass meine Waffe noch an ihrem Platz hing. Vorsichtig holte ich sie aus dem Halfter. Das Durchladen und Entsichern ging ohne Geräusche vonstatten. Ich nahm sie in beide Hände und machte mich auf den Weg in die Küche. Ich ging vorsichtig den Flur entlang, bis ich vor der Küche stand, deren Tür angelehnt war. Es drang Geklapper und Geschepper heraus und ich war mir sicher, dass ich bis jetzt unbemerkt geblieben war. Wenn mir vorhin das Herz bis zum Hals geschlagen hatte, so sprengte es jetzt fast meine Schädeldecke. Meine Hände begannen zu schwitzen, und mir kochte förmlich das Wasser im Hintern. Trotzdem ging jetzt fast alles automatisch. Nachdem er an der Tür vorbei gelaufen war und ich wusste, dass er mit dem Rücken zu mir stand, stieß ich die Tür auf, stürmte in die Küche und schrie: »Polizei, Hände hoch, keine Bewegung oder ich schieße.«

Eine Schüssel mit angemachtem Hackfleisch fiel auf den Boden und zerbrach in Tausend Scherben. Ein schriller Schrei brachte fast mein Trommelfell zum Bersten, und gleich danach bekam ich von meinem Gegenüber ein: »Du dummes Arschloch«, an den Kopf geknallt.

Marion stand in der Küche, nur mit Slip und BH begleitet, unter dem sich ihre Erregung abzeichnete. Gänsehaut zierte ihren ganzen Körper bis auf die Hände, die mit Hackfleischteig überzogen waren. Ein genussvoller Anblick war sie ohnehin, aber wie sie so dastand, war sie einfach umwerfend.

»Hast du sie noch alle? Ich hätte einen Herzinfarkt bekommen können oder sonst irgendwas! Also echt, solche Aktionen kannst du dir sparen, das war kein Spaß mehr.«

»Marion, entschuldige, für mich war es auch kein Spaß. Ich komme nach Hause und die Wohnungstüre steht einen Spalt offen. Da dachte ich, es ist ein Einbrecher in der Wohnung.«

»Ach so, und auf die Idee, dass ich es sein könnte, kommt der Herr nicht. Ich habe dir extra heute Morgen noch eine Nachricht an die Pinnwand gemacht.«

»Hab ich nicht darauf geachtet«, sagte ich und ging zur Pinnwand im Flur. Dort fand ich einen Zettel mit einem kleinen Herz am Ende.

»Lieber Bulle,
es war schön mit Dir heute Nacht. Um es zu wiederholen, leihe ich mir Deine Ersatzschlüssel aus für den Fall, dass du später kommst als ich. Vielleicht kannst Du noch Wein besorgen, ich koche heute für uns. Hab dich schon schlimm lieb.
Marion.

P.S.: Ich habe das Telefon auf stumm geschaltet, damit Du nicht wach wirst und fit bist für heute Abend.«

Ich wusste nicht warum, aber mit einem Mal löste sich die Anspannung, die sich über den ganzen Tag angestaut hatte. Ich sank im Flur zusammen und begann hemmungslos zu weinen. Marion kam aus der Küche gerannt, setzte sich neben mich, nahm mich in den Arm und wiegte mich wie ein Baby in ihren Armen.

»Was hast du? Hey, ich hab dich immer noch lieb, mach dir doch keine Sorgen. Ich bin nur so schlimm erschrocken, deshalb war ich so wütend, aber es ist doch schon wieder gut.«

Mein Gott, wie schön das war. Seit meiner Kindheit hatte mich keiner mehr so getröstet. Jetzt kannte ich Marion schon gute zwölf Jahre, aber so hatte ich sie noch nie erlebt. Ich versuchte, mit dem Weinen aufzuhören, aber es war, als wollten sich all die Tränen, die sich über die Jahre angesammelt hatten, mit einem Mal den Weg in die Freiheit bahnen.

Nach ich weiß nicht wie langer Zeit hatte ich mich insoweit wieder im Griff, dass ich die Papiertaschentücher benutzen konnte, die Marion mir hinhielt. Wir saßen noch eine Weile wortlos, Arm in Arm im Flur auf dem Boden. Es tat so gut!

»Jetzt erzähl mir bitte, was dich so fertigmacht?«

Ich haderte mit mir, aber dann erzählte ich ihr es doch.

»Also heute Morgen, als ich aufstand, wollte ich Kurt anmachen, und er ging nicht.«

»Das habe ich auch schon bemerkt, hab es auch schon ein paar Mal versucht, aber nicht mal auf mein Klopfen hat er reagiert.«

Das waren wohl die dumpfen Schläge gewesen, die ich vorhin gehört hatte, armer Kurt, ging es mir durch den Kopf.

»Deswegen bist du so traurig?«

»Nein!«

Ich erzählte von meinen Kollegen, wie sie versucht hatten in die Wohnung zu kommen und Marion bekam ein schlechtes Gewissen, weil sie das Telefon mundtot gemacht hatte. Als ich von Hans erzählte, begannen auch ihre Augen zu schwitzen, aber sie weinte nicht. Als ich ihr dann alles berichtet hatte, klingelte es an der Türe. Es war schon neun Uhr. Ich erhob mich und ging an die Sprechanlage.

»Ja bitte?«

»Rath hier, könnten Sie vielleicht runterkommen und mir helfen? Meinen Kollegen habe ich schon in den Feierabend geschickt.«

»Ja klar, zwei Minuten, dann bin ich unten.«

Ich nahm Marion noch mal in den Arm, drückte sie und flüsterte ihr ins Ohr, dass ich nicht wüsste, was ich ohne sie machen sollte. Als ich auf dem Hof stand, entschuldigte sich der gute Herr Rath tausend Mal, dass er so spät komme, aber im »Schönen Weg«, hatte es doch etwas länger gedauert als gedacht und mit Kunden in diesem Stadtteil wollte er es sich natürlich auch nicht verderben. Er bekam von mir die Absolution und damit die Gewissheit, kein schlechtes Gewissen haben zu müssen. Es dauerte keine halbe Stunde und der neue Fernseher war installiert und lief einwandfrei.

Als er allerdings Kurt mitnehmen wollte, musste ich mein Veto einlegen. Er schaute mich nur ungläubig an, als ich ihm sagte, dass ich ihn behalten wolle. Er half mir dann aber noch, ihn in den Keller zu stellen. Danach verabschiedete er sich, und ich war in meiner Überzeugung bestätigt, dass ein kleines, feines Geschäft die bessere Wahl war, als ein großes unpersönliches und einer Kette angehörige Discounterfiliale.

Ich kam oben an und stellte mit Freude fest, dass Marion schon die Küche aufgeräumt und meinen Rucksack entleert hatte. Eine Flasche Grillon stand schon offen zum Atmen auf dem Tisch.

»Ich hab eben Pizza bestellt, das mit den Maultaschen wird ja nun nichts mehr.« Maultaschen wollte sie machen, warum habe ich dieses Mädchen zwölf Jahre lang neben mir herlaufen lassen und sie nicht ein einziges Mal gefragt, ob wir nicht zusammenziehen und eine Familie gründen sollten. Was für ein Idiot ich doch war!

Als ich sie damals kennenlernte, war sie seit zwei Wochen

Assistenzärztin in der Gynäkologie im Krankenhaus der Stadt. Sie war aus Münster nach Reutlingen gekommen. Im Vis-à-vis war sie mit ein paar Kolleginnen und Hebammen, um ihren Einstand zu zahlen. Wie immer am Freitag war es brechend voll und ich fragte, ob ich mich dazu setzen dürfe, um mein Guinness zu trinken.

Wir kamen ins Gespräch und ich musste ein paar Anekdoten aus meiner Polizeiarbeit erzählen. Mir war das Völkchen gleich sympathisch und ich fühlte, dass sie trotz ihrer kurzen Zeit schon aufgenommen worden war. Als der Abend zu Ende ging, brachte ich sie noch nach Hause und wir verabredeten uns für das kommende Wochenende. Nach gut vier Wochen lud ich sie das erste Mal zu mir nach Hause ein zum gemeinsamen Kochen. Es folgten mehrere Kino-, Vis-à-Vis-, und Restaurantbesuche. Nach einem Kinobesuch von »Rossini, oder die mörderische Frage, wer mit wem schlief« mit Meret Becker und Heiner Lauterbach, fragte ich sie, ob sie nicht noch auf einen Kaffee mit zu mir kommen wolle. Sie willigte ein. Ich hatte das Gefühl, dass sie gerne bei mir war, nicht nur wegen des damals schon vorhandenen Raucherzimmers, sondern auch meiner Person wegen. Es war Januar, schweinekalt. Ich musste erst den Kaminofen einheizen, damit das Wohnzimmer warm wurde. Vorsichtshalber öffnete ich noch die Lüftungsklappe zum Raucherzimmer, um auch dort ein wenig von der Wärme einzuschleusen.

Dort saßen wir gerne, um uns in den schweren schwarzen Ledersesseln den Rauch einer schönen Pfeife, einer guten Sumatrazigarre oder einer schnöden Zigarette um die Nase wehen zu lassen und dabei Espresso, Cognac oder Wein zu trinken und über die Welt im Besonderen und das Leben im Allgemeinen zu reden.

Nachdem der Ofen brannte und die Wärme sich langsam im Raum breitmachte, ging ich in die Küche, um die Espressomaschine einzuschalten. Die Tassen wärmte ich in heißem Wasser vor und wartete, bis die Maschine grünes Licht gab. Das Ganze dauerte circa zehn Minuten, und als ich in das Wohnzimmer zurückkam, war das Licht aus, Kerzen brannten, eine halbe Flasche Rotwein stand auf dem Tisch mit zwei Gläsern, von dem eines schon benutzt war. Die Krönung aber war Marion, sie lag splitterfasernackt auf der Couch, schaute mich an und sagte: »Ich glaube, den Espresso müssen wir kalt trinken.«

Jetzt musste ich mir wieder sagen, was für ein Idiot ich bin.

Ich beschloss, dass es so nicht weitergehen konnte und sich etwas Entscheidendes ändern musste.

»Wilhelm, kommst du?«

»Ja, willst du auch noch einen Espresso?«

»Nein, lieber einen Roten, die Flasche ist schon offen.«

»Kommt noch was im Fernsehen?«

»Ja, ein Bericht über die Eifel, willst du den sehen?«

»Gerne, aber weißt du was, wir haben noch keinen Namen für den Fernseher.«

»Hans«, schoss es aus Marion heraus. »Hans« soll er heißen.

Ich widersprach nicht.

Um sieben Uhr klingelte mein Wecker, und es war wie ein Hammer. Die beiden Flaschen Château Grillon hatten die Nacht nicht überlebt und hämmerten jetzt in meinem Kopf. Marion schlief noch und ich musste mir wirklich selber in den Hintern treten, um nicht wieder die Augen zu schließen. Ich ging in die Küche, um mir einen Espresso zu machen und um zwei Aspirin einzuwerfen. Die Kopfschmerzen waren massiv, dazu kam noch eine derart unbekannte Art von Lustlosigkeit auf die Arbeit, dass ich nicht klar denken konnte. Wenn das mit Hans nicht wäre, ich hätte heute glatt meine Kündigung eingereicht. Keine Lust auf die Arbeit, diesen Zustand kannte ich nicht, hatte ich zuvor nie erlebt. Ich wusste nicht, wie man damit umgeht, aber ich tat wohl das einzig Richtige. Ich ging zur Arbeit.

Marion musste erst um vierzehn Uhr arbeiten und konnte also noch genüsslich im Bett bleiben. Ich für meinen Teil zog meine Jeans an und ging frisch rasiert und mit geputzten Zähnen in die Kälte des Morgens hinaus. Es war neblig, und ich schätzte, dass es so etwa sechs Grad Celsius waren. Für einen Oktobertag war das ganz Okay. Von Klimaerwärmung und Treibhauseffekt war zumindest am heutigen Tag nichts zu merken.

Die Polizeidirektion lag keine fünf Minuten von meinem zu Hause entfernt und somit auch ohne Fahrrad problemlos zu erreichen. Vor dem Eingang kam mir Aysel entgegen, die schon von Weitem winkte. Ich war immer wieder fasziniert von ihr, wenn ich sie sah. Wie machte sie das nur, dass sie immer so frisch und munter aussah, es würde wohl ihr Geheimnis bleiben.

»Hallo Wilhelm, na wie geht es dir?«

»Na ja, wenn die Kopfschmerzen nicht wären, dann ginge es mir wenigstens körperlich ganz gut.«

»Oh, hast du zu viel getrunken gestern?«

»Woher weißt du das?«

»Männer eben, wie sollten sie sonst von einem Freund Abschied nehmen.«

»Abschied? Nein, den nehme ich erst, wenn ich weiß, wer das mit Hans gemacht hat.«

»Wisst ihr schon was Neues?«

»Ja, eigentlich schon eine ganze Menge, aber es ist alles ein wenig komisch, was da in dem vorläufigen Bericht der KTU und der Gerichtsmedizin steht.«

In der Zwischenzeit waren wir schon in unserem Büro angekommen. Rüdiger war noch nicht da.

»Dann erzähl mal.«

»Also: Todeszeitpunkt war wohl so gegen dreiundzwanzig Uhr. Der Fundort ist nicht der Tatort. Die Tatwaffe ist noch nicht bekannt, weil kein Projektil gefunden wurde.«

»Ein Durchschuss?«

»Nein, es ist kein Austritt vorhanden, auch ist der Schusskanal – und das ist das Seltsame daran – frei von Schmauchspuren!«

»Keine Schmauchspuren? Das würde heißen, dass es keine Schusswaffe war. Was sagt denn Frank, der Gerichtsmediziner aus Tübingen dazu?«

»Der hat Hans nicht untersucht, sondern der Professor persönlich war das.«

»Professor Renz, den wollte ich schon immer mal kennenlernen. Könntest du einen Termin bei ihm für uns machen? Sag ihm, es wäre dringend, bevor die Kollegen vom LKA den Fall übernehmen, möchte ich so viel Informationen wie möglich sammeln.«

»Schon notiert. Soll ich dir noch mehr erzählen oder redest du mit dem Professor weiter?«

»Wird wohl Sinn machen, wenn ich mich mit ihm unterhalte, oder war noch etwas Sonderbares?«

»Ja, an der ganzen Kleidung wurden lila Gewebefasern gefunden.«

»Lila Gewebefasern, Hans du gibst uns Rätsel auf.«

»War schon jemand in seiner Wohnung?«

»Rüdiger und ich wollten das heute Morgen erledigen.«

»Gut, sehr gut. Wann kommt Marcel wegen des Phantombilds?«

»Bin mir nicht sicher, aber ich glaube zwischen zehn und elf Uhr.«

»Wenn ich nicht da sein sollte, dann sag ihm schöne Grüße von mir.«

»Kein Problem, aber jetzt mach ich erst mal einen Termin für dich bei Professor Renz.«

»Danke Aysel. Wo ist eigentlich Rüdiger?«

»Zahnarzt, hat gestern noch eine Plombe verloren, als er in einen Kimmicher gebissen hat. Ach so, der Chef wollte dich heute auch noch sehen.«

»Was will denn der?«

»Denke, er will dich trösten.«

»Na, dann auf, an die Arbeit.«

Aysel hatte Glück. Ich bekam bei Professor Renz schon eine Stunde später einen Termin. Als ich die Direktion verließ, um nach Tübingen zu fahren, kam mir Rüdiger entgegen.

»Hallo, alles paletti bei dir?«

»Werde nie wieder woanders einen Kimmicher kaufen.«

Er spielte darauf an, dass ich immer die kleinen Bäckereien vorzog und die Ketten mied.

Mit einem Grinsen im Gesicht sagte ich: »Hauptsache, deine Kauleiste ist wieder in Ordnung.«

»Es ist eine frische Füllung drin und wieder ein Stückchen Amalgam mehr im Mund. Wo gehst du denn hin?«

»Zur Gerichtsmedizin, hab' einen Termin bei Professor Renz.«

»Donnerwetter, wie hast du das geschafft?«

»Keine Ahnung, das musst du Aysel fragen. Ich habe noch keinen gesehen, der ihrem Charme widerstehen konnte. Zumindest keinen männlichen Kandidaten.«

»Du kommst am besten mit, ist immer gut, wenn man Leute kennenlernt, vielleicht kannst du es irgendwann einmal brauchen.«

»Aber ich wollte mit Aysel in Hans Wohnung.«

»Das könnt ihr später machen, ruf Aysel an und sag ihr, dass du mitkommst. Sie soll sich um Marcel kümmern, wenn er kommt.«

»Alles klar, aber kannst du vielleicht unterwegs an einer Tankstelle anhalten, ich brauch unbedingt einen Kaffee.«

»Natürlich, mein Sohn.«

Um neun Uhr kam man mit dem Auto noch gut durch die

Stadt, und in Tübingen hatte sich der Verkehr um die Zeit auch aufgelöst. Rüdiger schlürfte neben mir seinen Kaffee und war in sich gekehrt. Aysel hatte mir schon alles Wesentliche berichtet, und Rüdiger hatte dem nichts hinzuzufügen. Also genoss er die Fahrt nach Tübingen im herbstlichen, nebligen Morgen. In die Nägelestraße sollten wir kommen, und um keinen schlechten Eindruck zu hinterlassen, waren wir pünktlich wie die Maurer.

»Der Herr Professor hat noch eine Sitzung, müsste aber jeden Augenblick fertig sein«, wurden wir von seiner freundlichen Sekretärin empfangen.

»Wollen die Herren so lange einen Kaffee trinken?«

Aus dem Augenwinkel hatte ich eine Maschine von Dallacorte gesehen und war nicht abgeneigt.

»Ja, gerne doch«, sagten wir beide.

Aus diesem »jeden Augenblick« wurde eine halbe Stunde. Der Kaffee schmeckte auch nicht, weil in die gute Maschine Kaffee einer großen Kaffeerösterei, die auch Dessous und Einrichtungsgegenstände verkauft, eingefüllt worden war. Das hatte den gleichen Effekt, wie wenn man einen Porsche mit dem Motor einer Kettensäge fährt. Endlich war es dann so weit und wir wurden vorgelassen.

»Guten Tag, Herr Renz, Klein mein Name, und das ist mein Kollege Spiegel.«

»Angenehm, meine Herren, wenn auch der Besuch von Ihnen kein freudiger Anlass ist. Herr Görges war ein Kollege von ihnen?«

»Ja, ein sehr guter Kollege, deshalb wollten wir auch mit Ihnen persönlich reden. Meine Kollegin hat mir schon einiges aus ihrem vorläufigen Bericht erzählt. Es gibt dort ein paar Punkte, die uns noch nicht ganz klar sind. Wissen Sie inzwischen mehr?«

»Einen Augenblick bitte, ich schau mir nur schnell die Unterlagen noch einmal an«, sagte der Professor und schaltete seinen Computer ein.

Er tippte auf einer Tastatur, die rechts von ihm stand und schaute gespannt auf den dazugehörigen Monitor. Seine Augen liefen immer wieder von links nach rechts und manchmal von unten nach oben.

»Todeszeitpunkt gegen dreiundzwanzig Uhr, plus minus dreißig Minuten. Ah ja, ich sehe schon, was Sie meinen. Die ungewöhnliche Kopfverletzung. Für einen Laien sieht es aus wie ein Kopfschuss, wenn da nicht das fehlende Projektil und die fehlende Schmauchspur wären.«

»Ja, genau, wie können Sie mir das erklären?«, fragte ich den Professor.

»Ganz einfach, es gibt verschiedene Methoden, um so etwas zu verursachen. Nehmen wir etwa eine Harpune: So eine Waffe mit dem richtigen Pfeil, also ohne Widerhaken, ist durchaus imstande, die Schädeldecke zu durchdringen, ohne Schmauchspuren zu hinterlassen. Ebenso ein Bolzenschussapparat, wie ihn Metzger, Schlächter aber auch Bauern haben. Auf diese Tatwaffe tippe ich eher, da es eine größere Aufprallgeschwindigkeit entwickelt, wie eine Harpune und deshalb auch den Knochen weniger zersplittert. Ich meine, der Einschuss oder Einstich wird sauberer.«

»Das war also keine Eisenstange oder Nagel oder so was?«

»Ganz gewiss nicht, die Schädeldecke wäre dann eher zertrümmert, als dass sie ein Loch von dieser Qualität, entschuldigen Sie diesen Ausdruck, aufweisen könnte.«

»Wie sieht es denn mit diesen lila Gewebefasern aus, die Sie gefunden haben?«

»Also, das hat uns einige Rätsel aufgegeben, aber auch das wissen wir nun. Diese Fasern stammen von einem Kostüm, wie sie an Theatern oder an Fasching getragen werden, wenn ein Tier dargestellt werden soll.«

»Wie sollen wir das verstehen?«, fragte ich.

Rüdiger schaute mich mit großen Augen an, als wolle er sagen, der ist wohl durchgeknallt.

»Die Fasern stammen von einem künstlichen Tierfell, kurzhaarig nicht länger als fünf Zentimeter.«

»Welches Tier hat ein lila Fell?«

»Also, ich kenn da auch nur eins, die Kuh aus der Schokoladenwerbung«, sagte er in unsere ungläubigen Gesichter.

»Sonst kann ich Ihnen nur noch sagen, dass Ihr Kollege ein richtiger Genussmensch war. Seine Gefäße haben Ablagerungen und seine Blutwerte, insbesondere das Cholesterin, waren auch nicht eben vorbildlich. Seine Leber ist, wohl von zu häufigem Alkoholkonsum, leicht angegriffen, und Spuren von Marihuana konnten wir auch nachweisen.«

Mir fiel die Butter vom Brot.

»Marihuana?«

»Jawohl, er muss einen Joint geraucht haben.«

»Können Sie da einen Zeitraum nennen?«, fragte ich irritiert.

»Ich schätze, dass es zwischen sechsundfünfzig und achtundvierzig Stunden her gewesen sein müsste. Ich meine, er muss es ja nicht geraucht haben. Vielleicht hat er es auch in Form eines Kuchens zu sich genommen.«

Obwohl der Professor bestimmt recht hatte mit dem, was er über meinen Vorgesetzten und Freund erzählte, konnte ich es nicht glauben. Mit jedem Wort, das er über Hans verlor, wurde er mir unsympathischer. Ich versuchte gegenzusteuern, aber es gelang mir nicht so recht. Herr Renz hatte sich in meinem Gehirn in dem Ordner mit der Aufschrift »Antipathie« verewigt.

»Meine Herren, ich hoffe, ich konnte Ihnen weiterhelfen und wünsche Ihnen alles Gute bei ihren Ermittlungen.«

»Ja, danke«, verabschiedete ich mich schnoddrig und ging aus dem Büro ohne mich noch einmal umzudrehen. Rüdiger war diplomatischer und bedankte sich noch höflich für die Zeit und den ausführlichen Bericht. Der Nebel hatte sich verzogen und es hatte den Anschein, als wolle die Sonne rauskommen.

»Hier, fahr du«, ich warf Rüdiger die Schlüssel vom Auto zu, die er ohne Mühe auffing. Ich habe noch keinen gesehen, der schnellere Reaktionen hat als er. Ich hatte eine granatenmäßig schlechte Laune seit mir der Professor klargemacht hatte, dass ich meinen Freund im Leben nur halb so gut kannte, wie ich dachte, und ich ihn jetzt, wo er tot war, besser kannte, als ich es je wollte.

Mein Vorgesetzter, zu dem ich aufgeschaut hatte, sollte irgendwelche Kräuter geraucht haben? Dass er ein Genießer gewesen war, das hatte ich schon gewusst. Auch, dass er nicht unbedingt den gesündesten Lebensstil hatte und zu viel Alkohol trank, habe ich geahnt, aber nicht wahrhaben wollen. Innerhalb von zehn Minuten hatte der Professor ein Bild zerstört, das ich vierzehn Jahre lang aufgebaut, gepflegt und geliebt hatte.

»Du, Wilhelm, sag mal, was hältst du von dem Bericht, den wir eben gehört haben? Ist ja schon der Hammer.«

»Was, was ist der Hammer?«, fragte ich genervt zurück, »dass Hans gekifft hat? Hast du noch nie einen Joint geraucht, noch nie zu viel gegessen oder getrunken von den eher ungesunden Sachen? Erzähl mir nicht, dass du ein Heiliger bist! Wer ohne Schuld ist, der werfe den ersten Stein, steht schon in der Bibel.«

»Sag mal, was führst du dich denn so auf? Wenn dir das zu nahe geht, dann tut es mir leid. Glaub aber nicht, dass du der Einzige bist, der um Hans trauert. Aysel und mir geht es genauso schlecht wie dir. Ich habe das auch noch nicht verdaut, dass Hans gekifft hat, aber es ist nun mal eine Tatsache, und wir müssen ihr ins Auge schauen, ob wir wollen oder nicht. Oder glaubst du, dass der Professor sich getäuscht hat oder vielleicht alles eine Verschwörung gegen Hans ist? Erzähl mir jetzt nicht, dass wir das, was Hans alles geleistet hat, nicht in den Dreck ziehen dürfen. Mit so was bist du bei mir an der falschen Adresse!«

Das saß und zwar gewaltig. Ich war erst mal sprachlos

und wieder da angelangt, wo ich hingehörte, auf dem Boden der Tatsachen.

Erst als wir am Gaskessel vorbei in die Stadt fuhren, entschuldigte ich mich bei Rüdiger.

»Du hast ja recht, ich muss meine persönlichen Gefühle zügeln, aber es fällt mir verdammt schwer und ich hoffe, dass wir uns deswegen nicht in die Haare kriegen. Sorry, Rüdiger, ich mache es wieder gut.«

»Schon okay. Ich kenn dich eben anders, und so wie du eben warst, bist du nicht der, den ich kenne.«

»Jetzt schauen wir erst mal, was das Phantombild von Marcel macht, und dann machen wir eine Lagebesprechung«, sagte ich und war mir dabei sicher, dass es ein hartes Stück Arbeit werden würde.

Es war kurz vor elf Uhr, als wir wieder in unserem Büro saßen und alle sich über das Phantombild beugten.

»Kennt ihr den?«, fragte ich in die Runde.

»Also, wenn ich den kennen würde, wäre ich wohl nicht hier«, sagte Marcel.

»Danke für deine kreative Mitarbeit«, entfuhr es Aysel, die dabei mit ihrem Ellenbogen in Marcels Rippen stieß. Der wiederum so tat, als hätte er mehrere Rippen gebrochen.

»Man, ich hab doch Osteoporose«, sagte er schmerzverzerrt. Aysel gab ihm darauf gleich noch mal eine.

»Darüber macht man keine Witze«, sagte sie und lachte.

»Jetzt mal im Ernst, ich kenne ihn nicht«, sagte ich, und Rüdiger sagte nur: »Dito«.

»Sollen wir es schon zur Fahndung geben?«, fragte ich.

»Kannst du nicht machen. Ist bestimmt Sache vom LKA.«

»Hm, hast recht, Rüdiger. Aber wisst ihr, wer uns vielleicht weiter helfen könnte?«, fragte ich und sah nur ratlose Gesichter.

»Andreas Panne, der weiß alles und kennt jeden hier in der Stadt.«

»Genau«, kam es aus zwei Mündern gleichzeitig.

»Ich mach das, ich ruf ihn an, er soll herkommen«, das gesagt, war Aysel auch schon weg. Es dauerte keine zwei Minuten dann kam sie wieder zurück.

»In zwanzig Minuten ist er hier. Er muss nur noch ein paar Telefonate führen, dann kommt er.«

»Also, dann wird es wohl eine Stunde werden«, sagte Marcel, »sorry Leute, aber ich muss dann. Irina hat heute eigentlich frei und jetzt steht sie im Café. Sagt Andy einen schönen Gruß von mir.«

»Danke für deine Hilfe, Marcel«, rief ich ihm hinterher, wusste aber nicht ob er es noch gehört hatte.

Nach zwanzig Minuten klingelte das Handy von Aysel.

»Hallo Andy«, meldete sie sich, »wird es später?«

»Ist gut, kannst du noch was zu Essen mitbringen, wir haben Hunger und können ja nicht weg, weil wir auf einen Herrn Panne warten müssen. Ja, das ist okay, bis dann.«

Wir schauten sie erstaunt an.

»Was schaut ihr denn so? Wenn er schon zu spät kommt, dann kann er doch zur Strafe auch was zu Essen mitbringen.«

Pünktlich mit vierzig Minuten Verspätung kam Andy in unser Büro gebraust.

»Hallo ihr Pappnasen! Mein Gott, seht ihr schlecht aus, trinkt mal wieder einen anständigen Kaffee und nicht diese Automatenplörre. Bestimmt sind euch wieder die Bohnen ausgegangen. Hier ist euer Futter.«

Wir brachen in helle Begeisterung aus, als wir sahen, was er da mitgebracht hatte. »Suppe? Etwas Besseres ist dir nicht eingefallen?«, fragte Rüdiger.

»Ich habe bei der ›Perle des Orients‹ extra nachgefragt«, meinte Andy und wir schauten Aysel entgeistert an.

»Was habt ihr denn jetzt schon wieder? Suppe ist gesund

und macht nicht dick. Ihr beide solltet euch mal ein Beispiel an Andreas nehmen. Seht ihr bei ihm irgendeinen Ansatz am Bauch oder an den Hüften? Nein!«

»Also esst jetzt eure Suppe!«, sagte Andy und grinste uns an.

Rüdiger und ich waren uns sicher, dass er nicht wusste, dass die Herrschaft der Männer soeben wieder eine Schlacht verloren hatte. Das war die Masche der Frauen, die Männer gegeneinander aufzuhetzen und in aller Seelenruhe darauf zu warten, bis wir uns selber zerfleischt hatten. Es blieb nichts anderes übrig, als unsere Suppe auszulöffeln und Aysel und Andy beim Turteln zuzusehen. Um ehrlich zu sein, schmeckte die Suppe gar nicht schlecht. Er hatte sie von dem Suppenladen mitgebracht, der sich wacker am Tübinger Tor hielt. Als wir fertig waren, zeigten wir ihm das Phantombild.

»Also, ich glaube, ich kann euch helfen«, sagte Andy, und wir schauten uns voller Freude an.

»Wie heißt er, wo wohnt er, was macht er«, fragte Rüdiger.

Andy schaute Rüdiger an und sagte: »Ich dachte, euch ist auch geholfen, wenn ich euch sage, dass ich ihn nicht kenne.«

»Große Klasse Andy, danke für deinen umwerfenden Beitrag«, mokierte sich Aysel.

Sofort änderte er die Richtung.

»Nein, nein, ich kenne ihn, weiß nur im Moment nicht, wo ich ihn hintun soll. Lasst mir ein wenig Zeit.«

»Wie lange brauchst du?«, fragte ich gespannt.

»Heute Abend weiß ich mehr. Wen von euch kann ich erreichen, sobald ich Näheres weiß?«

»Mich«, holperte Aysel sofort los, »hab eh nichts vor heute Abend.«

»Prima, dachte schon, ich muss mich mit einem deiner vertrockneten Kollegen unterhalten.«

»Du bist das Allerletzte, Andreas Panne«, sagte ich zu ihm und bekam eine seiner verschmitzten Grinsattacken zurück.

»Ich muss dann, die Geschäfte rufen. Ciao ihr Lieben.«

Weg war er.

»Man muss ihn einfach gern haben, nicht wahr«, sagte Aysel.

Rüdiger und ich waren uns, wie schon des Öfteren an diesem Tag einig, dass Frauen bestimmt Außerirdische sind mit dem Auftrag, die Herrschaft über die Erde zu übernehmen. Als Andy weg war, machten wir eine erste Bilanz. Der Fundort war nicht der Tatort. Der Kopfschuss wurde vermutlich durch ein Bolzenschussgerät oder ein ähnliches Tatwerkzeug begangen. Zwischen Tatzeitpunkt und dem Zeitpunkt des Fundes der Leiche lagen circa siebeneinhalb Stunden. An der ganzen Kleidung befanden sich lila Fasern, die wohl zu einem Kostüm gehörten. Der Mann aus dem Café war bis jetzt noch Mister X, aber er würde bald seine Identität preisgeben. Im Moment war das unser Strohhalm, an den wir uns klammerten, aber er war sehr klein, dieser Halm. Vielleicht kannte Hans ihn ja doch, und vielleicht waren sie ja auch verabredet.

»Ich bin mal kurz für kleine Jungs, danach kann ich bestimmt besser denken.«

»Wenn du meinst, dann mach das«, sagte ich zu Rüdiger, der schon eine ganze Weile auf seinem Stuhl hin und her rutschte.

»Marcel hat mir gestern erzählt, dass Hans in letzter Zeit öfter mit einigen Leuten im Café war, die wohl Laienschauspieler sind«, sagte ich so vor mich hin.

»Da könnte man eventuell nachhaken, vielleicht haben die was mit den Fasern zu tun oder wissen zumindest etwas darüber.«

»Gute Idee, wo schauspielern diese Leute denn?«

»In dem neu gegründeten Sozialtheater«, antwortete ich Aysel.

»Wo ist das denn?«

»Bis jetzt haben sie noch keinen festen Raum und proben

deshalb noch in der Tonne oder draußen in der Waldesslust.«

»Wie kann man die denn dann erreichen?«

»Keine Ahnung, aber schau doch mal im Internet nach, ob du dort was findest. Wenn nicht, dann musst du bei der Tonne oder in der Waldesslust anrufen.«

»Ist gut, dann hab ich jetzt was zu tun«, sagte Aysel und machte sich an die Arbeit.

Rüdiger kam wieder rein. Aber bevor ich erzählen konnte, was wir jetzt vorhatten, sagte er: »Ratet mal, wenn ich eben auf der Toilette gesehen habe, leicht angesäuert.«

»Schumann?«

»Scheiße, den habe ich ganz vergessen. Ich geh gleich mal zu ihm.«

Ohne große Worte verließ ich den Raum, um mich in die Höhle des Löwen zu begeben. Karl Schumann, seines Zeichens Kriminalrat und der Chef von Hans und somit auch von mir. Zwei Jahre noch, dann ging er in Rente. Die Grabenkämpfe um seinen Posten hatten schon längst begonnen und würden jetzt wohl noch viel heftiger werden, denn der eigentliche Kronprinz wurde gestern Morgen tot am Rathaus gefunden. Somit waren wieder alle Positionen offen. Hans war der Liebling von Kater Karlo gewesen, wie wir ihn nennen, jetzt musste er sich einen neuen Prinzen suchen, ob er wollte oder nicht. Eigentlich war der alte Haudegen ganz in Ordnung, ein Polizist der alten Schule, der Bürgernähe zeigte und die Streifenpolizisten, deren Los schon hart genug war, gerne auch mal zu Fuß Streife laufen ließ.

Polizist wurde man nicht aus Jux und Tollerei, zum Polizisten wurde man geboren, und dann war es egal, ob man mit dem Auto, dem Pferd oder zu Fuß unterwegs war, denn dem Polizisten war nichts zu viel und der Polizist war immer und überall motiviert bis in die Haarspitzen. Ein Polizist hat immer und zu jeder Zeit das Verbrechen zu bekämpfen, egal mit welchen Mitteln. So lautete sein Wahlspruch. Dass sich seit seiner Streifenzeit so einiges getan hatte, davon wollte er nichts wissen.

Die Stadt war größer geworden, und die Polizei war nicht im gleichen Maße mitgewachsen. Es kamen immer mehr Einwohner auf einen Polizisten. Die Anzahl der Straftaten hatte sich erhöht, weil scheinbar auch das Unrechtsbewusstsein immer weiter sank. Das fing doch schon beim Autofahren an. Immer weniger blinkten beim Abbiegen, viele fuhren bei schönstem Wetter mit eingeschalteten Nebelscheinwerfern, die Zigarettenkippe wurde aus dem Auto geworfen, geparkt wurde dort, wo man gerade mochte. Wenn man zu schnell unterwegs war, und geblitzt wurde, hatte man noch eine große Klappe und beschimpfte Stadt und Polizei als Abzocker und Raubritter. Dass man daran selber schuld war und Unrecht getan hatte, daran wurde gar nicht gedacht, und man wies jede Schuld von sich. Ein Zustand, der immer schlimmer wurde und den unterbesetzte und schlecht bezahlte Polizisten nicht unbedingt verbesserten.

»Hallo Frau Köhler, ich soll mich beim Chef melden.«

»Guten Tag, Herr Klein, einen Moment bitte, er telefoniert noch.

Setzen Sie sich doch so lange, wenn Sie möchten.«

»Oh ja, danke.«

Ich nahm auf einem der drei schwarzen Ledersessel Platz und schlug die Beine übereinander.

»Der arme Herr Görges, eine schlimme Geschichte. Wer so was wohl macht, wo er doch immer so hilfsbereit war. Wissen Sie denn schon, wer es war?«

Ich wollte gerade der »lieben« Frau Köhler Auskunft darüber geben, dass wir eigentlich noch nichts wussten, als die Tür zu Kater Karlos Büro aufging und er mich hereinbat. Ich zwinkerte Frau Köhler beim Hinausgehen noch einmal zu. Was sie mit einer verlegenen Kopfbewegung beantwortete.

»Setzen Sie sich, Herr Klein. Ich dachte schon, Sie mögen mich nicht mehr.«

»Wie kommen Sie denn darauf, Herr Schumann?«

»Weil Sie so lange auf sich haben warten lassen. Ich dachte, Sie kommen heute Vormittag schon zu mir. Ich habe Ihrer Kollegin Zorlu gestern Nachmittag gesagt, dass ich Sie heute sehen möchte. Sie wissen doch, wie meine Termine nachmittags aussehen.«

»Sie hat es mir auch gleich gesagt, und ich wollte ja auch schon früher, aber leider hatte Professor Renz nur vormittags einen Termin für uns. Also musste ich Prioritäten setzen, ich hoffe, Sie verstehen das.«

»Professor Renz in Tübingen?«

»Ja, genau, er hat den Kollegen Görges obduziert, und ich wollte den Bericht mit ihm durchgehen.«

»Der Kollege Görges. Eine schlimme Sache!«

Der alte Kater sah richtig betroffen aus. Die ganze Geschichte nahm ihn wohl sehr mit.

»Deswegen wollte ich auch noch mit Ihnen reden, aber zuerst zu einer erfreulichen Nachricht.«

»Kollege Klein«, sagte er und erhob sich dabei, »ich freue mich, einen so verdienten und vertrauensvollen Kollegen in meinem Team zu haben, und es freut mich darum umso mehr, Sie heute zum Kriminalhauptkommissar ernennen zu dürfen!«

Jetzt stand auch ich. Damit hatte ich nicht gerechnet.

»Sie sind ab sofort der Leiter der SOKO Görges, und ich wünsche Ihnen bei der raschen Aufklärung dieses Falls alles Gute und sichere Ihnen jegliche Unterstützung zu, die Sie brauchen.«

»Ja, aber das LKA?« Ich schaute meinen Chef wohl ziemlich verdutzt an.

»Hat sich aufgrund von personalen Engpässen sofort dazu

bereit erklärt, den Fall in den eigenen Reihen, also bei uns, zu lassen.«

Nun konnte ich gar nicht mehr. Nie hätte ich erwartet, dass so was möglich wäre. Ich hatte eventuell damit gerechnet, dass sie unsere Hilfe in Form von Informationen anfordern würden, aber dass uns das LKA gleich den ganzen Fall übergab, das war unglaublich.

»Sie sehen, Herr Klein, auch ein alter Kater kann manchmal noch die Krallen zeigen und sein Revier verteidigen.«

»Jetzt erzählen Sie mir aber erst mal, wie der Stand der Ermittlungen aussieht. Wir müssen dann abwägen, was wir bei der Pressekonferenz erzählen können und was nicht.«

»Pressekonferenz?«

»Ja, was dachten Sie denn. Sie sind der Leiter der SOKO und somit werden Sie auch vor die Presse treten.«

Mir wurde schon ganz anders und Schumann merkte es.

»Keine Angst, ich werde dabei sein und sie unterstützen. Also, wo stehen wir?«

Ich erzählte ihm von dem, was wir wussten und vorhatten. Beide tranken wir dazu übel schmeckenden Kaffee und rauchten eine von ihm gespendete Sumatrazigarre.

»Was glauben Sie«, fragte er mich, »könnte der Täter für ein Motiv gehabt haben?«

»Wir tappen im absoluten Dunkel, was die Motivlage angeht«, antwortete ich.

»Könnte es ein Rachemord gewesen sein?«

»Hm, eine gute Theorie. In diese Richtung haben wir noch nicht gedacht.«

»Vielleicht könnte einer Ihrer Kollegen die Akten durchschauen von den Personen, die Herr Görges und sie ins Gefängnis gebracht haben.«

»Ja, ist gut, ich werde das veranlassen.«

»Gut, Herr Klein, dann verabschiede ich Sie jetzt. Wenn Sie noch etwas in der Wohnung ihres Kollegen finden oder es sich sonst etwas ergibt, dann melden Sie sich bitte umgehend bei mir, egal zu welcher Uhrzeit. Ansonsten möchte ich morgen früh einen vollständigen Bericht auf meinem Schreibtisch haben.«

»Jawohl, ich habe verstanden.«

Er gab mir zum Abschied die Hand und drückte sie ungewöhnlich lange. In seinen Augen, so schien es, bildeten sich kleine Wasserbänke in den unteren Augenlidern.

»Machen Sie den, der das getan hat, fertig«, sagte er, als ich die Klinke schon in der Hand hielt. Ich bin mir sicher, er meinte es im Ernst.

Ich verlor kein Wort über den letzten Satz, als ich wieder unser Büro betrat, und schwor mir, auch nie irgendetwas darüber zu verlieren. Aysel und Rüdiger saßen an ihren Schreibtischen und waren in ihre Aufgaben vertieft. Auf die beiden konnte ich mich verlassen, das wusste ich. Wenn wir den Fall lösen wollten, und davon konnte mich nichts abbringen, würden wir wohl Verstärkung brauchen. Aber neue Kollegen waren immer irgendwie eine Bremse, weil sie nicht mit den Gepflogenheiten vertraut waren, und man auch nie wusste, was man ihnen zutrauen konnte und was nicht. Als ich die Türe zumachte, schauten meine beiden Kollegen auf.

»Und, was wollte Kater Karlo?«, fragten beide fast gleichzeitig.

»Zwei Neuigkeiten hat er mir mitgeteilt«, antwortete ich mit einem gespielten, traurigen Unterton.

»Eine gute und eine schlechte Nachricht.«

»Dann die Gute zuerst.«

»Sicher, Rüdiger?«

»Ja, sicher«, kam die Antwort.

»Das LKA hat uns aufgetragen, den Fall zu übernehmen.«

Beiden sah man das Erstaunen in ihren Gesichtern an.

»Die schlechte Nachricht ist die, dass ihr einen neuen Chef bekommt.«

»Wen?«

»Wen? Aysel, die Frage muss heißen: Wieso wir und nicht du?«

»Was ist mit dir?«, stellte Rüdiger die Fragen in den Raum.

»Gott ja, Rüdiger, daran habe ich überhaupt nicht gedacht!«

»Wilhelm, steh nicht so da, sag doch was.«

»Die Sache ist die«, begann ich wieder, mit dem gleichen Unterton und den Kopf gesenkt, »ich bin zum Kriminalhauptkommissar befördert worden.«

Zwei Augenpaare starrten mich an, deren Besitzer bis zum Äußersten angespannt waren.

»Und aus diesem Grund wurde ich zum Chef der SOKO Görges ernannt und bin somit euer neuer Ch…«

Weiter kam ich nicht, weil Aysel aufsprang, sich mir an den Hals warf und dabei schrie wie eine pubertierende Vierzehnjährige, die auf einem Konzert von Tokyo Hotel einen Schweißtropfen von Bill, dem Sänger, abbekommen hat und nun hoffte, von ihm schwanger zu sein.

Rüdiger nahm symbolisch einen nicht vorhandenen Hut vom Kopf und machte dabei eine Verbeugung wie ein Musketier, der seinen König grüßt. Sie freuten sich wie kleine Kinder darüber. Damit hatte ich nicht gerechnet. Freude ja, aber so herzlich und ehrlich, ich war total gerührt und hätte am liebsten zu einem Fest geblasen, aber die Arbeit rief.

»Ich danke euch von ganzem Herzen und verspreche euch, eine riesen Fete zu machen, aber die Arbeit wird uns jetzt erschlagen, deshalb los Leute, Attempto.«

Aysel hatte es geschafft, einen Ansprechpartner von dem Sozialtheater zu bekommen und Rüdiger hatte während meiner Abwesenheit einen Bericht angefertigt, den ich dem Kater schon mal auf den Tisch legen konnte.

»Aysel, du machst mir einen Termin mit dem Chef dieser Theaterleute.«

»Wird sofort erledigt.«

»Rüdiger, du gehst, wenn Aysel fertig ist, mit ihr in die

Wohnung von Hans. Stellt alles auf den Kopf und schaut nach, ob ihr irgendetwas Verwertbares findet.«

»Ich geh mal der Sache nach, die Schumann in den Sinn gekommen ist.«

»Das wäre«, fragte Rüdiger.

»Rache, Mord aus Rache.«

»Oh, gar nicht so abwegig die Idee.«

Aysel kam zurück und teilte mir mit, dass sie erst morgen früh einen Termin für mich bei dem Theatermensch bekommen habe. Er sei nicht in der Stadt und würde erst spät abends nach Hause kommen.

»Na dann, an die Arbeit.«

Ich setzte mich an meinen Rechner und studierte die mir relevant vorkommenden Fälle der letzten Jahre. Nur gut, dass ich nicht ins Archiv musste, denn seit einigen Jahren war alles per EDV abrufbar, welch ein Segen. Als ich nach unzähligen Berichten wieder auf die Uhr schaute, war es achtzehn Uhr. In der Kaiserstraße ging eben die Straßenbeleuchtung an, und die letzten paar Sonnenstunden, die an diesem nebligen Tag dann doch noch kamen, hatte ich hier im Büro verbracht, und das auch noch ohne Erfolg.

Ich beschloss, noch zwei Stunden dranzuhängen. Marion hatte Dienst bis zweiundzwanzig Uhr, ich verpasste also nichts. Sie hatte ihre eigene Wohnung, aber in letzter Zeit kam sie immer öfter zu mir und ging dann nur nach Hause, um ihre Wäsche zu waschen oder um ihre Blumen zu gießen. Heute wollte sie wieder kommen, ich freute mich. Ich konzentrierte mich wieder auf den Bildschirm und suchte weiter. Es war kurz nach neunzehn Uhr, als die Bürotür aufging und meine beiden Kollegen hereinkamen.

»Hallo ihr zwei.«

»Hallo Wilhelm«, sagten beide.

Rüdiger ließ sich erschöpft auf seinen Stuhl fallen und Aysel lehnte sich an einen Aktenschrank neben der Tür und nippte an einem Automatenkaffee.

»Besonders glücklich seht ihr ja nicht gerade aus.«

»Wühl du mal in der Wohnung von einem Freund rum. Wie ein Verbrecher kommt man sich da vor«, sagte Rüdiger.

»Hast du etwas herausgefunden?«, fragte Aysel.

»Nein, leider, habe aber auch höchstens ein Drittel der Akten bisher durchgeschaut. Wie sieht es bei euch aus?«

»Etwas haben wir gefunden, sind aber auch noch nicht mit allem durch. Schlafzimmer und Keller fehlen noch.«

»Sein Auto haben wir auch noch nicht durchsucht, wo steht das eigentlich?«, fragte Aysel.

»Ich glaube, er hat irgendwo einen Stellplatz gemietet, aber genau weiß ich das auch nicht«, antwortete ich.

»Was habt ihr denn nun gefunden?«

»Einige Fotos von der Theatergruppe, hier schau sie dir mal an«, sagte Aysel und gab mir einen kleinen Stapel Fotos.

Ich begann sie einzeln vor mich auf den Schreibtisch zu legen. Acht Stück waren es, mit verschiedenen Personen, zwei davon waren vor Marcels Café aufgenommen worden. Eins davon erregte meine Aufmerksamkeit. Es war ein Foto, auf dem eine Bühne zu sehen war. Auf dieser Bühne stand eine lila Kuh, zumindest sollte das Kostüm, in dem jemand steckte, eine solche darstellen.

»Na, das sieht ja mal gut aus. Da könnten die Fasern herstammen, die sie an Hans' Kleidung gefunden haben. Ich denke mal, sogar mit ziemlicher Sicherheit.«

»Lasst morgen alle Fotos auf ein anständiges Maß vergrößern. Von der Kuh gleich fünf Stück bitte.«

»Jetzt bin ich mal gespannt, was mein Termin morgen früh hergibt.«

»Wo wohnt denn der Theatermensch eigentlich?«

»In Bronnweiler, warte mal, ah, hier ist die Adresse«, sagte Aysel.

»Gut, ich glaube, ihr könnt Feierabend machen, morgen um acht Uhr wieder hier. Dann sehen wir weiter.«

»Hat sich eigentlich Andy schon gemeldet, Aysel?«

»Nein, noch nicht.«

»Ruf mich bitte an, wenn er sich meldet.«

»Ja, ist gut«, sagte sie, zog dabei ihre Jacke an und trank ihren restlichen Kaffee.

»Wie lange machst du noch?«

»Werde jetzt wohl auch gehen. Die Suche nach dem Rächer ist erst mal in der Warteschleife. So lange, bis wir in Bronnweiler waren und wissen, was uns dieser Theatermensch zu sagen hat«, antwortete ich Rüdiger.

»Okay, dann bis morgen Wilhelm.«

»Ja, ist gut. Kommt gut nach Hause ihr zwei.«

Weg waren sie. Ich schaltete den Rechner aus, zog meine Jacke an und machte mich auf den Weg zum Ausgang. Es war ein wundervoller Abend. Es hatte wohl noch dreizehn Grad und die Luft war so frisch, als wäre sie durch eine Filteranlage gelaufen. Für eine Zigarette war da die Luft zu schade und ich steckte mein Päckchen wieder ein. Ich beschloss, ein wenig durch den Stadtpark zu laufen und mich im Pavillon auf dem Hügel ein wenig hinzusetzen. Dort schmeckte dann bestimmt auch die Zigarette. Etwa hundert Meter vor dem Stadtpark kam mir eine bekannte und vertraute Gestalt entgegen.

»Hoi, Hämme, hasch mr an Stompa?«

»Nein, heute leider nicht, ich hab' nur eine Zigarette.«

»Wenn de nix Bessers hasch, noa gäb her. Des mid daim Kollega dud mir loid, aber bei da Bolezischda woaiß ma jo nie, wie lang se läbad.«

»Danke, Albert«, ich gab ihm eine brennende Zigarette und versprach ihm das nächste Mal eine Zigarre für ihn dabeizuhaben.

»Dank dr ond bass auf di auf, et dass de au no ondert Räder kommschd.«

»Mach dir keine Sorgen, Albert, ich pass schon auf mich auf.«

»Joa, joa, des hat dr Hans au gsait ond jetz isch er dod.«

»Wann hat Hans das zu dir gesagt?«

»Ha vorgeschdern am halber zehne ender Nacht, da haunen gsäh, moaner grad aussem Haus isch. An Stomba hot dr aber au et keht.«

»Hat er sonst noch etwas gesagt, und war er alleine?«

»Ha, joa, klar war der aloi, bei dem Tempo moa der drauf keht hat, wär au koiner henderdrai komma. Dem hats gottsmillionisch brässiert.«

»Wo er hin wollte, hat er nicht gesagt?«

»Noi, hadr ed. Wieso? Isch des wichdig?«

»Vielleicht Albert, vielleicht. Dank dir recht herzlich. Das nächste Mal hab ich bestimmt eine Zigarre für dich dabei.«

»Joa, zahl dei Sach, noa brauchscht et Danksche saga.«

»Ist recht, bis zum nächsten Mal.«

Die Gestalt entfernte sich, indem sie immer wieder die Gehwegseite wechselte. Sich hinter Autos verbarg, irgendwelche imaginären Funksprüche absetzte und dazwischen immer wieder Laute von sich gab, die sich wie ein Maschinengewehr anhörten. Das war Albert, der in einer betreuten Wohngruppe für geistig, sagen wir mal nicht immer unter uns weilenden Menschen lebte und immer auf der Suche nach etwas zum Rauchen war. Am liebsten eine Zigarre, oder wie er es nannte, einen Stomba.

Interessante Sache, was mir Albert da eben erzählt hatte. Hans hatte wohl einen Anruf erhalten und war dann noch mal weggegangen. Es hatte ihm also keiner in seiner Wohnung aufgelauert. Ich notierte mir das Wichtigste und setzte dann meinen Weg zum Pavillon fort.

Als ich ankam und einige Zeit auf meinem Plätzchen saß,

wollte sich kein richtiger Geschmack in meinem Mund einstellen, um eine Zigarette zu rauchen. Ich beschloss, nach Hause zu gehen, einen Espresso zu machen und mich mit Zigarette und Espresso ins Raucherzimmer zu setzen. Als ich um gegen zwanzig Uhr dreißig die Haustüre aufschloss, kam mir Heike, die Mutter vom kleinen Sven gerade aus dem Keller entgegen.

»Guten Abend, Wilhelm, wie geht's so?«

»Schönen guten Abend, Heike, es geht so, danke. Und dir?«, fragte ich und sah dabei den Getränkekorb in ihrer linken Hand.

»Ich kann nicht klagen.«

»Gib den Korb her Heike, ich trage ihn dir hoch.«

»Oh, das ist lieb, danke.«

Sie gab mir den Korb und wir liefen gemeinsam die Treppen zum zweiten Stock hoch.

»Sven hat mir erzählt, dass er dich gestern Abend noch getroffen hat, beim Getränkeholen.«

»Ja, stimmt, ich habe ihm gesagt, dass ich als Kind auch immer Angst hatte, allein in den Keller zu gehen.«

»Hat er mir erzählt, und dass du heute weißt, dass es nichts Schlimmes im Keller gibt. Dann hat er mir gesagt: »Weißt, du Mama, der Wilhelm muss das wissen, der ist doch bei der Polizei.«

»Ihm hat das Gespräch mit dir so gut getan. Ich kann ihm ja viel erklären und plausibel machen, aber bei manchen Sachen gehört einfach ein Mann her. Tausend Mal habe ich ihm schon gesagt, dass man im Keller keine Angst haben muss. Er hat es mir nie geglaubt. Du sagst es einmal und alles ist Okay.«

»Es fehlt einfach ein Papa«, sagte sie, als wir oben waren. Dann nahm sie mir den Korb aus der Hand, sagte: »Danke«, und ging, ohne ein weiteres Wort, in ihre Wohnung.

Ich stand noch eine Weile verdutzt da, überlegte, ob ich bei ihr klingeln sollte, ging dann aber doch in meine

Wohnung. Es war schön zu Hause zu sein. Ich schaltete die Espressomaschine ein, und nachdem mir ein Blick auf das Thermometer zeigte, dass es nur siebzehn Grad in meiner Stube hatte, beschloss ich, einzuheizen. Nach zehn Minuten knisterte und knackte es im Ofen und nach weiteren zwanzig Minuten begann eine wohlige Wärme durch die Wohnung zu kriechen.

Ich ließ mir einen doppelten Espresso aus der Maschine, nahm einen Schluck und stellte mit Freude fest, dass der Geschmack im Mund der Richtige war, um sich eine Zigarette anzuzünden. Die Lüftung surrte leise vor sich hin, und im Hintergrund liefen die Songs von Bob Dylan. Aus einer Zigarette wurden zwei, dann drei, und kurze Zeit später kam die vierte dran. Ich machte mir noch einen doppelten Espresso und rauchte die fünfte Zigarette dazu.

Als die Entspannung einsetzte, war es schon kurz vor zweiundzwanzig Uhr, und ich genehmigte mir noch einen »Tullamore Dew«. Jetzt war alles perfekt und ich konnte meine Gedanken kreisen lassen. Ich driftete ab zum letzten Urlaub in Norwegen und war gerade dabei, den Acht-Kilo-Dorsch noch mal zu fangen, als die Tür aufging und Marion ins Zimmer schneite.

»Hallo mein lieber, lieber Bulle«, sagte sie und drückte mich dabei.

»Wie geht es dir, macht die Sache mit Hans Fortschritte?«

»Ja, wir haben ein paar Anhaltspunkte, mit denen wir etwas anfangen können.«

»Wie lange kannst du denn noch ermitteln, ich meine, wann kommt das LKA zum Zug?«

»Gar nicht«, sagte ich ohne jede emotionale Regung.

»Was, gar nicht?«

»Das LKA wird den Fall nicht übernehmen. Wir sollen den Fall lösen und einen neuen Chef haben wir auch bekommen.«

»Einen neuen Chef, kenn ich ihn?«

»Ja, du kennst ihn.«

»Mensch lass dir doch nicht alles aus der Nase ziehen, wie heißt er?«

»Er sitzt neben dir.«

Mit ungläubig großen Augen und offenem Mund, der so sinnlich aussah, schaute sie mich an.

»Willst du auch einen Tullamore?«, fragte ich sie und tat so, als würde ich ihren Gesichtsausdruck nicht wahrnehmen.

»Was?«

»Ob du einen Tullamore möchtest.«

»Einen Whisky, jetzt?«

»Ja, warum denn nicht.«

»Du bist zum Kriminalhauptkommissar befördert worden, bist Leiter einer SOKO, die vom LKA beauftragt worden ist, den Tod eines Polizisten aufzuklären und dann fragst du mich, ob ich einen Tullamore möchte?«

»Hab ich etwas falsch gemacht?«

»Ja, du lieber Bulle. Du solltest eine Flasche Champagner aufmachen und dich feiern lassen.«

Damit sprang sie auf und drückte sich an mich. Aus dem Tullamore wurde nichts mehr. Dafür gab es eine dieser unvergesslichen Nächte mit Marion, die für alles entschädigen. Die Mut machen. Die einem die Sorgen rauben und glücklich machen.

Wütend und zum Äußersten entschlossen warf er zehn Euro auf den Tisch und verließ das Café. Beim Hinausgehen tastete er seine Jacke ab und fand in der rechten Brusttasche, das was er suchte. Die Wut auf das eben Geschehene machte in blind für seine Umwelt. Die junge Dame, die er beim Hinausstürmen anrempelte, nahm er nicht war. Auch der ihm nachgerufene Satz: »Pass doch auf du blöder Sack!«

hörte er nicht. Jetzt wollte er nur noch Rache und er musste retten, was zu retten war. Als er endlich sein Handy aus der Brusttasche geangelt hatte, durchwühlte er das darin befindliche Telefonbuch. Er bereute, dass er sein altes abgegriffenes Telefonbuch nicht mehr hatte. Seine Sekretärin hatte es ihm abgenommen, um all die darin befindlichen Daten in sein Handy einzugeben. Endlich hatte er die Handynummer gefunden, die er suchte. Er drückte auf die grüne Taste mit dem Symbol eines schräg gestellten Telefonhörers, jetzt wurde die Nummer automatisch gewählt. Es dauerte eine Weile bis er das Tuten hörte, das im signalisierte, dass es beim Angewählten klingelt. Er lief gerade an der Marienkirche vorbei und war auf dem Weg zur oberen Wilhelmstraße als sein Gegenüber sich meldete.

»Karl, was gibt es denn? Kann ich dich später zurückrufen, ich bin gerade dabei das Laub aus meinem Garten zu entfernen.«

»Du bist in zehn Minuten in meinem Büro und wage es nicht dich auch nur um eine Minute zu verspäten!«

»Karl, ich …«

»Erwin, setz dich in Bewegung, zum Donnerwetter«

Diesen letzten Satz schrie er in das Telefon. Die Menschen, die sich auf der belebten Straße befanden, wichen entsetzt aus. Nur ein Wirt, mit Pferdeschwanz und einer Apachen-Nase, der eben vor seiner Kneipe eine Zigarettenpause einlegte, ließ sich nicht beeindrucken und schrie ihn an: »Schrei do et so rom, bisch doch et alloi auf dr Stroaß. Gott zack.«

Verschwitzt und am Rande eines Schlaganfalls schob sich der gedrungene Körper in das Büro.

»Karl, das geht so nicht. Ich werde nächstes Jahr fünfundsechzig Jahre alt und möchte meinen Ruhestand ab diesem Zeitpunkt genießen. Ich werde es aber nicht können, wenn du noch öfter solche Aktionen startest.«

Sein Gegenüber schaute aus dem Fenster, beachtete ihn überhaupt nicht. Wohl hatte er gehört was sein alter

»Freund« Erwin sagte, doch es interessierte ihn nicht. Es gab Wichtigeres als das Gejammer eines adipösen, charakterlosen und schwachen Juristen. Er wusste, dass Erwin alles machen würde, was er ihm sagte. Er hatte ihn in der Hand, seit Jahrzehnten konnte er ihn manipulieren und für seine Zwecke nutzen.

»Erwin, setz dich!«

Ohne ein weiteres Wort über die Art und Weise wie ihn sein Freund Karl behandelte zu verlieren, tat er, was ihm befohlen wurde. Jeder Tag begann mit dem Verfluchen des Tages, an dem er Karl kennen lernte. Bis zu diesem Tag war er immer korrekt, aufrichtig und diszipliniert gewesen, hatte sein Studium mit Freude bestritten. Er wollte in die Fußstapfen seines Vaters treten, er war sein großes Idol. Liebevoll, sozialkompetent und angesehen in allen sozialen Schichten, ein Philanthrop. Ja so wollte er auch werden. Es funktioniert bis zu dem Tag als er ein einziges Mal etwas tat, das er eigentlich nicht wollte. Ein einziges Mal und sofort schlug das Schicksal zu.

»Erwin, wir müssen etwas unternehmen. Ich habe Görges unterschätzt. Wir müssen handeln, und zwar schnell.«

»Was hast du vor?«

»Also ich habe mir Folgendes überlegt …«

Die Verschwörung nahm seinen Lauf und Erwin spielte das Spiel seines Freundes mit. Im Wissen, dass er nun für alle Zeiten seinen letzten Rest Selbstachtung verloren hatte, funktionierte er!

Um sechs Uhr wurde ich wach und hatte einen mörderischen Hunger. Marion schlief noch, ich sollte sie jedoch wecken, wenn ich zum Dienst ging. Die Dusche nieselte auf mich nieder, während in der Küche vier Eier im Topf warteten, bis sie hart gekocht waren. Nach einem Kaffee, zwei

Scheiben Brot, drei Eiern und dem Studium der Tageszeitung begann der Tag. Ich zog mich an, nahm mein Halfter von der Garderobe und bekam gleich ein schlechtes Gewissen, dass ich die Dienstwaffe wieder dort hingehängt hatte. Auf leisen Sohlen schlich ich mich ins Schlafzimmer und weckte Marion.

»Guten Morgen, ich geh dann jetzt«, sagte ich zu ihr und strich ihr sanft durchs Haar. Sie hauchte mir, mit verkniffenen Augen und einer zerzausten Löwenmähne, ein »ich liebe dich«, entgegen.

»Ich dich auch, meine Marion, ich dich auch.«

Es regnete, als ich das Haus verließ. Ein unangenehmer Wind strich durch die Straßen. Das nasse Herbstlaub versuchte verzweifelt, sich mithilfe des Windes, vom Fahrbahnbelag zu lösen.

»Guten Morgen, ihr beiden«, sagte ich, als ich unser Büro betrat.

»Guten Morgen, Wilhelm«, bekam ich zur Antwort.

»Was liegt an?«, fragte ich in die Runde.

»Andy hat mich heute Morgen um zwei Uhr angerufen, um mir zu sagen, dass er nun weiß, wer der Typ von dem Phantomfoto ist.«

»Und, Aysel, wer ist es?«

»Er hat den Namen vergessen, aber er hatte sich daran erinnert, dass der Gesuchte Film- und Theaterrequisiten verkauft und vermietet.«

»Es schießt sich im Moment alles auf das Theater ein. Wann ist der Termin mit dem Chef von der Truppe noch mal?«

»Eine Uhrzeit hat er nicht gesagt, nur dass er am Vormittag zu Hause sei«, sagte Aysel.

»Gut, dann gehen wir beide jetzt dort hin«, sagte ich zu Rüdiger.

»Aysel, könntest du bitte zuerst nach Firmen in der Region suchen, die mit Theaterrequisiten handeln oder solche herstellen. Schick die Liste dann bitte an Andy, vielleicht fällt ihm ja dann der Name ein. Danach recherchierst du in den Akten weiter, ob es jemanden gibt, dem ein Rachemord zuzutrauen wäre.«

»Okay, mach ich. Bin für Ausflüge sowieso zu müde.«

Ich ließ Rüdiger nach Bronnweiler fahren und bat ihn, die Straße nach Gönningen an der Alteburg vorbei zu nehmen. So konnte ich noch in der Bäckerei Künstle in Bronnweiler ein paar Kleinigkeiten einkaufen. Die Seelen, die man dort bekam, waren ein Gedicht.

Ich genoss es immer wieder, Beifahrer bei Rüdiger zu sein. Er fuhr sehr umsichtig und war absolut gelassen. Rasen oder Drängeln kannte er nicht, außer im Einsatz. Aber auch da konnte man bedenkenlos bei ihm mitfahren. Als ehemaliger Personenschützer hatte er an vielen Fahrsicherheitstrainings teilgenommen und dabei sämtliche Szenarien durchgespielt, von der Verfolgungsjagd bis zum absichtlichen Auffahrunfall. Ich konnte also beruhigt die Fahrt genießen. Die Landschaft hatte ja auch einiges zu bieten. Rechts huschte das Panzergelände vorbei. Die Baumreihe dort war von einem Parasiten befallen, dem man mystische Kräfte nachsagte. Die Druiden der Kelten sollen daraus Zaubertränke gebraut haben, und auch in unserer christianisierten Welt hängen wir uns diesen Parasiten über die Wohnungstüre. Scheinbar soll die Liebe ewig halten, wenn man sich darunter küsst. Die Misteln hängen dort in den Bäumen wie große Fußbälle.

Wir fuhren geradeaus weiter nach Bronnweiler und kamen an der Mülldeponie und dem Hofgut »Alteburg« vorbei. Danach ging es rechts ab nach Bronnweiler.

»In der Klingenhalde wohnt der Theaterchef, weißt du, wo das ist?«, fragte Rüdiger.

»Nö, hast du denn das Navi nicht programmiert?«

»Doch, hab ich, keine Angst Wilhelm, du kommst schon noch rechtzeitig zu deiner Pressekonferenz.«

Der Kater hatte mir ausrichten lassen, dass um fünfzehn

Uhr eine Pressekonferenz anberaumt wurde. Ich sollte mich um zwölf Uhr dreißig in seinem Büro einfinden, um ein Konzept für die Presse zu erarbeiten. Mir wurde gleich wieder flau im Magen, wenn ich nur daran dachte, mich den Fragen dieser Journalisten auszusetzen und auf Unverständnis zu stoßen, wenn man aus ermittlungstaktischen Gründen nicht die kompletten Ergebnisse auf den Tisch legen konnte. Natürlich gab es auch unter Journalisten Menschen, die wussten, dass es nicht auf die schnelle Story ankam, sondern darauf, die Ermittlungen nicht zu behindern und eventuell sogar dabei zu helfen, den Fall zu lösen. Leider ging die Tendenz immer mehr in Richtung Sensationspresse. Es wurden Dinge gemeldet, die es nicht gab, und geheime Ermittlungsunterlagen wurden einfach öffentlich gemacht. Es wurde ausführlich erklärt, wie man eine Bombe baut, oder wie man am besten keine Spuren, ja nicht mal eine DNA am Tatort hinterließ.

Pressefreiheit war recht und gut und es wurden auch schon viele Sachen von Journalisten aufgedeckt, die wahrscheinlich ohne sie nicht enthüllt worden wären, aber es gehörten einfach Grenzen gesetzt. Ein Ehrenkodex, wie es ihn früher gab, war leider nicht mehr aktuell. Ich wollte nicht wissen, wie viele sich schon aufgrund von einer Kampagne der Medien das Leben genommen hatten. Manchmal konnte es einem schon übel werden.

»Au Mann, jetzt bist du am Bäcker vorbeigefahren.«

»Sollte ich dort halten?«

»Hab ich dir doch gesagt?«

»Nein, hast du nicht, das weiß ich so genau, weil ich mich noch gewundert habe, dass du nichts gesagt hast.«

»Oh, Rüdiger, also manchmal könnt ich dich wirklich.«

»Ja, Wilhelm, ich weiß«, sagte er mit einem breiten Grinsen.

Zwei Minuten später standen wir dann doch beim Bäcker. Das Navi hatte sich vertan, und wir mussten umdrehen.

Diesmal grinste ich, als ich ausstieg und fragte, ob ich ihm was mitbringen sollte. Es dauerte keine zehn Minuten, und ich hatte alles, was ich brauchte.

»Wir können«, sagte ich und stieg wieder zu Rüdiger ins Auto.

Die Klingenhalde war gleich um die Ecke und auch das Haus hatten wir gleich gefunden. Brunner stand auf dem Klingelschild.

»Hier sind wir richtig. Er scheint da zu sein, zumindest steht ein Auto vor der Garage. Donnerwetter, als Direktor eines Sozialtheaters muss man wohl ganz ordentlich verdienen«, sagt Rüdiger und zeigt mit dem Kopf auf den Porsche, der vor der Garage stand.

Ich klingelte, und tatsächlich war eine männliche Stimme aus der Sprechanlage zu hören.

»Ja, bitte?«

»Guten Morgen, wir sind von der Kripo, meine Kollegin hat gestern mit ihnen telefoniert.«

»Ach ja, kommen Sie rein.«

Der Türöffner wurde betätigt und wir traten ein.

»Entschuldigen Sie, aber ich bin noch nicht lange wach. Ich koche mir gerade einen Kaffee, möchten Sie auch einen?«

»Ja gerne«, sagte ich für uns beide.

»Ich komme gleich, setzen Sie sich so lange ins Wohnzimmer und machen Sie es sich gemütlich.«

Bisher hatten wir nur seine Stimme gehört, die von oben aus dem ersten Stock zu uns sprach. Sie war sehr tief und freundlich, mit einem leicht schwäbischen Akzent. Jetzt standen wir im Flur und schauten uns an.

»Na, dann suchen wir mal das Wohnzimmer«, sagte Rüdiger und marschierte los. Er öffnete eine Türe und sagte: »Bingo«.

Ich folgte ihm und betrat ein Zimmer, das locker achtzig Quadratmeter besaß und eine riesige Fensterfront hatte, von der man ins Ewige schauen konnte.

»Donnerwetter«, flüsterte Rüdiger mir zu und zeigte dabei auf einen Fernseher, so groß wie eine Wand.

»So einen wollte ich schon immer haben.«

»Träume weiter, Rüdiger, und setz dich.«

Komischerweise tat er sofort, was ich von ihm wollte.

»Hol mal wieder Luft. Wir sind hier, um ihn zu interviewen und nicht um das Mobiliar zu inspizieren.«

»Mann, Wilhelm, wenn ich das hier sehe, frag ich mich, warum ich in der Schule nicht besser aufgepasst habe.«

»Wie meinst du das?«

»Ich hätte dann studieren können und hätte dann auch so viel Geld verdient, um mir das alles hier leisten zu können.«

»Bist du nicht gerne Polizist?«

»Doch, klar.«

»Also, dann sei doch zufrieden mit dem, was du erreicht hast. Du hast einen Beruf, der verdammt wichtig ist, zwar unterbezahlt, aber er ist doch erfüllend. Immer wenn ich einen Verbrecher hinter Schloss und Riegel gebracht habe oder einem Opfer geholfen habe, weiß ich, dass ich das Richtige tue und weiß, dass dieses Gefühl durch kein Geld ersetzt werden kann.«

»Ist ja gut, ich habe deine Philosophie verstanden, aber ein bisschen neidisch werde ich schon, wenn ich das hier sehe.«

»Ich sehe, Sie haben das richtige Zimmer gefunden.«

Erich Brunner stand hinter uns mit einem Frühstückstablett und einer dampfenden Kanne mit Kaffee. Er war ein Riese von einem Mann mit einem haarlosen Kopf und einem Bart, wie ihn die Musketiere trugen.

»Stört es Sie, wenn ich ein wenig Musik mache?«

»Nein, solange es kein Heavy Metall ist«, sagte ich.

»Keine Sorge, so was höre ich vielleicht einmal im Jahr.«

Er ging zu einer Stereoanlage, die gut und gerne 4000 Euro kostete, holte eine CD aus dem Regal, und gleich danach kam liebliche Gitarrenmusik aus den Lautsprechern. Es war Willi Astor, der da die Klampfe zupfte.

»Ich frühstücke immer sehr ausgiebig und lange«, sagte er noch und schenkte uns dann einen Kaffee ein.

»Ich habe für Sie auch Bretter und Messer mitgebracht. Alleine essen ist nicht so schön wie in Gesellschaft.«

Wir waren verdutzt, aber nicht abgeneigt und nahmen schließlich dankend an.

»Wir haben uns noch nicht vorgestellt, mein Name ist Wilhelm Klein und das ist mein Kollege Rüdiger Spiegel.«

»Klein und Spiegel, aha, hört sich fast so an wie Klein und Derrick«, sagte er und schmunzelte dabei vor sich hin.

»Probieren Sie mal das Schmalz, das kaufe ich immer beim Metzger Karl am Kanzleiplatz, Sie bekommen nirgends ein besseres.«

»Ich weiß«, sagte ich, »ich kaufe dort auch immer ein.«

»Ach was, das ist ja schön, wissen Sie, ich esse nämlich nur Fleisch und Wurst, wenn ich weiß, dass die Tiere, von denen das stammt, ordentlich gelebt haben. Sie müssen mal das Lied »Die Würde des Schweins ist unantastbar« von Reinhard May hören, dann wissen Sie, von was ich rede. Aber Sie sind bestimmt nicht wegen meinen Marotten hier. Warum habe ich denn die Ehre ihres Besuches?«

Rüdiger sagte nichts und schaute mich auch nicht an, er wusste, dass mir das erste Wort gehörte.

»Kennen Sie Hans Görges?«

»Ja, sicher, er spielt in unserem neuen Theaterstück »Leben und Sterben von Promi-Tieren« die »lila Kuh«. Ich glaube, er ist auch bei der Polizei.«

»Er war unser Chef«, sagte ich.

»Ach was, das ist ja nett. Moment, sagten Sie war? Ist er nicht mehr bei der Polizei?«

»Nein. Er wurde vorgestern tot aufgefunden.«

»Scheiße noch mal, warum denn das?«

»Er wurde ermordet.«

»Ermordet? Sind Sie sicher?«

»Ja, leider.«

»Mein Gott, das ist ja entsetzlich. Wissen Sie schon, warum und wer es war?«

»Nein, deswegen sind wir hier.«

»Ich verstehe, wie kann ich Ihnen helfen?«

»Wann haben Sie Herrn Görges das letzte Mal gesehen?«

»Sagen Sie doch Hans. Sie haben ihn doch bestimmt geduzt, so wie ich und das komplette Ensemble. Ich glaube, es war vor vier Tagen. Ich schaute zufällig bei den Proben vorbei, ja genau, es war am Freitag. Das weiß ich deshalb so genau, weil ich danach nach Frankfurt zur Buchmesse gefahren bin.«

»Wo finden diese Proben statt?«

»Oh, das ist unterschiedlich. Das hiesige Theater ist total ausgelastet, sodass wir oft an verschiedenen Orten proben. Oft auch bei den Schauspielern zu Hause, aber an dem Tag war es im Theater selber.«

»Können Sie sich an die Uhrzeit erinnern?«

»Hm, denke es wird so gegen achtzehn Uhr gewesen sein, um einundzwanzig Uhr habe ich im Hotel in Frankfurt eingecheckt, ja, achtzehn Uhr stimmt schon.«

»Kann es sein, dass Sie dann einen Tag später wieder probten?«

»Ja, klar, mit ziemlicher Sicherheit sogar. Frank, Jan, Frauke und Hans haben sich verabredet für den nächsten Tag, das habe ich noch mitbekommen.«

»Frank, Jan, Frauke? Wir brauchen die kompletten Namen und Adressen der Personen. Besser noch wäre eine Liste mit den Mitarbeitern Ihres Theaters mit Namen und Adressen. Wäre das möglich?«

»Die können Sie sofort haben.«

Er stand auf, nahm dabei noch einen Schluck Kaffee und ging aus dem Zimmer, um gleich darauf wieder hereinzukommen, bewaffnet mit einem Ordner.

»Hier haben Sie, was Sie brauchen.« Er drückte Rüdiger eine dreiseitige Liste in die Hand.

»Sie haben siebenundzwanzig Mitarbeiter?«, fragte Rüdiger erstaunt, »ist das nicht sehr viel für ein Theater, das auf Spenden und Einnahmen aus den Aufführungen angewiesen ist?«

»Nein, das sieht nur so aus. Von den siebenundzwanzig Leuten sind nur drei Festangestellte, der Rest sind alles ehrenamtliche Mitarbeiter oder bekommen nur einen kleinen Obolus für ihre Tätigkeit. Ich muss aber dazu sagen, dass wir finanziell nicht schlecht dastehen. Wir haben viele Gönner hier in der Stadt, und das ist auch gut so.«

Rüdiger unterstrich Frank Fausser, Jan Schlick und Frauke Hartmann und steckte die Liste in eine Tasche seiner M65-Feldjacke.

»Sie haben uns sehr geholfen, Herr Brunner. Ich hoffe, wir haben Sie nicht zu sehr aufgehalten.«

»Keineswegs, meine Herrn. Wie gesagt, in Gesellschaft schmeckt das Frühstück einfach besser. Wenn Sie noch irgendetwas wissen möchten, so melden Sie sich«, sagte er und gab mir seine Karte, auf der auch eine Handynummer stand.

»Die Handynummer ist eigentlich ein reines Alibi, um mit der Zeit zu gehen. Ich habe zwar immer eines dabei, aber es ist meistens aus. Nur einmal am Tag schalte ich es ein, um zu sehen, ob jemand angerufen hat.«

»Wir werden das bei der nächsten Kontaktaufnahme berücksichtigen«, sagte ich, und er lächelte zufrieden.

Wir nahmen den letzten Schluck aus unseren Tassen, bedankten uns für das Gespräch und das gute Frühstück. Wir erhoben uns. Erich Brunner begleitete uns noch zur Türe. Gerade, als er die Türe schließen wollte, fiel mir noch eine Frage ein.

»Herr Brunner«, rief ich schnell, »ich hätte da noch eine Frage.«

Die Türe öffnete sich wieder und Brunner stand wie ein Koloss im Türrahmen mit eingezogenem Kopf.

»Was gibt es denn noch?«, fragte er höflich.

»Eine Frage, die Sie nicht beantworten müssen, die mich aber brennend interessiert«.

»Dann schießen Sie mal los.«

»Verdient man so gut als Leiter eines Sozialtheaters, dass man sich das hier alles leisten kann?«

Er lachte laut los. Komisch, das Lachen hörte sich an wie das Lachen einer Frau, es passte nicht zum Rest dieses imposanten Mannes.

»Also nein«, sagte er, während er Luft holte, »mit dem Theater kann man kein Geld verdienen. Wenn ich davon leben müsste, würde ich wahrscheinlich in irgendeiner GWG-Wohnung leben und Hartz IV beziehen. Meine Tätigkeit im Theater ist ehrenamtlich, meine ganzen Bezüge aus dem Theater fließen wieder zurück, bis auf den letzten Cent. Ich habe vor fünf Jahren geerbt und das nicht wenig. Meine Frau sitzt bei drei im Dax notierten Unternehmen im Aufsichtsrat, allein was sie verdient würde reichen, um acht von diesen Autos ...«

Er zeigte dabei auf den Porsche.

»... und vier von diesen Häusern mit Inventar zu kaufen. Ich habe nur zwei Semester Theaterwissenschaft studiert. Danach versuchte ich mich in Jura für ein Semester, als dies auch nichts wurde, hängte ich noch jeweils ein Semester Sport und ein Semester Germanistik ran. Dort kam dann der Durchbruch, weil ich meine Frau kennenlernte. Das war vor zwanzig Jahren, und ich liebe sie immer noch wie am ersten Tag. Nicht wegen des Geldes, wie Sie vielleicht denken, davon habe ich in der Zwischenzeit selber genug. Sie hat immer an mich geglaubt! Als ich sie kennenlernte, wollte ich meine akademische Laufbahn gerade beenden und eine Bäckerlehre antreten. Sie sagte mir dann, wenn ich diese Lehre machen würde, dann wäre das so, wie wenn man Perlen vor die Säue wirft. Ich bin kein Handwerker, aber ich habe eine unglaubliche Fantasie, wenn es um das Schreiben geht. Sie sagte also zu mir: ›Setz dich hin und schreibe ein Buch, egal wie lange du dafür brauchst. Du schreibst und ich schaue, dass das Geld stimmt‹. So machten wir es. Nach drei Jahren war mein erstes Buch fertig und sie auf dem besten Weg, Millionärin zu werden.«

»Also, ich lese im Jahr bestimmt über fünfzehn Bücher, und ich behaupte von mir, dass ich mich auskenne. Aber einen Schriftsteller, der Erich Brunner heißt, kenne ich nicht«, sagte ich.

»Ja, ja das stimmt schon, aber ich veröffentliche nur unter Pseudonym. Wenn Sie mir versprechen, es keinem zu erzählen, dann sage ich Ihnen, wie sie mich in der Welt der Bücher nennen.«

»Ich bin Polizeibeamter und unterliege der Schweigepflicht, auch wenn es nicht sachdienlich ist.«

»Götz Reichel ist mein zweites Ich.«

Mir verschlug es die Sprache, das passte mit der Zeitangabe, die er machte. Götz Reichel war der deutsche Schriftsteller schlechthin. Fast jedes Jahr kam ein neues Buch von ihm heraus, dessen Erscheinungstermin dann wie ein Fest zelebriert wurde. Nur Harry Potter war erfolgreicher in Deutschland. Seine Bücher, die ausschließlich in der Zeit zwischen 1750 und 1850 angesiedelt waren, und immer von der Kriminalität, Armut und Schaffenskraft aus dieser Zeit erzählen, trafen immer den Geschmack der Leser. Ich stand nun diesem Mann gegenüber und war platt, dass ausgerechnet in Bronnweiler, in der Klingenhalde, ein solches Genie wohnte.

Wir wechselten noch ein paar Worte, und er versprach mir, meine Bücher, die ich von ihm besaß, mit einer Widmung zu versehen.

Als ich am Auto ankam, saß Rüdiger schon gelangweilt hinter dem Steuer.

»Du hast wohl alle Zeit der Welt, was?«, sagte er.

»Das nicht, aber ich weiß jetzt, wo er das ganze Geld her hat.«

»Ja, und, erzähl!«

»Er hat geerbt und seine Frau macht einen Mords Reibach. Kannst also wieder gerne Polizist sein und brauchst dir auch kein schlechtes Gewissen mehr machen wegen deiner Schulzeit.«

»Sehr beruhigend, wen soll ich denn sterben lassen, damit ich an so viel Geld komme? Meine Mama, meinen Papa oder meinen Opa? Eine Tante oder Onkel hab ich nicht, von denen ich eine größere Summe erwarten könnte, und außerdem sind mir die alle im Leben wichtiger, als ihr Geld im Tod. Wer hat denn schon noch einen Opa der in den Wolchow-Sümpfen gelegen hat, nur um die Hirngespinste eines österreichischen Malers zu verwirklichen. Wer hat denn noch Vater und Mutter, die mit siebzig so fit und agil sind wie ein Vierzigjähriger? Nein, nein Wilhelm, du hast schon recht gehabt vorhin, als du das mit den Spatzen und Kanarienvögeln gesagt hast.«

Ich war erstaunt, dass ich bei Rüdiger so einen Eindruck hinterlassen hatte. Normal trifft der Satz des alten Goethe, »Am Golde hängt, zum Golde drängt doch alles«, immer zu. Die Rückfahrt war ruhig, und ich bereitete mich schon darauf vor, in einer Stunde mit Karl Schumann an einem Tisch zu sitzen und ein Konzept für die Pressekonferenz zu erarbeiten.

Am Polizeigebäude angekommen, ließ mich Rüdiger am Eingang raus, sodass ich schon mal zu unserem Büro gehen und Vorbereitungen treffen konnte. Er brachte in der Zeit den Wagen ins Depot. Ich ging ins Büro, begrüßte Aysel und erzählte ihr kurz das Wesentlichste. Sie sagte mir, dass sie noch immer nichts gefunden habe, aber die Liste mit den Requisitenherstellern schon zu Andy gefaxt hatte. Es dauerte keine fünf Minuten, und ich verließ das Büro wieder in Richtung Schumann. Im Hinausgehen sagte ich noch, dass Rüdiger die Liste, er wisse schon welche, in den Rechner eingeben solle. Besonders die Namen, die er unterstrichen hatte. Wenn er irgendetwas fände, dann könne er mich noch bis kurz vor der Pressekonferenz bei Karlo erreichen. Mit einem kleinen Bündel Akten unter dem Arm machte ich mich auf zu meinem Chef.

Frau Köhler winkte mich gleich durch. Als ich sein Büro betrat, wurde ich mit einem freudigen »Hallo« begrüßt. Wir hatten noch über eineinhalb Stunden Zeit und machten uns gleich an die Arbeit. Ich klärte ihn über den Stand der Ermittlungen auf. Er reagierte mit Zufriedenheit, als er hörte, dass wir dem Tipp von ihm mit dem Rachemord nachgingen. Bei der Geschichte von den Theaterleuten, die einen Termin mit Hans hatten an dem Tag, an dem er ermordet wurde, horchte er auf und plädierte dafür, diese Spur weiter zu untersuchen und den Rachemord erst mal ruhen zu lassen, um die Kräfte besser zu bündeln.

Gerade als wir über den Ablauf der Pressekonferenz reden wollten, ging die Tür auf und Staatsanwalt Dr. Häberle kam in den Raum. Das heißt, erst kam sein Bauch und dann der Rest von seinem kleinen runden Körper.

»Karl, hallo. Guten Tag, Herr Klein.«

»Tut mir leid, dass ich so spät komme, aber meine Frau hat ihre Wohnungsschlüssel verloren. Ich musste ihr erst noch den Schlüssel bringen. Ich hoffe, ich habe nichts verpasst!«

Der Kater klärte ihn über das auf, was ich ihm vor etwa fünfundvierzig Minuten erzählt hatte. Er war dabei nicht unbedingt freundlich und ließ Dr. Häberle spüren, dass er es hasste, wenn jemand zu spät kam, ganz egal, welchen Stand die Person hatte.

Weil der Staatsanwalt zu spät gekommen war, konnte mir Schumann den Ablauf der Pressekonferenz nicht mehr erklären. Er fand nur noch Zeit für zwei Sätze.

»Sie sagen gar nichts, überlassen Sie das Reden mir und Dr. Häberle. Sollten Sie etwas gefragt werden, so erklären Sie, dass Sie aus ermittlungstaktischen Gründen nichts zu der gestellten Frage sagen können. Haben Sie das verstanden?«

»Jawohl, Herr Schumann«, sagte ich und war mir sicher, dass ich heute Abend Marion zum Essen einladen würde, wenn ich es schaffte, die Anweisung von Schumann zu befolgen.

»Nun denn, Attempto!«, sagte Schumann und ging los.

»Das macht er immer so, hat ein Faible für den alten Eberhard im Barte«, sagte der Staatsanwalt zu mir und trottete hinter dem Kater her.

Ich folgte beiden mit schwammigen Beinen und einem blümeranten Gefühl im Bauch. Im Erdgeschoss angekommen, waren es keine zehn Meter mehr bis zu dem Raum, in dem die Pressekonferenz abgehalten wurde. Vor der Tür standen vier Streifenbeamte, die dazu verdonnert waren, für Ordnung zu sorgen und den Presseleuten und Journalisten ein wenig Einhalt zu gebieten. Es lag nämlich im Naturell dieser Berufssparte, dass sie sich selbstständig machten und auf Erkundungstour gingen, um irgendwelche Verschwörungen, die sich ja hinter jeder Ecke verbargen, aufzudecken. Der Raum hatte zwei Eingänge, einen am Anfang des Raums und einen am Ende. Vor dem Letzteren waren wir nun angelangt.

»Kollegen, wie sieht es aus da drin?«, fragte Schumann die vier Streifenbeamten.

»So viele, wie jetzt da drin sind, haben wir noch nie gesehen«, sagten alle vier.

»Die wollen alle eine Story haben. Los Karl, lass uns reingehen«, sagte Dr. Häberle und legte dabei eine Hand auf die Schulter des Katers.

Der Kater zwinkerte mir zu und öffnete die Tür. Gleich nach der Türe stand ein langer Tisch mit drei Stühlen und drei Mikrofonen. Da ich als Letzter den Raum betrat, wusste ich automatisch, welcher Stuhl mir gehörte. Der Kater saß in der Mitte und Dr. Häberle steuerte den Stuhl rechts von ihm an. Es blieb mir also der Linke übrig. Ich wartete, bis beide saßen, und nahm dann auch Platz.

Der Raum war zum Bersten gefüllt. Kein Stuhl war mehr frei und vom Boden sah man auch nicht mehr viel, weil dort die Fotografen saßen oder lagen, um eine bessere Schussposition zu bekommen. An der Seite stand ein Mann mit einem Mikrofon, das an einer Teleskopstange befestigt war, mit der man jeden Teil des Raumes erreichen konnte.

Ich schätzte, dass rund hundertfünfzig Personen hier waren, die eine gigantische Geräuschkulisse hervorbrachten. Als wir jedoch saßen, war es schlagartig ruhig und man konnte förmlich die Stecknadel fallen hören. Die Luft war stickig und roch nach Schweiß und kaltem Kaffee.

»Sehr geehrte Damen und Herren«, begann der Kater Punkt fünfzehn Uhr, »ich danke ihnen, dass sie so zahlreich erschienen sind, und hoffe, dass wir ihren Wissensdurst stillen können.«

Ein leises Kichern ging durch den Raum, und die Spannung war gelöst.

»Ich schlage vor, dass wir es wie immer halten. Wir klären sie erst mal auf, wie der Stand der Ermittlungen ist, und sie stellen danach ihre Fragen.«

Es waren alle einverstanden. Schumann erzählte, was wir wussten, verschwieg allerdings die Spur mit dem Theater. Die Journalisten machten eifrig Notizen oder nahmen das Gesagte auf Band auf. Schumann schmückte alles noch mit nebensächlichem Beiwerk, und die Journalisten schienen zufrieden. Nach gut zwanzig Minuten war er fertig und ich dachte, dass es wohl keine Fragen geben würde. Er hatte ja fast alles offengelegt. Aber weit gefehlt. Er beendete seinen Vortrag mit den Worten »So, nun sind sie an der Reihe.«

Neunzig Prozent der Hände gingen nach oben und der

Mann mit dem Teleskopmikrofon schaute Schumann Hilfe suchend an.

Der sagte: »Die lokale Presse zuerst, bitte.«

Schon begannen die Ersten zu murren.

»Entschuldigung, aber hier ist das so und nicht anders«, schnurrte Schumann die Journalisten an und gab das Wort frei.

»Frank Fässler vom GEA und meine Frage wäre: Gibt es einen Zusammenhang zwischen dem Polizisten Hans Görges und dem ermordeten Polizisten vor zwei Wochen in Ludwigsburg?«

»Nein, gibt es nicht, der Kollege aus Ludwigsburg wurde von einem auf der Flucht befindlichen Autoschieber mit einer Makarov 9 Millimeter erschossen. Dieser ist inzwischen gefasst und geständig. Der Kollege Görges wurde mit einem Bolzenschussgerät ermordet.«

Der GEA war bedient.

»Der Nächste, bitte.«

»Leander Lemcke von den Tübinger Nachrichten, meine Frage wäre: Sie haben erwähnt, dass Herr Görges mit einem Bolzenschussgerät ermordet wurde. Gibt es dazu ähnliche Fälle, die vielleicht auf die Spur des Täters führen könnten und wenn ja, haben sie schon irgendwelche Verdächtigen im Auge?«

Diesmal antwortete Dr. Häberle. Er hatte ja auch lange genug geschwiegen. Man sollte ja merken, dass auch er sein Geld mit Arbeit verdiente und nicht nur mit Sitzen und Beobachten beschäftigt war.

»Sicherlich gibt es Fälle, in denen Menschen mit solch einem Instrument ermordet wurden. Auch sind wir dabei, mit den uns bekannten Fällen einen Abgleich zu machen. Leider ist bis jetzt noch nichts Konkretes dabei herausgekommen. Was aber nicht heißen soll, dass wir diese Spur nicht weiter untersuchen.«

So gingen die Fragen ins Land und ich dachte schon, dass

ich um das Essen mit Marion herumkomme, da alles Gefragte bisher nur belanglos war. Bis diese kleine, zierliche Spitzmaus mit schwarzem Bubikopf und Piepsstimme ihre Frage stellte.

»Ilona Stoll von den Stadtnachrichten: Wissen Sie schon, warum Ihr Kollege Görges ausgerechnet mitten in der Stadt abgelegt wurde und zudem keine vier Meter vom Café Winkler entfernt. Dieses Café hat er ja, nach meinem Kenntnisstand, auch regelmäßig besucht. Auch war er am Abend der Tat im Café. Kann es sein, dass Sie hier einen wichtigen Aspekt außer Acht lassen oder uns etwas vorenthalten?«

Der Staatsanwalt schaute Hilfe suchend den Kater an. Dieser hatte schon vor dem letzten Satz der Journalistin nach einer Antwort gesucht und wohl auch gefunden, aber ich war schneller.

»Woher haben Sie diese Informationen?«

»Das ist meine Sache!«, kam die schlagfertige Antwort zurück.

»Es tut mir leid, aber das ist hiermit nicht mehr ihre Sache. Sie halten offensichtlich Informationen zurück und damit behindern Sie die Ermittlungen. Ihnen dürfte ja klar sein, dass Sie sich damit strafbar machen.«

Statt kleinlaut zu werden, wurde sie jetzt auch noch frech.

»Ich werde Ihnen sicherlich nicht sagen, woher ich mein Wissen habe. Aber vielleicht können Sie uns ja sagen, was dieser Mann wollte, der gegen zwanzig Uhr das Café betrat und sich nach ihrem Kollegen erkundigte.«

Das war nun zu viel des Guten, ich konnte nicht anders, ich musste handeln. Das Essen mit Marion war sowieso schon verloren.

»Ich nehme Sie hiermit vorläufig fest. Wegen Behinderung der Ermittlungen im Fall Görges.«

Jetzt brach ein Sturm los. Alle Journalisten schrien durcheinander, schalteten ihre Diktiergeräte ein und fummelten an ihren Handys herum. Ein Blitzlichtgewitter ging auf uns nieder, und die Kameraleute begannen nervös, ihr Revier mit allen Mitteln zu verteidigen. Die Türe, durch die wir vor fünfundvierzig Minuten hereingekommen waren, wurde aufgerissen, und die vier Streifenbeamten stürmten in den Raum.

Ich gab eine kurze Anweisung an die Vier und dann gingen sie in die Richtung Ilona Stoll. Diese rührte sich nicht und blieb auf ihrem Stuhl sitzen. Es schien so, als ob sie Gefallen an dem Tumult hatte und genoss, was so eben passierte. Kein Wunder, war sie doch jetzt von einer Minute auf die andere von der grauen Maus zur deutschlandweit bekannten Journalistin geworden. Schon in den achtzehn-Uhr-Nachrichten würde alles zu sehen sein. Bei den Nachrichtensendern würde es schon um siebzehn Uhr über den Newsticker wandern. Ich als Schießbudenfigur mittendrin.

Ungefähr zwei Meter vor der Journalistin begann sich Widerstand zu formieren. Ihre Kollegen und Kolleginnen machten den Weg zu ihr dicht und rückten enger zusammen.

Ja, ja, dachte ich so bei mir, wenn es an ihr Berufsethos geht, dann haben sie auf einmal so was wie eine Ehre. Oder war es einfach nur die Aussicht auf eine Story? Journalistin vor den Fängen korrupter Polizisten und Staatsanwälten bewahrt. Oder: Journalisten, hier gibt es noch eine Ehre, wir halten zusammen. Wir kämpfen für die Freiheit. Oder: wir sind die Macht, wählt die Journalisten.

Schon versuchten die vier Kollegen, die Ersten auf die Seite zu schieben, schon wurde der Ton rauer und die Stimmung aggressiver. Die Lautstärke stieg an und die Situation stand kurz vor der Eskalation. Der Kater und Dr. Häberle hatten schon rote Köpfe vor lauter Schreierei, und die Blutgefäße traten an ihren Schläfen hervor.

Ich hatte bis jetzt regungslos hinter meinem Mikrofon gesessen und alles von ganz weit weg wie durch einen Schleier gesehen. Jetzt realisierte ich das Ganze und wollte reagieren, wollte für Ruhe und Ordnung sorgen. So, wie ich es auf der Polizeischule gelernt hatte. Ich ging auf die vier Kollegen zu, um ihnen zu helfen, doch plötzlich durchriss ein schriller Ton den Tumult.

Die Stoll hatte ihre Energie in eine Trillerpfeife entladen und alle gezwungen, die in ihrer Nähe standen, sich vor Schmerz die Ohren zuzuhalten. Es war Ruhe. Sie stand langsam, fast wie eine Diva, auf, zupfte ihr T-Shirt zurecht, strich über ihre Jeans und sagte dann in meine Richtung: »Herr Klein, ich wäre dann so weit. Kollegen, bitte macht den Weg für die Herren und meine Wenigkeit frei.«

Es war wie bei Moses, als Gott das Meer teilte, nach links und rechts ging die Meute auseinander. Was für eine Deeskalation. Innerhalb von Sekunden war die Situation bereinigt. Frau Stoll nahm ihre sieben Sachen und ging zu den Beamten, die sie in ihre Mitte nahmen und mit ihr den Raum verließen. Schumann starrte mich an, schüttelte den Kopf und sagte dabei in das Mikrofon: »Die Pressekonferenz ist beendet.«

Die Tür fiel ins Schloss. Wir standen wieder in dem Gang, in dem wir vor über einer Stunde gestanden hatten, noch nicht wissend, was auf uns zukommen würde.

Ich war schuld, das wusste ich schon nach den ersten zwei Wörtern, als diese meinen Mund verlassen hatten. Jetzt standen wir also da, atmeten tief durch und ließen unseren Gedanken Zeit sich zu sammeln.

»Was haben Sie sich dabei gedacht, Herr Klein«, schrie mich Schumann an, »wie konnten Sie sich meinen Anweisungen widersetzen? Wissen Sie, was Sie da angerichtet haben, es war ein Fehler Sie zu befördern und Sie dann auch noch zum Leiter einer SOKO zu machen. Hans wäre so etwas nicht passiert, im Leben nicht, er wusste genau, worauf es ankam.«

»Karl, hör auf damit«, sagte Dr. Häberle, »was richtest du denn gerade an?«

Schumann schaute ihn an, und ihm wurde bewusst, dass

er mich vor den vier Kollegen, dem Staatsanwalt und Ilona Stoll, die jetzt ganz kleinlaut neben den Beamten stand, rundgemacht hatte wie ein Buslenker.

»Entschuldigen Sie Kollege Klein, ich sehe Sie in zwanzig Minuten, zusammen mit Ihnen, er schaute Frau Stoll an, in meinem Büro.«

Ohne ein weiteres Wort zu sagen, ging er in die Richtung seines Büros, im Schlepptau hatte er den Staatsanwalt. Auf dem Weg in sein Büro unterhielt sich der Kater mit Dr. Häberle.

»Mensch Karl, du kannst doch deinen neuen Hauptkommissar nicht vor versammelter Mannschaft auf diese Art zusammenstauchen, das geht nicht.«

»Du hast ja recht, aber weißt du, was jetzt auf uns zukommt? Sie werden über uns herfallen wie ein Schwarm Wespen über ein Marmeladenbrot.«

»Weiß ich auch, aber ihm fehlt eben noch die Erfahrung im Umgang mit den Medien, und Emotionen spielen auch noch mit. Wenn er diese Pressetante morgen besucht hätte, dann wäre alles in Butter gewesen und den Rummel hätte es nicht gegeben. Ich muss meine Vorgesetzten informieren, und zwar gleich, nicht dass sie es noch von der Presse oder den Fernsehleuten erfahren.«

»Was wirst du ihnen sagen?«

»Ich werde berichten, wie es war, und ich werde ihnen sagen, dass der Klein ein guter Polizist ist. Leider hat er sich zu viel bei Hans abgeschaut. Er hätte sich auch nicht an meine Anweisungen gehalten.«

Eine Etage tiefer, im Büro des Ermittlerteams, saß die Stoll auf ihrem Stuhl und war schon wieder frech.

»Sie wissen, was sie da angerichtet haben Herr Klein? Bundesweit wird man über Sie berichten, Sie werden ihren Job verlieren. Wenn Sie Glück haben, wird man Sie in einen Streifenwagen setzen, wo Sie dann auf ihre Pensionierung warten dürfen.«

»Seien Sie still«, schrie Aysel sie an, »der, den Sie hier in den Dreck ziehen, ist unser Freund und Vorgesetzter. Er würde nie etwas tun, für das er nicht die Verantwortung übernehmen würde. Warum sind Sie mit ihrem Wissen nicht zu uns gekommen? Ich kann Ihnen sagen, warum. Sie wollten sich profilieren, wollten Ihren Kollegen zeigen, was Sie alles drauf haben. Wollten ihren persönlichen Nutzen daraus ziehen und haben nicht an die Allgemeinheit gedacht. Da draußen läuft ein Mörder frei herum, und vielleicht denkt er jetzt, dass Sie mehr wissen und ihn vielleicht gesehen haben. Jetzt wird er natürlich versuchen, Sie zu finden, um Sie auszuschalten. Vielleicht ist er ein Profi, und er weiß, dass wir Sie morgen wieder laufen lassen müssen. Dann steht er vielleicht vor dem Polizeirevier und folgt Ihnen um Sie dann …« Dabei machte Aysel eine eindeutige Handbewegung an ihrem Hals vorbei, die darauf schließen ließ, dass das gute Fräulein Stoll bald in eine andere Sphäre befördert werden würde.

»Sie haben sicherlich Beamte postiert, um ihn zu fassen.«

»Hätten wir, das stimmt, aber meinen Sie, dass irgendein Beamter morgen da draußen ist, um Sie zu beschützen? Sie wissen doch, dass wir zu wenig Personal haben, und Ihre Fraktion schreit ja sowieso immer das Lied vom Polizeistaat. Also«, Aysel hob die Schultern, »kein Personenschutz. Sie sind uns nicht wichtig genug. Als Zeugin sind Sie wertlos, weil Sie nichts sagen, c'est la vie.« Das saß. Ilona Stoll war kreidebleich im Gesicht.

»Daran habe ich nicht gedacht, ich schwöre Ihnen, dass ich alles sagen werde, nur stellen Sie mich unter Polizeischutz.«

»Nein«, sagte Rüdiger barsch, »wir gehen jetzt zu Herrn Schumann.«

Er schnappte sie am rechten Arm und ging mit ihr zur Türe. Sie zitterte am ganzen Körper, » aber nachher, ja, dann sag ich Ihnen alles.«

»Das müssen wir uns noch überlegen«, sagte Rüdiger und konnte sich sein Grinsen kaum verheben. Ich folgte ihm, gefasst auf das, was da kommen würde.

Frau Köhler würdigte uns keines Blickes, als wir ihren Raum betraten, sie schaute nicht einmal auf und machte nur eine Handbewegung, die darauf schließen ließ, dass wir durchgehen sollten. Wir hatten ihren Chef in eine mehr als unangenehme Situation gebracht, und da reagierte sie sehr allergisch. Ich ging mit der Journalistin in das Büro von Schumann. Rüdiger blieb draußen bei der Vorzimmerdame.

»Setzen Sie sich«, sagte der Kater und er sah dabei älter als sonst aus.

Der Staatsanwalt war auch da und schob, ganz die alte Schule, der Stoll den Stuhl unter ihren Popo.

»Wir sind hier in eine Situation geraten, mit der ich in meiner ganzen Laufbahn noch nicht zu tun hatte. Auf beiden Seiten wurden Fehler begangen. Jetzt müssen wir alles tun, um den Schaden für alle«, dabei sah er die Stoll an, »so gering wie möglich zu halten.«

»Gewiss, Sie haben recht«, plapperte Ilona Stoll los.

Der Kater schaute sie verwundert an, damit hatte er nun nicht gerechnet.

»Ich werde alles tun, was Sie von mir verlangen, wir müssen versuchen, das Geschehene aus der Welt zu schaffen.«

»Das freut uns Frau Stoll, dass Sie so kooperativ sind. Dann lassen Sie uns jetzt gemeinsam überlegen, wie wir es anstellen, dass nicht noch mehr passiert und die gute Beziehung, die unsere beiden Berufe bisher hatten, nicht den Bach runtergeht.«

Was für ein Geheuchel, dachte ich und wusste, dass ich die Position von Schumann nicht geschenkt haben wollte. Ich wollte aber mithelfen, die Situation zu bereinigen.

Nach einer halben Stunde war alles geregelt und jeder wusste, was er zu tun hatte. Die Stoll sollte sich vor die Presse stellen und eine Lanze für die Polizeiarbeit brechen, sollte klar machen, dass Polizisten auch Menschen mit Emotionen sind und sie selber den Fehler gemacht hatte, uns in unserer Arbeit nicht zu unterstützen. Was ihre Bürgerpflicht gewesen wäre.

Ich sollte ebenfalls eine Presseerklärung verlesen und mich dabei eingehend für die Entgleisung bei der Pressekonferenz entschuldigen und gleichzeitig erklären, wie wichtig die Pressearbeit doch für unsere Arbeit ist.

»Wir bedanken uns für Ihre Mitarbeit und übergeben Sie nun wieder der Obhut unseres Herrn Klein und seiner Kollegen.«

Der Staatsanwalt und der Kater drückten die Hand der Stoll und mir klopften sie auf die Schulter. Zusammen mit Rüdiger gingen wir wieder in unser Büro.

»So, nun erzählen Sie mal Frau Stoll, was wissen Sie denn alles«, fragte Aysel.

»Nun, ich bin nicht oft im Café Winkler, höchstens zweimal im Monat, aber bei diesen Besuchen habe ich zweimal ihren Kollegen Görges mit einigen aus der Theatergruppe gesehen. Mir fiel sein Gesicht wieder ein, als ich ein Foto von ihm in der Redaktion sah.«

»Wie war das mit diesem Mann, der sich nach unserem Kollegen erkundigte?«

»Also, da war ich mit einer Freundin noch im Café. Wir saßen an der Theke und tranken noch unseren Prosecco zu Ende, als dieser Mann reinkam. Herr Winkler hatte schon die Maschine geputzt, und deshalb konnte er keinen Espresso mehr haben. Er hatte sich an die Theke gesetzt, so konnten wir jedes Wort verstehen.«

»Kennen Sie diesen Mann?«

»Nein, ich und meine Freundin haben ihn noch nie gesehen.«

»Was machte er für einen Eindruck auf Sie?«

»Keinen Besonderen, sah schmierig aus, zumindest was seine Haare angeht. Er wirkte nicht aggressiv oder sonst irgendwie nervös. Ungewöhnlich war eben, dass er sofort wieder ging, nachdem er mitbekommen hatte, dass ihr Kollege nicht mehr da war. Eine Frau wäre nicht so schnell gegangen.«

»Warum wäre eine Frau nicht gegangen«, wollte Rüdiger wissen.

»Dass ein Mann das nicht versteht, ist ja mal wieder typisch, sehen Sie sich doch mal diesen Herrn Winkler an. Wenn Sie das getan haben, dann zeigen Sie mir eine Frau, die nicht vor ihm zerfließt.«

Rüdiger verdrehte die Augen und sagt nur ein gequältes: »Ach so.«

Ich beugte mich zu Ilona Stoll hinunter, bis ich noch etwa fünf Zentimeter von ihrem Gesicht entfernt war. Schaute ganz tief in ihre Augen und sagte dabei: »Ist das wirklich alles, was Sie wissen?«

Eingeschüchtert und mit zittriger Stimme sagte sie: »Ich schwöre Herr Klein, es ist alles, was ich weiß.«

»Na gut, dann wollen wir das mal glauben.«

»Es tut mir aufrichtig leid, was ich getan habe. Mir war die Tragweite meines Handelns nicht bewusst. Ich schwöre Ihnen noch mal, dass ich nicht mehr weiß. Sollte ich mehr erfahren, so werden sie die Ersten sein, denen ich es erzähle, noch vor der Redaktion«, sagte sie und streckte dabei Daumen-, Ring- und Mittelfinger der rechten Hand in die Höhe.

»Ja, ja, schon gut«, sagte ich und dachte mir meinen Teil, nämlich dass sie keine Möglichkeit auslassen würde, um uns zu verarschen. Ich sollte eines Besseren belehrt werden.

»Sind Sie mit einem Fahrzeug hier?«

»Nein, steht in der Redaktion, ich bin mit einem Kollegen hierher gefahren.«

»Rüdiger, würdest du Frau Stoll zu ihrem Auto oder nach Hause fahren, ganz wie es ihr beliebt?«

»Aber natürlich, Herr Klein«, sagte er und verdrehte dabei schon wieder die Augen.

Als sie den Raum verlassen hatten, nötigte ich Aysel, mit mir nach draußen an die frische Luft zu gehen, dass ich eine rauchen konnte.

Vor dem Präsidium steckte ich mir genüsslich eines von diesen kleinen weißen Stäbchen an. Nach dem zweiten Zug fragte ich Aysel, ob es etwas Neues gäbe von dem ich noch nichts wüsste.

»Andy hat angerufen und mir den Namen von diesem Menschen aus dem Café gegeben.« »Du meinst den mit den Theaterrequisiten?«

»Ja, genau der. Er wohnt in Pliezhausen, ich habe ihn schon angerufen und einen Termin mit ihm ausgemacht, morgen früh, neun Uhr.«

»Wie hat er sich angehört?«

»Hm, also nicht so wie einer, der etwas zu verbergen hat oder nervös wäre. Wenn du mich fragst, ist er nicht unser Mann. Vielleicht kann er uns weiterhelfen, aber er hat mit der Tat nichts zu tun.«

»Wieder eine Spur, die im Sand verläuft«, raunzte ich vor mich hin.

»Hat Rüdiger etwas bei den drei Schauspielern erreicht?«

»Ja, aber können wir erst mal reingehen? Mir ist kalt!«

»Natürlich, ich vergesse immer, dass du ja aus dem Orient kommst.«

Ich bekam einen Schubs und ein verschmitztes Lächeln hinterher. Im Büro machte ich einen Kaffee und schenkte ihr eine Tasse ein. Rüdiger hatte nur diese Frauke Hartmann erreicht. Sie saß aber im Auto, als er anrief und da sie keine Freisprecheinrichtung hatte, begann sie gleich wie ein Rohrspatz mit ihm zu schimpfen. Ob dies jetzt die neuste Abzocke der Polizei sei. Handybesitzer in ihren Fahrzeugen anzurufen und dann einen Strafzettel vergeben, wenn diese keine Freisprecheinrichtung hatten. Ich musste unwillkürlich lachen.

»Na ja, auf jeden Fall hat Rüdiger sie für morgen früh ins Büro bestellt.

»Sonst nichts?«

»Nein, das ist alles.«

»Hat er die Namen nicht durch den Computer gelassen?«

»Wollte er gerade machen, als du mit dieser Journalistin reingekommen bist.«

»Ja, das war ja so auch nicht geplant.«

Ich schaute auf die Uhr an der Wand, die über einem Poster mit einem Peacezeichen hing. Sie zeigte achtzehn Uhr dreißig. Wieder ein Tag ohne Ergebnisse.

»Rufst du bitte Rüdiger an, er soll Feierabend machen. Du kannst dann auch gehen, ist schon viel zu spät.«

»Wie lange machst du noch, Wilhelm?«

»Ich mach auch Schluss.«

»Soll ich dich mitnehmen, bin heute mit dem Auto unterwegs?«

»Nein, danke dir, aber ich brauch den Fußmarsch nach Hause, um auf andere Gedanken zu kommen.«

»Na dann, schönen Abend noch.«

»Ja, dir auch Aysel, schlaf schön.«

Ich blieb noch ein paar Minuten sitzen und genoss die Ruhe im Büro. Dann merkte ich aber, dass der Geschmack in meinem Mund mir sagte, er könnte jetzt eine Zigarette mit Genuss vertragen. Ich zog meine Jacke an, machte das Licht aus und ging durch das Treppenhaus hinaus in die Nacht, die heraufgezogen war. Es war schon ordentlich kalt. Ich zog den Kragen meiner Jacke hoch. Ein Blick in den Himmel zeigte mir ein Sternenmeer. Ich wusste, dass ich trockenen Fußes nach Hause kommen würde.

»Guten Abend, Kollege.«

Ich blickte in die Richtung, aus der die Stimme kam. Der Kater saß auf einer der Bänke, die links und rechts des Eingangs platziert waren. Er paffte eine dicke Zigarre und schaute in den Himmel.

»Herr Schumann, guten Abend«, sagte ich erstaunt.

»Wollen Sie mir ein wenig Gesellschaft leisten und die Sterne beobachten?«

»Ja, sicher, wenn ich mir dabei eine Zigarette anstecken darf?«

»Feuer frei, Kollege, Feuer frei.«

»Sitzen Sie schon lange hier?«

»Nicht sehr lange. Ihre reizende Kollegin hat mir gesagt, dass Sie gleich Feierabend machen. Dachte mir, Sie würden bestimmt auch gerne ein wenig entspannen, und so habe ich auf Sie gewartet. Als Kinder sind wir immer auf den Feldern am Ringelbach gelegen und haben den Sternenhimmel beobachtet. Damals standen da vielleicht drei Häuser und die Kasernen. Wenn ich heute in diese Gegend komme, dann werde ich immer traurig, weil alles zugepflastert wird. Schauen Sie sich doch mal das Neubaugebiet an. Bis zum letzten Fleckchen ist alles verbaut. Die Leute haben ein Stückchen Wiese vor dem Haus, das sie mit der Nagelschere mähen können. Sind Sie nicht auch dort in der Nähe aufgewachsen?«

»Ja, gar nicht weit weg. Dort, wo der Weinladen ist.«

»Dann können Sie sich noch an den Tag der offenen Tür erinnern, den die Franzosen immer veranstaltet haben?«

»Ja, sehr gut sogar.«

»Ich habe damals in den Panzer- und Wartungshallen immer genau hingeschaut. Geschwommen sind die vor lauter Altöl und weiß Gott was sonst nicht noch alles. Aber die Erdproben haben ja scheinbar nichts Negatives ergeben. Ich kann das nicht nachvollziehen. Den Sportplatz wollen sie jetzt auch noch verbauen. Eine Schande ist das. Die Bevölkerung nimmt ab und wir stampfen immer neue Wohngebiete aus der Erde. Auch so eine Blase, die irgendwann platzen wird. Aber eigentlich wollte ich mich bei Ihnen noch entschuldigen. Ich habe Sie nicht mit dem Respekt behandelt, den Sie verdient hatten. Ich hätte einiges gegeben, um in diesem Moment für zehn Minuten mit Ihnen zu tauschen.«

»Ich habe …«

»Sie haben richtig reagiert, in meinen Augen. Was mein Chef von der ganzen Sache hält, brauche ich Ihnen wohl nicht zu sagen. Würde ich nicht in zwei Jahren in Pension gehen, ich wäre wohl heute meinen Posten los gewesen.«

Wieder konnte ich ihn nur erstaunt anstarren.

»Ja ja, da oben wird mit anderen Bandagen gekämpft. Dazu muss man geboren sein. Ich bin es nicht, wenn ich ehrlich bin, sonst hätte ich wohl nicht schon so viele Magengeschwüre gehabt. Aber ich halte Sie nur auf Kollege, es wartet bestimmt schon ihre Familie auf Sie.«

»Nein, nein, Herr Schumann, ich habe keine Familie.«

»Dann machen Sie eine, für was leben Sie denn?«

Damit stand er dampfend auf, nahm seine Aktentasche und marschierte los. Auf halben Weg drehte er sich noch einmal um und sagte: »Gute Nacht, Herr Klein.«

Dann ging er weiter. Was war denn das jetzt, dachte ich. Jetzt brauchte ich einen Roten. Ohne große Umwege ging ich nach Hause und war froh darüber, dass Licht in meiner Wohnung brannte und Marion eben am Wohnzimmerfenster vorbeigelaufen war. Bestimmt hatte sie Feuer im Ofen gemacht und etwas Leckeres zum Essen zubereitet oder mitgebracht. Ich ging gemütlich die Treppen nach oben und öffnete die Tür.

»Marion?«, rief ich in die Wohnung.

»Ja, ich bin hier.«

Die Stimme kam aus dem Raucherzimmer.

»Ich hab einen Roten offen und zu Essen gibt es auch gleich.«

»Kann ich vor dem Essen noch ein Glas Rotwein trinken und zu dir reinkommen?«

»Bullen sind immer erwünscht«, schallte es aus dem Zimmer.

Ich schmunzelte vor mich hin, holte mir ein Glas und ein Päckchen Zigaretten. So bewaffnet öffnete ich die Tür zum

Raucherzimmer. Marion stand auf, kam mir entgegen und drückte mich.

»Schön, dass du da bist, Wilhelm. Ich habe dich vermisst.«

»Ich habe dich auch vermisst, Marion.«

»Stimmt das?«

»Ganz bestimmt. Vielleicht, oder besser bestimmt, vergesse ich zu oft, was ich an dir habe. Bestimmt sage ich dir zu wenig, wie lieb ich dich habe. Aber ich bin immer glücklich, wenn ich dich in meiner Nähe habe. Als ich eben von der Straße aus das Licht in meiner Wohnung gesehen habe und du auch noch am Fenster vorbeigelaufen bist, habe ich gewusst, dass alles, was ich heute erlebt habe, vergessen sein wird, wenn ich dich in meinen Armen halte.«

»Na, dann nimm mich jetzt in deine Arme und vergesse.«

Ich tat wie befohlen und schlagartig ging es mir besser. Ob es die Wärme oder der Geruch ihrer Haut war oder der Duft ihrer Haare oder ihr Lächeln, das sie mir ständig entgegen, wirft. Ob es die Liebe ist, mit der sie mich umgarnt, ich kann es nicht beantworten.

»Willst du mir etwas erzählen«, flüsterte sie mir ins Ohr.

»Ja, bevor du es im Fernseher siehst«, flüsterte ich zurück.

»Wie meinst du das?«, sagte sie und schaute mich erstaunt an.

»Könnte ich vielleicht erst mal einen Schluck Wein haben?«

»Oh, Entschuldigung, sicher doch.«

Ich setzte mich in meinen Lieblingssessel und ließ den Wein über meine Zunge gleiten. Ich nahm noch einen Schluck, ließ ihn diesmal um die Zunge kreisen, und dabei zog ich etwas Luft durch die Lippen in den Mund. Ein Genuss. Ich zündete mir noch eine Zigarette an und lehnte mich zurück.

»Du machst es aber spannend, komm schon, lass es raus, oder ich schalte den Fernseher ein.«

»Es ist Folgendes, heute hatte ich eine Pressekonferenz mit Schumann und Dr. Häberle.«

»Lass mich raten, es war ein Kamerateam da und sie senden die Konferenz in der Tagesschau.«

»Es war nicht nur ein Kamerateam da.«

»Mehrere? Dann kommst du wahrscheinlich noch bei N-TV oder RTL? Mann, das ist ja mal was.«

»Ich weiß nicht, auf welchem Programm die Konferenz ausgestrahlt wird, aber es ist nicht unbedingt lustig, was du da sehen wirst.«

»Das glaub ich dir, es geht ja um einen ermordeten Freund und Vorgesetzten von dir und nicht um eine vereitelte Entführung, für die du einen Orden bekommst.«

»Ich glaube, es ist doch besser, wir schauen es zusammen an. Ich kann es schlecht in Worte fassen, was da passiert ist.«

»Also gut Wilhelm, nach dem Essen schauen wir uns an, was die Abteilung Bullerei wieder verbrochen hat.«

Ich war froh, dass sich Marion so leicht hatte überreden lassen, aber mir fehlten wirklich die passenden Worte in meinem Sprachrepertoire, um ihr zu erklären, wie es überhaupt dazu kommen konnte, dass die Situation mit der Stoll so eskalierte. Ich wusste es ja selber nicht genau.

Die Gemüselasagne, eine ihrer Spezialitäten, schmeckte hervorragend. Jetzt, wo wir vor Hans, dem neuen Fernseher, saßen, fiel mir ein, dass sie eigentlich Gemüselasagne nur zubereitete, wenn sie mir etwas sagen wollte. Gerade als ich sie fragen wollte, warum sie Gemüselasagne gemacht und mir danach nichts erzählt hatte, begann die Tagesschau und sie gab nur ein »Psst« von sich. Ich musste also warten, bis die Nachrichten zu Ende waren.

Es kam ein Bericht über den neuen US-Präsidenten Obama. Den anderen gibt es Gott sei Dank nicht mehr. Er hatte der Welt nicht gut getan. War nur eine Marionette der Wirtschafts-, Öl- und Waffenlobby gewesen. Wie Karl Marx schon sagte: »Wer die wirtschaftliche Macht hat, hat die politische Macht«. Ist schon etwas Wahres dran, in dem Punkt hatte der alte Karl nicht unrecht. Jetzt kamen der Sport und das Wetter. Marion schaute mich von der Seite an.

»Willst du mich verkohlen?«

»Nein, bestimmt nicht. Vielleicht kommt es in den Tagesthemen«, sagte ich, aber eigentlich war ich ratlos.

»Warum bringen die so eine Story nicht? Da stimmt doch etwas nicht.«

Das Telefon klingelte und Marion ging hin.

»Hallo Aysel, das ist aber schön, dass ich dich mal wieder höre. Wir müssen mal wieder was trinken gehen. Wie geht es dir? Das ist schön. Ja, der ist da, Moment, ich gebe ihn dir. Mach es gut, ja du auch, danke.«

»Hallo Aysel, was gibt's?«

»Hast du die Nachrichten gesehen?«

»Ja, hab ich.«

»Dann hast du bestimmt gemerkt, dass nichts von der Pressekonferenz gekommen ist.«

»Ja, sicher hab ich das. Weißt du warum?«

»Nein, aber Rüdiger hat mich eben angerufen, und er meinte, dass sie eine Nachrichtensperre veranlasst haben.«

»Genau, das muss es sein. Meinst du, ich sollte mal Schumann anrufen?«

»Ja, mach mal und melde dich dann wieder, ja?«

»Ja, bis gleich.«

Das Telefonat mit Schumann ergab, dass sich der Innenminister eingeschaltet hatte und somit der Generalstaatsanwalt eine Nachrichtensperre verhängt hatte.

Er hatte es schon gewusst, als er mit mir die Sterne beobachtete. Nachdem ich Aysel noch mal angerufen hatte, ging ich zurück zu Marion. Ich versuchte ihr nun, den Ablauf der Konferenz zu erzählen und auch warum nichts in den Nachrichten kam. Sie machte große Augen über meinen Auftritt und meinte dann:

»Wilhelm, Wilhelm ich hoffe nur, dass dein Sohn nicht

auch so unbeherrscht wird. Den Rest von dir kann er ruhig haben.«

»Was soll das jetzt heißen?«

»So wie ich es meine.«

Mir wurde ganz blümerant.

»Ähm, du bist schwanger«, fragte ich ganz vorsichtig und zaghaft?

Ihre Augen wurden feucht und sie sagte: »Ja!«

Mir fehlten die Worte. Ich wusste nicht, was ich sagen sollte. Ich konnte mir ein Leben ohne Marion eigentlich nicht mehr vorstellen, aber mit Kind? Meine Mama wäre begeistert, das wusste ich. Einen Enkel zu haben würde ihr bestimmt gut tun. Wir müssten heiraten. Müssten wir das? Es schossen mir plötzlich tausend Gedanken durch den Kopf. Wann war das passiert? Die Pille nahm sie nicht, weil ich das nicht wollte. Ich hatte mich eigentlich immer unter Kontrolle und konnte immer verhindern, dass meine kleinen Kaulquappen nicht dort landeten, wo sie eigentlich sollten, außer wenn sie es durften. Ihren Zyklus kannte ich aus dem Stegreif, und zwar so genau, dass sie mich oft fragte, wann sie ihre Regel bekommen würde. Konnte ich mich so vertun? Möglich ist ja alles. Sollte ich mich nun freuen oder nicht? Ich musste eine Entscheidung treffen, das war klar, aber welche war die Richtige? Für Marion und das Kind oder gegen Marion und gegen das Kind?

Kinder waren unsere Zukunft und es konnte eigentlich nie genug davon geben. Andererseits schränkten sie das bisherige Leben mächtig ein, und ich war mit meinem bisherigen Leben eigentlich total zufrieden gewesen. Auch für das Bindegewebe der Frau sind Kinder ja nicht unbedingt von Vorteil. Du kannst der Welt deine Kinder nicht vorenthalten. Hat mal jemand zu mir gesagt. Vielleicht war dein Kind jenes, das den Krebs besiegen konnte oder es war jenes, das der Welt den Frieden brachte.

Warum überlegte ich überhaupt noch? Für was leben wir

denn, wenn wir keine Kinder haben? Ich will kein familienpolitischer Blindgänger sein. Ich will mich einbringen in die Gesellschaft, meinen Beitrag leisten und alle Vorzüge genießen, die ein Kind mit sich bringt. Ja, ich will!

Meine Gedankenspiele hatten wohl zu lange gedauert. Marion saß da und weinte nun bitterlich. Ich nahm sie in den Arm, streichelte ihr über ihre Löwenmähne und sagte ihr ganz leise ins Ohr: »Ich liebe dich, ich liebe euch beide!«

Sie sah auf, versuchte mich anzuschauen und sagte dann: »Warum hast du so lange nichts gesagt?«

»Ich wusste nicht, was ich sagen sollte. Ich wusste auch nicht, ob ich mich freuen sollte. Entschuldige, dass ich überhaupt so lange überlegen musste, aber jetzt bin ich mir sicher, dass ich das Kind haben und mit dir großziehen und mit dir alt werden möchte.«

Sie schaute mich mit ihren feuchten, blauen Augen an. Mit eben jenen Augen, vor denen ich immer Angst hatte. Angst darin zu ertrinken. Sie legte ihre Hand auf mein Gesicht und sagte: »Du bist der beste Bulle der Welt und wirst bestimmt auch der beste Papa der Welt, ob du aber der beste Mann der Welt bist, das musst du mir erst noch beweisen.«

»Quod erat demonstrandum«, sagte ich und machte zuerst den Fernseher und dann das Licht aus.

Es war dunkel und die Straßen waren menschenleer. Die Nacht hat Kälte und Feuchte mitgebracht so, dass die Menschen gerne zu Hause sitzen oder früher als sonst ins Bett gehen. Der schlanken Gestalt, die sich über den städtischen Friedhof bewegte, machte das nichts aus. Seit frühster Kindheit wurde sie von ihrem Vater auf Härte und Zähigkeit getrimmt. Schon als kleines Kind mit fünf Jahren musste sie, nur mit seiner Unterhose begleitet, im Winter im hauseigenen Garten auf einem Stuhl ausharren. Solange wie es ihr

Vater für nötig hielt. Das erste Mal hatte sie noch geweint auch das zweite und dritte Mal hatte sie noch gehofft, ihren Vater dadurch zu erweichen. Doch dann ist ihr bewusst geworden, dass frieren besser war als die Schläge ihres Vaters. Die Kälte machte sie müde, und das Schütteln ihres kleinen Körpers nahm sie nach einer Stunde nicht mehr wahr. Oft war sie auf ihrem Stuhl ohnmächtig geworden und hatte nicht gemerkt, wie ihre Mutter sie erlöste. Sie wachte dann in ihrem Bettchen auf und hoffte auf den Sommer, nicht ahnend, dass er Schlimmeres mitbrachte als die Kälte.

Die Gestalt steuerte auf ein abgelegenes, sehr gepflegtes Grab zu. Als sie davorstand, begann sie mit dem Bewohner des Grabes eine Konversation.

»Seid gegrüßt, lieber Vater. Ich habe getan, was Sie von mir wollten. Der Weichling ist tot und das Recht hat gesprochen. Ich hoffe, Ihr seid zufrieden?

Jawohl, ich werde immer wachsam sein und das Recht so verteidigen, wie ihr es mich gelehrt habt. Mit aller Härte und ohne Kompromisse.

Wir sollten seinen Nachfolger im Auge behalten, denn ich befürchte, dass dieser nicht besser ist als der Weichling. Jawohl, Vater ich werde wiederkommen und euch berichten.

Die schlanke Gestalt verbeugte sich vor dem Grab, um gleich danach ihren Rückweg anzutreten. Langsam und gemächlich setzte sie sich in Bewegung. Der Kies unter ihren Schuhen knirschte leise durch die Nacht und sie wusste, dass es nicht der erste Tote war den sie für den Kampf um das Recht auf dem Gewissen hatte, aber es würde auch nicht der Letzte sein.

Als sie den Friedhof verließ, schlief die Stadt. Sie setzte sich in einen schwarzen Audi und fuhr nach Hause.

Es war acht Uhr dreißig, als es zaghaft an unserer Bürotüre klopfte.

Rüdiger sagte: »Herein.«

Es erschien zuerst ein Kopf, deren Haarfarbe alleine schon genügt hätte, die Besitzerin des eben erwähnten Körperteils im Mittelalter auf den Scheiterhaufen zu bringen. Als dann der Rest der Frau im Raum stand, konnte ich es mir nicht verkneifen zu sagen: »Ein Blumenkind, wie schön.«

Sie hatte eine Wildlederjacke an, die von innen mit Fell gefüttert war und das aus dem Kragen, den Ärmeln und dem Saum herausragte. Darunter einen Norwegerpulli mit Rentiermotiv. Eine lila Hose und Wildlederstiefel. Darüber hinaus trug sie eine Umhängetasche aus Jeans mit aufgenähtem Peacezeichen und einem Atomkraft-Nein-Danke-Button.

»Guten Morgen«, sagte sie mit heller Stimme, »ich bin Frauke Hartmann und soll mich heute hier melden.«

»Das ist schön, dass Sie so früh schon kommen konnten«, sagte Aysel und zeigte ihr einen Stuhl, auf dem sie es sich bequem machen konnte.

»Wissen Sie, warum Sie hier sind«, fragte ich.

»Nein, keine Ahnung, als ihr Kollege mich gestern angerufen hat, fuhr ich gerade mit dem Auto. Normalerweise telefoniere ich nicht beim Autofahren, aber ich habe auf einen dringenden Anruf von meinem Freund gewartet.«

»Also wegen Telefonierens ohne Freisprecheinrichtung in Ihrem Fahrzeug sind Sie nicht hier. Kennen Sie Hans Görges«, fragte ich.

Sie fuhr zusammen, als hätte sie etwas gewaltig erschreckt.

»Ja, klar kannte ich ihn, er war ein guter Bulle, er hat etwas getan für unser Theater. Er hat keinen aufgegeben, nicht mal die, die er in den Knast gebracht hatte. Ich bin sehr traurig, dass er nicht mehr lebt, aber ich weiß nichts.«

»Hm, wo waren Sie am 6. Oktober zwischen einundzwanzig Uhr dreißig und, sagen wir, drei Uhr?«

Sie wusste nicht, was sie sagen sollte, das merkte man sofort.

Frech sagte sie dann: »Was geht Sie das an?«

Sie weiß etwas, ging es mir durch den Kopf, jetzt nur nicht nervös werden. Jetzt war es wichtig, ihr zu zeigen, dass wir diejenigen waren, die die Kontrolle haben und aber gleichzeitig ihre Freunde sind.

»Nun, ich möchte ehrlich zu Ihnen sein, Frau Hartmann. Wir wissen von Herrn Brunner, den Sie ja kennen dürften, dass Sie mit Ihren Kollegen Fausser und Schlick eine Theaterprobe hatten, zusammen mit meinem, oder besser gesagt, unserem Kollegen Görges.«

»Sie waren bei Brunner?«, fragte sie.

»Ja, sonst wüssten wir ja nicht die Namen von ihnen drei.«

»Ach so«, seufzte sie und man sah, wie bei ihr sichtlich ein Kartenhaus zusammenbrach. Sie war nicht den geringsten Druck gewohnt, und ihre Verteidigung brach komplett zusammen.

»Es war ein Unfall«, sprudelte es plötzlich, und für uns völlig unerwartet, aus ihr heraus, danach hatte sie einen Weinkrampf der ersten Güte. Aysel versuchte, sie zu beruhigen, wenn es ihr auch schwerfiel, hatte sie doch etwas mit dem Tod von Hans zu tun. Sie schluchzte, zitterte und redete in einer Tour total wirr und unverständlich.

Ich nahm Rüdiger beiseite und sagte: »Schau, ob du etwas über sie und die beiden Jungs im Computer findest. Zuerst aber versuchst du, die beiden anderen ans Telefon zu bekommen. Wenn sie nicht zu erreichen sind, dann schreib sie sofort zur Fahndung aus.« Ohne eine Antwort von ihm zu bekommen, ging er an die Arbeit.

»Hören Sie doch, Frau Hartmann, wie sollen wir denn etwas verstehen, wenn Sie so weinen.«

Aysel strich ihr über die Schultern und versuchte sie zu trösten. Es dauerte gute fünfzehn Minuten, bis sie endlich einen verständlichen Satz von sich gab.

»Ich muss eine rauchen«, waren ihre Worte.

»Dann müssen wir nach draußen«, sagte ich.

»Ach komm, Wilhelm, lass sie doch hier eine rauchen.«

»Als gut, dann rauchen wir aber alle eine.«

Wir öffneten die Fenster und begannen, den blauen Dunst aus dem Fenster zu pusten.

»Er war so ein herzensguter Mensch. Wenn er zwanzig Jahre jünger gewesen wäre, hätte ich mich bestimmt in ihn verliebt. Zwei Tage zuvor hatte ich ihn noch zu meinem Geburtstag eingeladen. Meine Gäste wussten, dass er Polizist war und deshalb wurde erst geraucht, als er wieder weg war.«

»Warum das denn, er hat doch selber geraucht?«, fragte Aysel.

»Aber kein Hasch, und um die Zeit zu überbrücken, bis er wieder ging, hatten wir einen Haschkuchen gebacken. Dummerweise hat ausgerechnet er davon zwei Stück gegessen. Danach wurde er so lustig und gleichzeitig wieder melancholisch. Er erzählte uns seinen ganzen Lebenslauf und dabei begann er immer wieder zu weinen. Von seinem Kind hat er uns erzählt, das jetzt acht Jahre alt sein müsste.«

»Ich wusste nicht, dass er ein Kind hatte«, flüsterte mir Aysel ins Ohr. Mit einer Handbewegung machte ich ihr klar, dass wir uns später unterhalten würden. Ich war jedenfalls genauso erstaunt wie sie.

»Die Mutter des Kindes hatte er wohl bei einem Lehrgang in Flensburg kennengelernt. Sie soll bildhübsch gewesen sein, hat ihm aber nie verziehen, dass sie von ihm schwanger wurde. Sie war wohl Grafikdesignerin und hätte in London eine Stelle antreten sollen. Der Job war wohl so begehrt, wie ein Job als Astronaut. Daraus wurde dann nichts, weil sie schwanger wurde und ihr Arbeitgeber ihr auch noch kündigte. Konventionalstrafe hätte sie beinahe auch noch zahlen müssen, weil sie sich in ihrem Vertrag verpflichtet hatte, die nächsten fünf Jahre nicht schwanger zu werden.

Er hat immer wieder versucht, mit ihr in Kontakt zu treten, aber sie wollte nicht.«

Jetzt begann sie wieder zu weinen.

»Bis er dann zwei Tage später bei der Probe erzählte, dass diese Frau jetzt bereit wäre, ihm seinen Sohn zu zeigen. Zwei Stunden später war er tot. Können sie das verstehen? Ist das Schicksal oder Zufall oder ist so das Leben? Er hat sich so gefreut ...!«

Die nächsten zehn Minuten war wieder nichts aus ihr herauszubekommen. Rüdiger kam zurück und machte mir ein Zeichen, dass ich kommen sollte.

»Schau dir mal an, was der Rechner über die beiden Jungs ausgespuckt hat.«

Frank Fausser.
Geboren am 20. April 1984 in Reutlingen.
Vorbestraft wegen Drogenbesitz, Körperverletzung,
Diebstahl.
Zu zwei Jahren Haft ohne Bewährung verurteilt
am 13. Februar 2011.
Wegen guter Führung am 12. Mai 2012 entlassen.

Jan Schlick.
Geboren am 19. Juni 1983 in Glückstadt.
Vorbestraft wegen Drogenbesitz, Körperverletzung,
Diebstahl und Einbruch.
Zu zweieinhalb Jahren Haft ohne Bewährung verurteilt
am 8. Dezember 2010.
Wegen guter Führung am 12. Mai 2012 entlassen.

»Das ist ja interessant.«

»Es kommt noch besser, Wilhelm.«

»Beide hat Hans verdonnert und beide saßen in Rottenburg.«

»Donnerwetter. Hast du sie erreicht?«

»Nein, hab sie zur Fahndung ausgeschrieben.«

»Gute Arbeit, Rüdiger.«

Ich ging wieder zurück ins Büro, wo sich die Lage etwas beruhigt hatte.

»Wollen wir noch mal eine rauchen, Frau Hartmann?«

Sie nickte und wir gingen zum Fenster.

»Was wissen Sie über Ihre Kollegen Fausser und Schlick?«

»Was soll ich wissen?«

»Zum Beispiel, wo sie sich im Moment aufhalten?«

»Die werden zu Hause sein.«

»Eben nicht, wir können sie nicht erreichen.«

»Scheiße, hoffentlich machen die keinen Blödsinn.«

»Wo könnten sie sich denn aufhalten?«

»Ich weiß es nicht, wirklich nicht. Haben sie es schon auf ihren Handys probiert?«

»Wir wussten nicht, dass sie welche besitzen.«

»Hier sind die Nummern.«

Sie gab uns einen Zettel aus ihrer Tasche, auf dem standen zwei Nummern mit jeweils einem Namen. Fleisch und Fisch.

»Wer ist wer«, fragte ich und hielt ihr dabei den Zettel vor die Nase.

»Ach so, Entschuldigung, Fleisch ist Frank, sein Vater hat eine Metzgerei und Fisch ist Jan, sein Vater hatte einen Fischkutter.«

»Rüdiger, könntest du etwas über die Handys in Erfahrung bringen?«

»Mach ich«, sagte er und verschwand.

»Hoffentlich tun sie sich nichts an.«

»Hätten sie denn einen Grund dazu?«, fragte ich sie, um das Gespräch wieder in die richtigen Bahnen zu lenken.

Sie schaute mich an, und in ihren Augen war ihre Verzweiflung zu erkennen.

»Ich sagte Ihnen schon, es war ein Unfall, aber es wird uns sowieso niemand glauben. Wo doch Jan und Frank alte Knackis sind.«

»Versuchen wir es einfach«, sagte Aysel.

»Es war wie immer, Hans war die lila Kuh, die war er das ganze Stück über. Frank und Jan hatten verschiedene Rollen mit wechselnden Charakteren.

Es geht bei unserem Beitrag zu dem Stück »Leben und Sterben von Promi-Tieren« um die lila Kuh aus der Schokoladenwerbung. Von der Geburt über ihre Entdeckung als Star bis hin zu ihrem Ende in einem Schlachthof in Polen. Bei dieser Szene wird die Kuh mit einem Bolzenschussgerät getötet. Frank brachte immer eins von seinem Vater mit, der ist ja Metzger. Hans hatte immer ein ungutes Gefühl bei der Sache und wollte sich erkundigen, ob es so ein Gerät nicht auch als harmlose Theaterrequisite gibt. Bis dahin kontrollierte er es immer und immer wieder, ob es nicht geladen war. Frank sagte immer, dass er sich darauf verlassen konnte, dass sein Papa keine Munition im Gerät lasse und er es selber auch noch mal kontrolliere. Aber er schaute immer selber nach. So wie es jetzt aussieht, hatte er wohl aus lauter Freude über den bevorstehenden Kontakt zu seinem Sohn, dieses eine Mal nicht nachgeschaut. Anders kann ich es mir nicht erklären. Frank schwört, dass er nachgeschaut hat, als sein Vater ihm das Bolzenschussgerät gab. Als Jan dann abdrückte, haben wir zuerst nicht verstanden, was da passierte. Ohne Munition machte das Gerät nur ein leises Klick. Deshalb wurde der Knall von einem Tonband abgespielt. Auch an jenem Abend gab es nur einen Knall, nur eben viel lauter. Ich applaudierte und schrie Zugabe. Frank verbeugte sich zu mir. Jan blieb stehen und schaute auf die Kuh, die langsam, ganz langsam zur Seite kippte, wie ein gefällter Baum. Plötzlich schrie er los. Wir wussten immer noch nicht was passiert war, und standen ratlos da. ›Er blutet, er blutet aus dem Kopf‹, schrie er. Wir rannten sofort zu ihm hin und sahen, dass sein Kostüm ein Loch hatte, genau an der Stelle, an der Jan das Bolzenschussgerät angesetzt hatte. Aus dem Loch kam langsam und gleichmäßig Blut. Wir rissen ihm das Kostüm vom Leib, aber wir konnten nichts mehr für ihn tun. Sein Herz schlug nicht mehr. Frank sagte sofort, dass man nichts mehr machen kann. Mit solch einem Gerät kann man einen Bullen erledigen, sagte er. Uns wurde bewusst, was wir getan hatten. Wir wussten, dass uns keiner glauben würde, deshalb mussten wir handeln. Das Schwierigste war, das Blut so zu entfernen, dass nichts auf dem Boden zurückblieb. Das Kostüm verbrannten wir auf der Jungviehweide im Grillhaus.«

Wir hatten die letzten Minuten gehört, die letzten Minuten in denen Hans noch am Leben war. Es war still in unserem Büro und jeder von uns hatte einen Kloß im Hals. Es dauerte lange, bis wir uns wieder gefangen hatten und unsere Sinne so weit sortiert waren, dass die Arbeit weitergehen konnte.

»Warum habt ihr Hans am Rathaus abgelegt?«, fragte Aysel, die mit ihren Tränen kämpfen musste.

»Wir haben uns mal unterhalten, wie wir gerne sterben würden. Hans sagte damals, dass er gerne mit einer Zigarre in der rechten und einem Glas Prosecco in der linken Hand bei Marcel auf einer seiner Edelstahlbänke einschlafen würde. Wir wollten ihm also wenigstens zum Teil erfüllen, was er sich wünschte. Nach dem wir sein Gesicht gewaschen hatten, luden wir ihn in mein Auto und fuhren in die Stadt. Es war aber noch so viel los und von der Hausbar kamen ständig Leute die Rebentalstraße runtergelaufen. Wir konnten ihn nicht unbemerkt auf eine der Bänke setzen. Frank und ich nahmen ihn dann in die Mitte und taten so, als wäre es ihm schlecht und er sich in einem Gebüsch übergeben müsste. Es funktionierte, und wir legten ihn vorsichtig dort ab, wo sie ihn dann gefunden haben. Wir hätten ihm gerne seinen Wunsch erfüllt, aber es ging nicht.« Sie brach wieder in Tränen aus.

Rüdiger kam zurück.

»Das Handy von Frank Fausser haben wir lokalisiert. Er

ist zu Hause bei seinen Eltern, soll ich die Kollegen hinschicken?«

»Nein, das machen wir zwei«, sagte ich, um mich dann an Frau Hartmann zu wenden.

»Frau Hartmann, wir müssen Sie vorübergehend festnehmen, Sie stehen unter dringendem Tatverdacht, sich der Beihilfe am Mord von Hans Görges schuldig gemacht zu haben. Aysel, kläre sie bitte über ihre Rechte auf und sag Dr. Häberle Bescheid. Wir brauchen einen Haftbefehl für Frauke Hartmann, Frank Fausser und Jan Schlick. Rüdiger und ich machen uns auf den Weg, um Frank Fausser zu erwischen.«

Keine fünf Minuten später saßen wir im Dienstfahrzeug und waren auf dem Weg, dem Zweiten aus dem Trio das Handwerk zu legen.

»Glaubst du, was die Hartmann erzählt?«, fragte mich Rüdiger im Dienstwagen.

»Wie meinst du das?«

»Ob du die Geschichte mit dem Unfall glaubst.«

»Bis jetzt glaube ich erst mal meinem Instinkt, und der sagt mir, dass sie Hans auf dem Gewissen haben, ob Absicht oder nicht, wird sich zeigen. Um alles rauszubekommen, müssen wir alle drei haben. Alles andere wäre Spekulation.«

»Also ich glaube ihr kein Wort bis auf das, dass sie Hans getötet haben. Sie ist eine Schauspielerin und das ewige Geheule ist doch auch nur gespielt. Die anderen werden bestimmt das Gleiche sagen. Die haben sich doch alles schon zurechtgelegt. Hans hat Fausser und Schlick in den Knast gebracht, und jetzt haben sie sich gerächt. Warum sind sie nicht gleich zu uns gekommen? Warum haben sie keinen Krankenwagen gerufen? Die haben das von langer Hand geplant, sag ich dir.«

»Und ich sagte dir bereits, dass ich erst ein Urteil abgebe, wenn wir die Drei komplett haben. Mag stimmen, was du mir erzählst, aber du solltest mich kennen.«

»Na gut, dann lassen wir uns überraschen, Wilhelm.«

Die restliche Fahrt über redeten wir nicht mehr miteinander. Wie immer plagten mich Zweifel. Sollten wir vielleicht doch Verstärkung ordern? Hätten wir nicht vorher die Lage klären sollen, anrufen und ihn aufs Präsidium bitten? Wie dem auch sei, jetzt war es zu spät. Wir standen vor dem Haus von Frank Faussers Eltern. Die Metzgerei hatte geöffnet und es war Kundschaft im Verkaufsraum. Wir wollten den Ruf der Geschäftsleute nicht schädigen und gingen nicht in den Verkaufsraum, um nach ihrem Sohn zu fragen, sondern um das Haus herum, bis wir vor einer Haustüre standen. Anton Fausser stand auf dem Klingelschild.

Ich nickte Rüdiger zu und drückte auf den Klingelknopf. Wir hatten uns das Foto von Frank Fausser angesehen und wussten sofort, dass er es war, der jetzt die Tür öffnete. Er schaute uns an und sagte: »Ja bitte?«

Wir zogen unsere Ausweise aus den Taschen, und ich wollte ihn eben nach seinem Namen fragen, als die Türe mit einem lauten Rums wieder zuflog. Während ich noch mal klingelte, rannte Rüdiger schon um das Haus herum in Richtung Verkaufsraum. Dann hörte ich ihn schon schreien: »Wilhelm lass das Geklingel, der haut ab, er ist schon auf der Straße!«

Ich rannte los, immer hinter Rüdiger her. Nur auf ihn konzentrierte ich mich, einholen konnte ich ihn nicht, dazu war er zu schnell. Frank Fausser hatte ich nicht im Auge. Er war mit seinen vierundzwanzig Jahren im besten Läuferalter. Das merkte man daran, dass Rüdiger ihn noch nicht hatte. Nach fünfhundert Metern verfluchte ich die letzten Tage und die ganzen Zigaretten. Ich keuchte wie eine schwangere Kuh kurz vor der letzten Wehe. Noch zwei Minuten, dann würde ich wohl einen Herzinfarkt bekommen, dachte ich, als Rüdiger, der gute fünfzig Meter Vorsprung hatte, plötzlich nach rechts wegtauchte und sich hinter ein Auto warf.

»Was ist denn jetzt los?«, rief ich ihm zu.

»Wilhelm, pass auf, der schießt!«

Ich lief weiter, weil ich keinen Fausser sah und Rüdiger nicht verstand.

»Geh in Deckung«, rief Rüdiger wieder.

Im Vorbeirennen keuchte ich: »Da ist doch keiner.«

Gleich darauf hörte ich Rüdigers Schritte wieder hinter mir, und es dauerte keine fünf Sekunden, schon war er wieder an mir vorbei. An der nächsten Kreuzung aber blieb er an einer Hausecke wie angewurzelt stehen, an der er eigentlich links abbiegen wollte. Ich erreichte ihn, hustete und röchelte und hatte brennende Schmerzen in meiner Lunge. Mit abgestütztem Oberkörper hauchte ich: »Wo ist er? Hast du ihn verloren?«

»Nein, da steht er.«

Ich blickte links die Straße runter, da stand er, mit einer Pistole in der Hand, deren Lauf er auf den Kopf eines kleinen Jungen richtete. Mit Schulranzen und einer Schirmmütze ausgerüstet, die ihn als Schulanfänger auswies, stand dieser vor Frank Fausser. Damit der Junge nicht weglaufen konnte, hatte er noch einen Arm um ihn gelegt. Der Junge war total ruhig, er weinte nicht und hatte auch keine Angst in den Augen.

»Es wird besser sein, ihr lasst mich gehen, Freunde.«

»Wir wollen doch nur mit dir reden«, sagte Rüdiger.

»Lass uns besser in den Hauseingang gehen, der hinter dir ist, oder willst du, dass uns hier noch irgendeiner sieht und dann unsere Kollegen informiert«, sagte ich.

»Du hast recht, macht aber keine Dummheiten, sonst kann der«, dabei blickte er auf den kleinen Jungen, »heute Abend sein Sandmännchen nicht anschauen.«

»Verlass dich auf uns«, antwortete ich ihm.

Er ging langsam rückwärts, ohne die Waffe abzusetzen

und stieß die Türe zu dem Hauseingang auf. Es sah so aus, als wäre das Haus nicht bewohnt. Es lagen zwei Schlafsäcke im Hausgang und in mehreren leeren Weinflaschen steckten Kerzenstummel. Es roch nach Urin und Erbrochenem. Was für ein Glück im Unglück, ein unbewohntes Haus. So gab es wenigstens kein Aufsehen und keinen Menschenauflauf. Ich schloss die Tür hinter mir.

»So, reden wollt ihr. Das kenne ich schon, nur reden. Ihr wollt mir den Tod von Hans in die Schuhe schieben, aber das könnt ihr vergessen. Ich war es nicht. Ich hätte oft genug die Möglichkeit dazu gehabt, oft genug. Aber warum soll ich jemanden umbringen, der mir hilft und den ich lieben gelernt habe. Ich weiß genau, dass ihr mir nicht glaubt. Ich würde es ja selber nicht tun, einem Knacki glauben, der dem Bullen das Licht ausknipst, der ihn in den Knast gebracht hat. Das ist doch eindeutig, da braucht man nicht mehr viel fragen. Was meint ihr, warum wir nicht die Bullen geholt haben, als es passierte. Warum wir nicht einen Arzt gerufen haben? Wir wussten, dass uns niemand glauben würde.«

»Wie sollen wir dir denn glauben, wenn du gleich wegrennst und dir auch noch den Jungen schnappst? Lass ihn gehen, und wir können über alles reden«, sagte Rüdiger.

»Mann, seid ihr blöd. Also wirklich, glaubt ihr, ich glaube eurem Geschwafel? Hört sich an, als hättet ihr das im Fernsehen bei ›Der Alte‹ aufgeschnappt. Der Junge ist meine Versicherung. Wir können es ja so machen, dass ihr mir freies Geleit gebt und zwei Stunden wartet, bis ihr anfangt, mich zu suchen. Wenn ihr darauf eingeht, dann lasse ich den Jungen von jetzt an in einer halben Stunde frei.«

»Jetzt redest du wie ein Täter bei Tatort«, sagte ich. »Wie soll es jetzt weitergehen?«

»Ich weiß nicht, aber dass ich nicht zurück in den Knast geh, das ist mal sicher und wenn ich euch alle wegpusten muss.«

»Dann erzähl uns deine Version von dem, ich sage jetzt mal, Unfall mit Hans.«

»Was soll das bringen, die Situation ist doch eh nicht mehr zu retten. Ich sitz in der Falle und komm nicht mehr heraus. In den Knast geh ich nicht mehr. Damit bleibt nur eine Lösung für mich.«

Er nahm die Waffe vom Kopf des Jungen und führte sie sich an seinen Kopf, der Lauf drückte gegen seine rechte Schläfe.

»Halt«, schrie ich. »Wenn du das vorhast, dann lass wenigstens den Jungen gehen. Der muss doch nicht dabei sein, wenn du dir die Birne sprengst.«

»Sie haben recht«, sagte er.

Dann nahm er die Waffe vom Kopf, ging in die Hocke und drehte den Jungen mit einer Hand um, sodass er sein Gesicht sehen konnte. In der anderen Hand hielt er die Waffe, die auf uns zeigte.

»Machs gut Kleiner, ich dank dir für deine Hilfe. Und pass schön in der Schule auf, dass mal etwas Ordentliches aus dir wird.«

Der Junge sah ihn an und sagte dann traurig: »Ist es schon vorbei? Wann komm ich denn im Fernsehen und wie heißt denn der Film?«

»Ich sag dir Bescheid, wenn du im Fernseher kommst, und den Titel erfährst du dann auch.«

»Ja, ist gut, aber du weißt ja gar nicht, wie ich heiße und wo ich wohne.« Er nahm seinen Schulranzen von seinen kleinen Schultern, kramte einen Stift und ein Blatt Papier hervor und fing an, seinen Namen und seine Adresse in krakeliger Schrift auf das Papier zu schreiben. Dabei kreiste seine Zunge zwischen seinen Lippen hin und her.

»Hier, bitte schön«, sagte der Kleine und drückte Frank Fausser das Papier in die Hand.

»Danke, jetzt aber ab nach Hause mit dir.«

Er strich ihm über den Kopf und der Junge lief mit geschultertem Schulranzen an uns vorbei, aus dem Hausflur auf die Straße. Fausser hatte wohl nie vorgehabt, dem Jungen etwas zu tun. In der Zeit als Rüdiger sich hinter dem Auto verschanzt hatte, rannte Fausser um das Hauseck und musste dann wohl auf den Jungen gestoßen sein. Er erzählte ihm die Geschichte mit dem Fernsehfilm, und der Junge spielte sofort mit. Deshalb blieb er auch so ruhig und zeigte keine Angst.

»Hier, den brauchen Sie, und bringen Sie ihm bitte ein Geschenk mit, wenn Sie ihn besuchen.«

Er zerknüllte den Zettel zu einer kleinen Kugel und warf sie uns zu. In dem Moment krachte ein Schuss und Fausser brach mit schmerzverzerrtem Gesicht vor uns zusammen. Seine Pistole flog in hohem Bogen aus seiner Hand und landete auf einem Treppenabsatz.

Rüdiger stürzte auf Fausser zu und warf ihn mit einem Hechtsprung vollends zu Boden. Er drehte ihm den linken Arm auf den Rücken und befestigte eine Handschelle an dessen Handgelenk. Ich rief Aysel im Büro an und sagte ihr, sie solle einen Streifenwagen ohne Signal zur Unterstützung schicken und einen Krankenwagen.

Rüdiger hatte im Bruchteil einer Sekunde die Lage eingeschätzt und für sich entschlossen, zu handeln. Die Waffe hatte er schon lange unbemerkt in seinem Halfter so platziert, dass er sie schnell greifen und herausziehen und am Ende der Bewegung dann einen Schuss abgeben konnte, der Fausser traf. Der Getroffene lag auf dem Bauch mit dem linken Arm auf dem Rücken und gebrochenem Handgelenk. Die Kugel hatte seine Pistole getroffen und beim Aufprall sein rechtes Handgelenk so verdreht, dass es brach.

»Warum habt ihr das getan?«

»Weil wir die Wahrheit hören möchten von euch dreien«, sagte Rüdiger. »Und nicht so eine gequirlte Scheiße, von wegen wir wollten es nicht, es war ein Unfall.«

»Würde ich etwas anderes sagen, dann würde ich lügen, das müsst ihr mir glauben.«

»Ich kann das nicht mehr hören.«

Rüdiger schnappte sich die noch nicht befestigte Hälfte der Handschelle und drehte Fausser jetzt auch den rechten Arm auf seinen Rücken. Der schrie auf vor Schmerzen und Tränen schossen in seine Augen. Ich schnappte Rüdiger am Kragen seiner Jacke, zog ihn von Fausser weg und schrie ihn an.

»Bist du noch zu retten? Was soll der Scheiß? Lass ihn in Ruhe, ich habe schon genug Ärger am Hals. Wenn die Presse das von eben herausbekommt, dann kann ich mich einpökeln lassen.«

»Der lügt doch, wenn er den Mund aufmacht. Die Drei haben Hans einfach umgelegt. Bestimmt haben sie sich noch darüber totgelacht, wie er da so starb in seinem lila Kostüm, verkleidet als gealterte Werbekuh. Ich könnte jedem von den dreien das Gleiche antun, wie sie es mit Hans getan haben, ohne dabei ein schlechtes Gewissen zu bekommen.«

»Rüdiger, komm zur Besinnung, wenn ich noch mal so was von dir höre, dann muss ich dich beurlauben und es Schumann melden.«

»Ja, ja, ist ja schon gut.«

Er schüttelte sich los, stand auf und entfernte ganz vorsichtig den rechten Teil der Handschelle von Faussers Arm.

»Keine Angst, ich tu dir nichts«, sagte er, und gleich danach flüsterte er noch: »Bist es doch gar nicht Wert, dass ich mir die Hände an dir schmutzig mache.«

Er half Fausser auf die Füße und übergab ihn den beiden Kollegen, die eben den Hausflur betraten.

»Hier Kollegen, der Krankenwagen müsste gleich kommen. Nach der Behandlung bringt ihr ihn bitte in unser Büro«, sagte ich.

»Ist gut, Wilhelm, was hat er denn verbrochen?«, fragte einer der beiden Kollegen.

»Er hat Hans auf dem Gewissen«, sagte Rüdiger.

»Jetzt ist genug, Herr Spiegel. Bitte geben Sie mir ihre

Waffe und ihren Dienstausweis. Sie sind für heute vom Dienst suspendiert. Morgen früh um acht Uhr dreißig melden Sie sich in meinem Büro.«

Wortlos reichte er mir seine Waffe und seinen Ausweis und ging ohne mich anzuschauen an mir und den Kollegen vorbei aus dem Hausflur.

»Er wird verdächtigt, bei der Tat dabei gewesen zu sein. Bisher wissen wir nur so viel und nicht mehr. Wenn Herrn Fausser irgendetwas passiert, dann weiß ich, an wen ich mich zu wenden habe, Kollegen.«

Mit einem Kopfnicken machten sie deutlich, dass sie mich verstanden hatten. Sie nahmen Fausser in ihre Mitte und verließen das Gebäude. Auch ich wollte Anstalten machen, das Gebäude zu verlassen, als ich die kleine Papierkugel vor mir liegen sah. Ich hob sie auf, entfaltete sie und las die Adresse. Lars Göhner, Zeppelinstraße 4. Ich beschloss erst mal, dort hinzufahren, um nach dem Rechten zu sehen. Als ich an der Tür in der Zeppelinstraße 4 klingelte, öffnete eine kleine blonde Frau und sah mich mit großen Augen an, als sie meinen Ausweis vor ihrer Nase hatte.

Als ich eben beginnen wollte, kam aus dem Inneren des Hauses schon ein: »Der war auch dabei.«

Nach kurzer Klärung des Sachverhalts verließ ich die Familie wieder mit dem Versprechen, der kompletten Familie das Polizeipräsidium zu zeigen, sobald ich Zeit dazu hatte. Als ich das Auto erreicht hatte und den Zündschlüssel rumdrehen wollte, überlegte ich, wohin ich eigentlich wollte. Aufs Präsidium? Nach Hause? Ins Winkler? Eigentlich war es überflüssig, überhaupt darüber nachzudenken, ich musste ins Präsidium, Fausser würde bald dort ankommen, und Aysel wartete bestimmt auch schon auf mich. Dann musste ich noch die Sache mit Rüdiger klären, und dem Kater musste ich auch noch einen Bericht abliefern.

Was würde dagegen sprechen, zu Marcel zu fahren, einen Espresso zu trinken und ein wenig Small Talk mit Marcel zu halten. Allein, dass ich einen Gedanken daran verschwendete, machte mir Angst. Ich war im Dienst und saß in meinem Dienstwagen und überlegte, ob ich einen Kaffee trinken gehen sollte. Ich hatte den Tod meines Freundes und Kollegen aufzuklären und nicht in irgendeinem Café meinem Vergnügen nachzugehen. Ich weiß nicht, wie lange ich noch so dagesessen wäre, hätte sich nicht mein Handy gemeldet. Es war Aysel.

»Wilhelm, alles klar bei dir?«

»Ja ja, bin gleich da.«

»Wo treibst du dich rum?«

»Im Stau, Aysel.«

»Sag mal Rüdiger einen schönen Gruß. Er soll sein Handy einschalten, wenn er im Dienst ist.«

»Er ist nicht im Dienst.«

»Aha, hat wohl schon Feierabend, der gnädige Herr.«

»Nein, ich habe ihn für heute vom Dienst suspendiert.«

»Was hast du?«

»Aysel, sei nicht böse, ich erzähl es dir, sobald ich im Büro bin«, sagte ich und legte auf.

Ich startete den Motor, das Radio lief an und aus den Lautsprechern drang die Stimme von Hubert von Goisern »Heast as net, wia die Zeit vergeht«, sang er mir entgegen, und ich wusste auf dem Weg durch die Stadt ins Büro plötzlich nicht mehr, ob ich noch gerne Polizist war.

Ich hatte die Türe zu unserem Büro noch nicht mal recht geöffnet, als Aysel schon vor mir stand und mir auch schon ihre erste Frage an den Kopf knallte: »Mensch Wilhelm, was ist denn los?«

»Wir haben Fausser geschnappt, Rüdiger hat mal wieder gezeigt, was in ihm steckt.«

Ich erzählte ihr in kurzen Zügen die Verfolgungsjagd, den

Suizidversuch von Fausser und dass ich eben noch bei dem kleinen Jungen gewesen war.

»Warum hast du dann Rüdiger suspendiert?«

Jetzt erzählte ich, wie er Fausser angegangen und dann auch noch versucht hatte, das gebrochene Handgelenk in den anderen Teil der Handschelle zu bekommen. Schlussendlich dann auch noch den Versuch, die Kollegen von der Streife dahin gehend zu manipulieren, dass sie einen »überführten Polizistenmörder« ins Krankenhaus begleiten mussten.

»Er ist total ausgerastet, ich bin mir nicht sicher, ob er ihn nicht vielleicht umgebracht hätte, wenn ich nicht dabei gewesen wäre.«

»Jetzt mach aber mal halb lang, Wilhelm. Weißt du, was du da sagst?«

»Aysel, du warst nicht dabei, ich kannte ihn nicht mehr.«

»Wie soll es jetzt weitergehen?«

»Wir haben bisher nur insofern ein Geständnis, dass sie das Bolzenschussgerät benutzt haben, aber nicht wussten, dass es geladen war. Somit wäre es ein Unfall, und alle drei würden mit ›fahrlässiger Tötung‹ durchkommen. Frauke Hartmann würde eventuell ein Jahr auf Bewährung bekommen und die anderen beiden ein Jahr einfahren, und wenn sie sich gut führten, dann nur ein halbes Jahr drin bleiben.«

»Ich meine, wie geht es jetzt mit Rüdiger weiter?«

»Er kommt morgen um acht Uhr dreißig ins Büro.«

»Was wirst du dann mit ihm machen?«

»Ich hoffe, dass Fausser nichts erzählt von dem, was Rüdiger mit ihm gemacht hat. Dann werde ich es vergessen und irgendwann mit Rüdiger darüber reden. Wenn Fausser aber etwas erwähnt, dann muss ich Rüdiger bei unserem Kater melden, was ich nur sehr ungern tun würde.«

»Du bist ein guter Chef«, sagte Aysel und drückte mir dabei einen Kuss auf die Backe.

Ich versuchte zu grinsen, aber es wollte nicht so recht klappen.

»Na komm, Wilhelm, ich geh mit dir nach draußen und schau dir beim Rauchen zu.«

»Lass mal gut sein, Aysel, ich warte, bis ich Feierabend habe und zu Hause bin.«

»Erzähl mir lieber, was es Neues gibt.«

»Tja, also wir hatten ja eigentlich um neun Uhr einen Termin mit dem Typ, der die Requisiten verkauft.«

»Verdammt, den hab ich total vergessen.«

»Ja, ich auch, aber ist nicht weiter schlimm, da er verschlafen hat und erst gegen elf Uhr eintrudelte. Da seid ihr schon zu Fausser unterwegs gewesen.«

»Hast du mit ihm geredet?«

»Ja, klar.«

»Hans hatte ihn kontaktiert wegen eines entschärften Bolzenschussgerätes für das Theater. Es sei sehr schwierig gewesen, etwas zu finden, aber er hat es dann schlussendlich doch noch geschafft. Drei Tage hat er gesucht, als er es dann hatte, hat er sofort Hans angerufen und sich mit ihm im Café Winkler verabredet, um es zu übergeben.«

»Heißt das, dass er die Requisite am Todestag ins Winkler bringen wollte?«

»Genau das heißt es, er hatte sich nur verspätet.«

War das nun Schicksal, Pech oder war so eben das Leben? Wären wir noch ein wenig geblieben und hätten wir noch einen Frizzante getrunken, dann wäre der Requisitenhändler eingetroffen und Hans hätte sein harmloses Bolzenschussgerät gehabt. Er würde noch leben, ich wäre kein Hauptkommissar, die Pressekonferenz hätte es nie gegeben, Rüdiger wäre nicht ausgerastet und alles wäre gut.

»Hier ist es.«

Aysel hielt mir die Requisite hin. Ich nahm sie vorsichtig aus ihrer Hand. Hielt sie ins Licht und schaute sie von allen Seiten an.

»Unglaublich«, murmelte ich und warf sie dann mit einem lauten Knall gegen die Wand, das Gerät hatte keine

Schramme, dafür aber die Wand. Die Tür ging auf, und die Kollegen aus dem Nachbarbüro stürmten herein.

»Alles in Ordnung bei euch?«

»Ja, alles klar, wollte nur eben etwas testen. Hat aber nicht funktioniert.«

Sie schüttelten nur ungläubig die Köpfe und gingen dann wieder aus dem Raum.

»Wilhelm, du machst mir Sorgen.«

»Entschuldigung, kommt nicht wieder vor.«

Ohne weiter auf Aysels Aussage zu reagieren wechselte ich das Thema.

»Fausser müsste auch bald kommen. Was hat eigentlich Dr. Häberle gesagt?«

»Ähm, der war begeistert, dass wir einen so schnellen Erfolg haben, und ist überzeugt, dass wir die Richtigen haben. Die Haftbefehle hat er ausgestellt, und die Hartmann ist in Verwahrung.«

»Hat sie noch irgendetwas gesagt?«

»Nein, sie hat nur immer wieder das Gleiche wiederholt, dass sie ihn nicht umgebracht haben und es ein Unfall war.«

Das Telefon klingelte und Aysel nahm ab. Sie meldete sich und sagte dann: »Die Kollegen mit Fausser, sollen sie ihn hochbringen?«

»Ja, sie sollen kommen.«

»Okay«, sagte sie nur und legte auf.

Sie wollte gerade aufstehen, als das Telefon wieder klingelte. Aysel verdrehte die Augen und nahm den Hörer ab. Urplötzlich stand sie fast stramm und überschlug sich vor Höflichkeit.

»Ja, sicher Herr Schumann. Danke, Herr Schumann.«

Jetzt kicherte sie und bekam einen roten Kopf.

»Aber Herr Schumann, sagen Sie doch so etwas nicht. In Ordnung, ich verbinde.«

Sie gab mir den Hörer und bewegte stumm dazu ihre Lippen. Von denen konnte ich dann ein »Kater Karlo« ablesen.

Ich meldete mich mit: »Klein?«

»Hallo, Herr Klein.«

»Saubere Arbeit, die Sie da geleistet haben. Dr. Häberle hat mich schon darüber unterrichtet, dass Sie die Mörder haben.«

»Nun, ganz so ist es nicht, bis jetzt haben wir nur ein Geständnis von zwei Personen, die behaupten, dass sie dabei waren, als der Kollege Görges starb. Aber sie behaupten weiterhin, dass es ein Unfall war. Die zweite Person, Frank Fausser, ist eben auf dem Weg in unser Büro. Die dritte Person, Jan Schlick, ist zur Fahndung ausgeschrieben.«

»Sie sagen dieser Frank Fausser ist auf dem Weg in Ihr Büro?«

»Richtig.«

»Dann will ich bei dem Verhör dabei sein.«

Ohne ein weiteres Wort legte er auf.

»Auch das noch.«

Ich knallte den Hörer zurück aufs Telefon.

»Was ist denn los?«

»Der Kater kommt. Er will bei dem Verhör dabei sein.«

»Was soll denn das, das hat er doch noch nie getan.«

»Ich weiß doch auch nicht Aysel, aber scheinbar sind heute alle durchgeknallt.«

Keine Minute später kamen die Kollegen mit Frank Fausser ins Büro. Der trug jetzt am rechten Arm einen dicken Gips und sah jämmerlich aus. Sie setzten ihn an die Stirnseite meines Schreibtisches.

»Danke Kollegen, ihr könnt gehen.«

Die beiden verabschiedeten sich und schauten dabei Frank Fausser ganz tief in die Augen. Als sie die Türe hinter ihnen geschlossen hatte, stellte ich die erste Frage.

»Wie geht es Ihnen Herr Fausser?«

Er sagte keinen Ton.

»Können wir irgendetwas für Sie tun?«

Nichts.

»Haben Sie Hunger, Durst. Brauchen Sie irgendetwas?«

Stille.

»Haben Sie einen Anwalt, den wir verständigen sollen? Wollen Sie sonst…«

Die Tür ging auf und der Kater betrat den Raum. Er ging an Fausser vorbei und blieb vor ihm stehen. Dann setzte er sich auf meinen Stuhl, schaute ihm in die Augen.

»Fahren Sie fort, Kollege Klein.«

Aysel kam jetzt mit einem Tonbandgerät, baute es vor Fausser auf und schaltete es ein. Dann sagte sie: »12. Oktober, fünfzehn Uhr vierzig, Verhör von Frank Fausser zum Fall Hans Görges. Anwesende: Karl Schumann, Wilhelm Klein, Aysel Zorlu und Frank Fausser.«

Dann klärte sie Fausser über seine Rechte auf und übergab dann das Wort an mich.

»Herr Fausser, ich frage Sie nochmals: Können wir irgendetwas für Sie tun?«

Wieder begann das gleiche Spiel wie zuvor, er sagte keinen Ton.

»Wenn Sie keinen Anwalt benachrichtigen wollen, so wollen Sie vielleicht mit jemand anderem reden oder jemanden benachrichtigen?«

»Meine Mutter, sagen Sie meiner Mutter Bescheid, wo ich bin, und sagen Sie, dass sie sich nicht sorgen soll.«

»Aysel, würdest du das bitte übernehmen?«

Sie nickte und verließ den Raum.

»Herr Fausser, wo waren Sie in der Nacht vom 7. auf den 8. Oktober zwischen einundzwanzig Uhr dreißig und drei Uhr?

Waren Sie mit unserem Kollegen Hans Görges bei einer Theaterprobe? Haben Sie zusammen mit Frauke Hartmann und Jan Schlick den Kollegen Görges ermordet?«

Er zeigte keine Regung.

»Herr Fausser, Ihr Schweigen verstehe ich als ein Schuldbekenntnis! Herr Fausser, so wird das nichts mit uns. Sie sollten kooperieren und uns sagen, was Sie wissen. Nun gut, wir können auch anders.«

»Ach ja? So wie Ihr Kollege vorhin? Der hätte mich doch am liebsten über den Haufen geschossen. Nur Ihre Anwesenheit hat ihn davon abgehalten«, entfuhr es Fausser plötzlich.

Der Kater drückte auf einen Knopf am Tonbandgerät. Es hielt an und der Kater drückte erneut auf einen Knopf und das Band lief ein Stück rückwärts.

Aysel kam wieder rein und Schumann sagte: »Kollege Klein kann ich Sie einen Moment sprechen?«

Wir gingen vor die Tür.

»Was hat Herr Spiegel mit Herrn Fausser gemacht?«

»Er hat ihn wohl ein wenig zu hart angefasst«, sagte ich ein wenig kleinlaut.

»Details, bitte.«

Ich erzählte ihm, was passiert war, und am Schluss sagte er dann: »Kein Wort darüber zu niemandem, solange die Ermittlungen laufen. Haben Sie mich verstanden?«

»Ja, Herr Schumann.«

Wir gingen zurück. Schumann drückte wieder auf das Tonbandgerät. Diesmal lief das Band vorwärts, damit löschte er die Worte, die Fausser gerade gesagt hatte.

Ich hatte kein gutes Gefühl und fühlte mich schlecht dabei. Aber Schumann wird schon wissen was er tut, dachte ich und setzte das Verhör fort.

»Herr Fausser, wir haben die Aussage von Frau Hartmann, dass sie drei mit Hans Görges für das Theaterstück ›Leben und Sterben von Promi-Tieren‹ geprobt haben. Als die Szene kam, an der eine lila Kuh mit einem Bolzenschussgerät getötet wird, waren Jan Schlick und Hans Görges auf der Bühne. Jan Schlick spielte den Schlächter und Hans

Görges die lila Kuh. Als Jan Schlick das Gerät betätigte, löste sich ein Schuss und tötete Hans Görges. Nach Aussage von Frau Hartmann wurde das Gerät vor jedem Auftritt geprüft, ob sich nicht eventuell eine vergessene Patrone im Gerät befand. Auch an diesem Abend haben sie es angeblich geprüft. Ist diese Aussage so weit richtig?«

Er starrte vor sich hin und zeigte keine Regung.

Ich schlug mit der Faust vor ihm auf den Tisch und brüllte ihn an:

»Jetzt hören Sie mal zu, ich versuche gerade Ihnen zu helfen, Ihre Form der Geschichte zu festigen. Glauben Sie denn, dass Sie vor irgendeinem Gericht mit Ihrem Schweigen Eindruck hinterlassen? Kein Mensch wird Ihnen glauben, und Sie und Ihre Freunde werden wegen heimtückischen Mordes angeklagt. Das gibt mindestens fünfzehn Jahre. Das stehen Sie nicht durch, dass wissen Sie, und wenn Sie jetzt nicht den Mund aufmachen, dann werde ich auf der Stelle Ihren Vater verhaften lassen, wegen Beihilfe am Mord von Hans Görges.«

»Das können Sie überhaupt nicht«, sagte Fausser mit einem perfekten Pokerface.

»Ach ja, meinen Sie? Wo hatten Sie das Gerät denn her? Warum händigt Ihr Vater Ihnen dieses Gerät einfach aus? Vielleicht hat er eine Patrone darin vergessen und Sie und Ihre Freunde haben dies schamlos ausgenutzt. Oder er hat die Patrone absichtlich in dem Bolzenschussgerät vergessen, damit dieser Scheiß-Bulle, der seinen Sohn in den Knast gebracht hat, endlich ins Gras beißt. Ihr Vater war in seiner Jugend ja auch kein unbeschriebenes Blatt.«

»Wie meinen Sie das?«

»Mai 1963, verurteilt zu zwei Jahren auf Bewährung wegen gefährlicher Körperverletzung. Der damals eingeschaltete Psychologe bescheinigt Ihrem Vater einen sehr ausgeprägten, aggressiven cholerischen Typus.«

»Das glaube ich nicht!«

»Sie können gerne die Akte Ihres Vaters einsehen.«

Ich hielt ihm einen vergilbten Schnellhefter hin. Mit der linken Hand schlug er nach dem Schnellhefter. Er traf ihn und er landete Aysel vor den Füßen. Die gerade mit einem Kaffee zum Büro herein kam.

»Lassen Sie meinen Vater aus dem Spiel. Er hat damit bestimmt nichts zu tun.«

»Wie sollen wir sicher sein, dass Ihr Vater damit nichts zu tun hat, wenn Sie beharrlich schweigen. Vielleicht schützen Sie ja nicht Ihre Freunde, sondern Ihren Vater damit. Herr Fausser«, ich sprach jetzt langsam, mit ruhiger Stimme, »wollen Sie nicht wenigstens Ihrem Vater helfen und unsere Zweifel an seiner Unschuld ausräumen? Ich verspreche Ihnen, dass Ihr Vater von dem eben Gesprochenen nichts erfahren wird.«

Er haderte mit sich, und man sah, wie er mit sich kämpfte. Würde er von seiner Linie abweichen, die er sich doch so schön zurechtgelegt hatte.

»Wollen Sie eine Pause machen und einen Kaffee trinken? Wir haben einen ausgezeichneten Kaffee, wir haben den gleichen Lieferanten wie das Café Winkler.«

»Ja, eine Pause, ich muss nachdenken.«

»Aysel, ich geh mal eben raus. In fünfzehn Minuten geht es weiter. Herr Schumann, kommen Sie mit?«

»Sehr gerne, Herr Klein.«

Wir gingen die Treppen zum Ausgang hinunter und noch im Gebäude zündete sich der Kater eine »White & Long« von Aylesbury an. Ich wartete, bis wir draußen waren, und steckte mir dann eine Zigarette an.

»Die Spur mit dem Vater, davon hatten Sie mir noch gar nichts erzählt.«

»Konnte ich ja auch nicht.«

»Warum nicht?«

»Weil es keine Spur gibt. Ich habe sie erfunden.«

Der Kater schmunzelte.

»Nicht schlecht, aber was hätten Sie gemacht, wenn Fausser die Akte in die Hand genommen hätte?«

»Ich weiß es nicht, ich habe mir darüber keine Gedanken gemacht.«

»Sie haben gepokert.«

»Wie Sie, Herr Schumann, ich bin mit dem Zurückspulen des Tonbandes nicht einverstanden. Ich habe es nur hingenommen, weil Sie mein Chef sind.«

»Sie haben Skrupel, Herr Klein. Die müssen Sie ablegen, sonst gehen Sie zugrunde.«

»Meinen Sie, Herr Schumann?«

»Ja, aber sicher doch.«

»Darüber habe ich noch nicht nachgedacht. Warum sollte ich meine Skrupel ablegen?«

»Weil die andere Seite auch keine hat. Meinen Sie, dass Fausser und die anderen beiden irgendwelche Skrupel haben? Bestimmt nicht, Herr Klein. Wer ein Verbrechen begeht, ist skrupellos in jeder Beziehung. Wer einmal seine Skrupel verliert, wird sie immer wieder verlieren.«

»Kann ich davon ausgehen, dass Sie in ihrem Beruf die Skrupel abgelegt haben?«, hakte ich nach und blies dabei den Rauch der Zigarette aus der Nase.

»Davon können Sie ausgehen, Herr Klein.«

Ich nahm noch einen tiefen Zug und schnippte die Zigarette danach in den großen Aschenbecher, der neben dem Eingang stand.

»Das gibt mir zu denken«, sagte ich und ging, ohne mich weiter um den Kater zu kümmern, zurück ins Büro.

Kurze Zeit später kam dann auch der Kater zurück, und das Verhör konnte vorgesetzt werden. Frank Fausser saß auf seinem Stuhl und rieb apathisch mit seiner linken Hand immer wieder über seinen rechten, vergipsten Arm.

»Herr Fausser, ich frage Sie noch einmal: Wo waren Sie in der Nacht vom 7. auf den 8. Oktober zwischen einundzwanzig Uhr dreißig und drei Uhr?«

Er sah mich an, schloss dann die Augen und ließ denn Kopf sinken.

»Ich war mit Frauke, Jan und Hans zusammen. Wir probten unser Theaterstück.«

Mir fiel ein Stein vom Herzen, ich war froh, dass er die Sprache wiedergefunden hatte und jetzt wohl reinen Tisch machen wollte.

»Hatten Sie schon öfters zusammen gespielt?«

»Ja.«

»Gab es dabei irgendwelchen Streit zwischen Ihnen oder irgendwelche Abneigungen gegen Herrn Görges?«

»Nein, nie. Wieso sollte es das auch geben? Wir waren alle Freunde, wenn auch der Altersunterschied war.«

»Es ist richtig, dass Herr Görges Sie und Herrn Schlick ins Gefängnis gebracht hat. Haben Sie deswegen Hassgefühle gegen ihn gehabt?«

»Nein, keiner von uns.«

»Sie haben keine Pläne mit Herrn Schlick geschmiedet während Ihrer Zeit in Rottenburg?«

»Pläne schon.«

»Was für Pläne?«

»Wie unsere Zukunft aussehen soll und was wir anfangen, wenn wir frei sind.«

»Können Sie das genauer definieren?«

»Wir waren uns einig, dass wir nicht mehr straffällig werden wollten. Wir wollten etwas tun, unser eigenes Geld verdienen. Vielleicht einen Beruf lernen oder das Abitur nachholen. Wollten einfach nützlich sein.«

»Nützlich?«

»Ja, nützlich. Jans und auch meine Eltern hatten das gleiche Problem. Sie hatten so viel Geld, dass sie uns alles bieten konnten, aber Zeit für uns hatten sie nicht. Wenn wir etwas wollten, dann haben wir es bekommen. Manchmal wollten wir nur Zuneigung von unseren Eltern, aber nicht mal dafür hatten sie Zeit. Meistens ging der Griff zum Portemonnaie und ein Geldschein winkte, kauf dir was Schönes dafür, ich hab jetzt keine Zeit. Man versucht alles, um die Aufmerksamkeit der Eltern zu erlangen. Als ich dann das erste Mal von der Polizei nach Hause gebracht wurde, hatte ich diese Aufmerksamkeit.

Ich war vierzehn, und nachmittags um sechzehn Uhr total besoffen. Passanten hatten mich schlafend in einem Park gefunden. Die haben dann gleich die Polizei gerufen, weil eine leere Flasche Apfelkorn neben mir lag. Meine Eltern machten sich danach große Sorgen um mich und hatten plötzlich viel Zeit, um sich um ihren Sohn zu kümmern.

Leider war nach einem Monat schon wieder alles zu Ende und der Alltag brachte wieder den Zeitmangel meiner Eltern hervor. Also ging es weiter mit dem Ganzen. So lange, bis ich in den Knast kam.

Heute weiß ich, dass meine Eltern nur deshalb keine Zeit für mich hatten, weil sie für meine Zukunft sorgten. Erklären Sie aber das mal einem Kind, das mit drei Jahren in ein Kindertageheim kommt und später, wenn es dann älter ist, in die Ganztagesbetreuung. Wenn dann am Abend noch etwas Zeit für das Kind übrig war, dann würde es das Kind bestimmt verstehen. Nur wenn am Abend auch keine Zeit da war, weil die Buchführung noch anstand, dann kann es ein Kind nicht mehr verstehen. Wir wollten doch nicht wirklich böse sein. Eigentlich waren wir Hans, ich meine Herrn Görges, dankbar, dass er uns hinter Schloss und Riegel gebracht hatte. Wer weiß, was wir sonst noch alles verbrochen hätten.«

»Sie bestreiten also, dass Sie Hans Görges mit Vorsatz ermordet haben?«

»Wir haben ihn nicht ermordet. Es war ein Unfall.«

»Wie erklären Sie sich dann die Patrone in diesem Bolzenschussgerät?«

»Ich, wir können es uns nicht erklären. Vor der Probe haben wir es gemeinsam kontrolliert, Hans war es immer ganz wichtig, dass er selbst noch mal nachschaute.«

»Hätte jemand die Möglichkeit gehabt, während ihrer Probe die Tatwaffe zu laden?«

»Ich wüsste nicht wie. Sie lag immer hinter der Bühne, wie alle Dinge, die wir im Laufe des Stücks brauchten.«

»Es könnte also möglich sein, dass Herr Schlick, der ja den Schlächter spielte, eine Patrone eingelegt hat, während er allein hinter die Bühne ging, um das Gerät zu holen?«

»Hören Sie, Jan war es nicht, er hätte Hans nie etwas Böses gewollt.«

»Beantworten Sie meine Frage: Wäre es möglich gewesen, ja oder nein?«

Er zögerte und rang um eine Antwort, obwohl er genau wusste, was die richtige Antwort war.

»Ja oder nein?«

»Ja, verdammt noch mal, aber er war es nicht!«

Schumann erhob sich.

»Das genügt mir. Herr Klein, informieren Sie bitte Dr. Häberle und schicken Sie ihn dann in mein Büro.«

»Moment noch Herr Schumann, eine Frage hätte ich noch, bei der ich Sie gerne dabei hätte«, sagte ich.

Schumann blieb stehen, drehte sich um und sagte: »Bitte schön, Herr Klein.«

»Herr Fausser, haben Sie jemals ein Tier mit diesem Gerät getötet?«

»Ja, klar, bei meinem Vater. Ich habe ihm oft in den Ferien beim Schlachten geholfen. So hatte ich wenigstens etwas von meinen Eltern.«

»Könnten Sie damit einen Menschen töten?«

»Was? Niemals!«

»Warum nicht?«

»Denken Sie, nur weil ich einen Ochsen damit erledige, hätte ich keine Skrupel, einen Menschen damit um die Ecke zu bringen? Dann wäre ja jeder Metzger ein potenzieller Mörder.«

»Dankeschön, Herr Fausser«, sagte ich und schaute dabei den Kater an. Dieser drehte sich Richtung Tür und ging los. Als er schon fast aus dem Büro draußen war, kam er noch mal zurück und sagte: »Herr Klein, Sie denken an Dr. Häberle?«

»Sicher, Herr Schumann, sicher.«

»Aysel, könntest du zwei Kollegen organisieren, die Herrn Fausser in seine Zelle bringen?«

Aysel hatte einen fragenden Blick, sie hatte die Spannung zwischen meinem Chef und mir gemerkt.

»Wird gemacht.«

Ich fragte ihn, ob er nicht noch irgendetwas benötigte, aber er verneinte. Dann kam Aysel mit zwei Kollegen zurück, die Fausser in seine Zelle brachten.

Es war schon wieder achtzehn Uhr und die Dämmerung hatte eingesetzt. Der Himmel war wolkenverhangen, und so schaffte es die Sonne nicht, ihr Licht komplett auf unser schönes Städtchen zu werfen.

Frauke Hartmann und Frank Fausser hatten wir, und sie waren geständig und kooperierten. Um den Fall zu komplettieren, brauchten wir diesen Jan Schlick. Die Fahndung hatte bis jetzt noch nichts ergeben und auch die Handy-Ortung brachte nichts hervor. Hatte er sich abgesetzt oder war er eben nur nicht zu erreichen?

Das mit Rüdiger ließ mir auch keine Ruhe und ich überlegte, ob ich ihn anrufen sollte. Davon kam ich dann aber wieder ab. Morgen früh kam er ja sowieso ins Büro.

»Aysel, hast du eigentlich irgendwelche Adressen von Verwandten oder Bekannten von Jan Schlick?«

»Die einzige Adresse, die ich recherchieren konnte, ist die von seinen Eltern. Britta und Hein Schlick in Cuxhaven.«

»Stimmt, die Hartmann hatte ja gesagt, dass sein Vater einen Fischkutter hatte. Hast du sie schon erreicht?«

»Ich habe angerufen, mehrmals, aber es ging keiner ran.«

»Hast du die Kollegen dort oben benachrichtigt?«

»Wilhelm, was denkst du? Dass ich eine Referentin bin und man mir alles sagen muss?«

»Entschuldigung, also was hast du rausbekommen und was hast du unternommen?«

»All das, was du eben gesagt hast, habe ich unternommen. Rausbekommen habe ich wenig. Telefonisch waren die Eltern noch nicht zu erreichen. Die Kollegen in Cuxhaven haben sie auch nicht zu Hause angetroffen. Die Nachbarn wollten sie noch nicht fragen, weil ja sonst immer gleich geredet wird. Falls sie morgen immer noch nicht erreichbar sein sollten, werden sie weitere Nachforschungen betreiben. Du siehst müde aus Wilhelm. Sollen wir nicht Feierabend machen«, sagte Aysel

»Du kannst gehen. Ich muss für den Kater noch einen Bericht schreiben.«

»Hab ich schon gemacht und auch schon zu Frau Köhler gebracht.«

Das war Aysel, sie hatte ihren Kopf überall und wusste immer, was zu tun war. Multitasking war bei ihr keine hohle Phrase, sie beherrschte es.

»Mann, Aysel, wenn ich dich nicht hätte, was würde ich dann nur tun?«

»Ich will mich ja nicht rühmen, aber den Dr. Häberle hab ich auch schon zu Schumann geschickt.«

»Welch ein Schatz in meinem Büro. Hast du eigentlich auch eine negative Seite?«

»Wie meinst du das jetzt Wilhelm?«

»Ob es irgendwelche dunklen Tiefen in dir drin gibt.«

»Du sprichst in Rätseln.«

»Gibt es Dinge an denen sich andere stoßen?«

»Hast du welche an mir gefunden?«

»Nein, eben nicht, deshalb frage ich ja.«

»Also wenn du mit mir zusammenleben würdest, dann

hättest du bestimmt schon einige dunkle Tiefen an mir entdeckt. Frag nur mal meine Brüder, die hatten nichts zu lachen zu Hause. Denen habe ich öfters mal eine geknallt.«

»Du hast deine Brüder verkloppt?«

»Ja, sicher, ich bin ja die Älteste, und wenn sie nicht so wollten, wie ich es gern hatte, dann mussten sie bluten.«

»Das ist ja unglaublich, hätte ich hinter dir gar nicht vermutet.«

»Tja, auch ich bin nicht perfekt.«

»Es fehlt aber nicht mehr viel, Aysel. Der Mann, der dich mal bekommt, muss wissen, was er an dir hat. Deshalb such ihn dir gut aus und verfalle nicht den anfänglichen Geigen am Himmel.«

»Hast du irgendwelche Beziehungsprobleme?«

»Nein, wieso denn?«

»Weil du so rüberkommst. Marion und du, ihr seid doch wie füreinander geschaffen. Warum seid ihr denn noch nicht verheiratet und habt Kinder? Sorry, wenn ich so direkt bin.«

»Du, wenn ich es wüsste, würde ich es dir sagen. Ich glaube mal, dass wir einfach noch nicht den richtigen Zeitpunkt gefunden haben. Wenn ich es mir jetzt aber so recht überlege, dann habe ich den Verdacht, dass uns die Zeit einfach weggelaufen ist. Meinst du, dass es zu spät wäre, Marion jetzt zu fragen, ob sie mich heiraten würde?«

»Spinnst du? Dafür ist es doch nie zu spät. Sag ihr einfach, was du möchtest und dass du sie liebst und sie verdammt gerne hast. Aus diesem Grund möchtest du mit ihr alt werden und sie heiraten. Wenn es geht, dann frag sie nicht zwischen Wäsche waschen und Toilette putzen. Such dir einen guten Moment aus und mach es originell. So, kann ich jetzt Feierabend machen?«

»Danke für die Unterhaltung und die guten Ratschläge. Ich werde sie bestimmt beherzigen. Jetzt lass uns gehen.«

Wir schalteten unsere Computer aus, löschten das Licht und schlossen die Türe hinter uns.

»Ich wünsch dir einen schönen Abend Wilhelm, vielleicht können wir mal wieder etwas zusammen unternehmen.«

»Auf jeden Fall, sobald wir den Fall abgeschlossen haben, machen wir ein großes Fest. Hans würde es bestimmt genauso machen.«

Wir drückten uns und gingen dann auseinander. Ich lief in Richtung Heimat und freute mich schon darauf, mich in meinem Raucherzimmer niederzulassen und einen vorzüglichen Montepulciano vom Musketier Dieter Holzner in ein Glas fließen zu lassen. Heute würde ich mir eine Pfeife gönnen, ich hatte sie mir verdient. Der Herbst hatte die Oststadt fest im Griff. Obwohl ich gerne noch durch das bunte Laub gestiefelt wäre, führte mich mein Weg direkt nach Hause. Als ich die riesige Eingangstüre zum Treppenhaus aufschloss, kam der kleine Sven eben die Kellertreppe herauf.

»Hallo kleiner Held, wie geht es dir? Ist die Lage im Keller in Ordnung oder muss ich nach dem Rechten sehen?«

Sven grinste, als er mich sah, und sagte voller Stolz: »Alles bestens, ich habe nichts Verdächtiges gesehen und es war auch keiner unten außer mir.«

»Na komm, heute trage ich dir deinen Korb nach oben, weil du so tapfer bist.«

»Dankeschön, ich würde den Korb lieber alleine tragen, wenn du dafür mit meiner Mutti reden würdest und sie auch so trösten und Mut machen könntest, wie du es mit mir gemacht hast.«

»Hat sie denn Probleme?«

»Ja, seit vorgestern weint sie immer, wenn sie meint, ich schlafe schon. Dann geht sie auch immer auf den Balkon und raucht dort ganz viel. Die leeren Weinflaschen hab ich eben auch runter gebracht.«

»Leere Weinflaschen, ist es denn so schlimm?«

»Ich denke schon.«

»Hast du sie denn schon gefragt, warum sie so viel weint?«

»Nein, sonst wüsste sie ja, dass ich es weiß, dass sie so viel weint.«

»Verstehe, soll ich jetzt gleich mit ihr reden?«

»Hättest du denn Zeit?«

»Du, die Frage müsste ich deiner Mutti stellen. Ich komm mal mit und dann sehen wir weiter. Deinen Korb kannst du mir trotzdem geben.«

Svens Augen leuchteten und wir gingen gemeinsam die Treppen hinauf. Wir gingen in die Wohnung und ich rief schon in der Wohnungstüre nach Svens Mutter, nicht dass sie noch einen Schreck bekommt oder eventuell in nicht angebrachter Kleidung durch die Wohnung ging.

»Heike? Sven hat mich mitgebracht.«

»Wilhelm? Ist etwas passiert?«

»Nein, nein, alles in Ordnung.«

»Ich bring den Korb in die Küche und geh dann Zähneputzen«, sagte Sven.

»Was ist denn mit dem los? Freiwillig Zähneputzen, das macht er doch sonst nie. Hast du irgendetwas gesagt, so wie mit dem Keller?«

»Absolut nicht.« Ich wartete, bis Sven im Badezimmer verschwunden war, und sagte dann: »Sven macht sich Sorgen um dich.«

»Um mich, warum denn?«

»Er hat mir erzählt, dass du immer weinst, wenn er im Bett ist und du denkst, er schläft. Dann rauchst du sehr viel und trinkst Wein dazu.«

Sie sah mich ungläubig an.

»Ich habe ihn nicht ausgefragt, er hat von ganz alleine angefangen.«

»Ich wusste nicht, dass er was gemerkt hat.«

»Hast du Probleme?«

»Ich weiß auch nicht. Probleme, nein, ich bin nur traurig und weiß nicht, wie ich mich verhalten soll.«

»Kann ich dir helfen?«

»Ich glaube, wenn ich jemanden zum Reden hätte, wäre es nicht schlecht.«

»Soll ich später noch mal kommen oder willst du zu mir rüberkommen?«

»Ich bring Sven noch ins Bett und dann würde ich gerne mal kurz rüberkommen. Wäre es dir überhaupt recht?«

»Kein Problem, will es mir sowieso gemütlich machen.«

»Gut, dann komm ich.«

»Sven«, rief ich. »Ich geh dann mal wieder.«

Aus der geschlossenen Badezimmertüre drang ein Laut, der sich anhörte wie: »Ist gut, schlaf schön.«

»Bis später, Heike.« Dann schloss ich die Wohnungstür.

Den gemütlichen Abend konnte ich wohl nun abschreiben, aber Nachbarschaftspflege ist eben auch wichtig. Wenn mich schon der kleine Sven um Hilfe bat, dann konnte ich ja nicht anders. Ich ging in meine Wohnung, hängte meine Jacke an die Garderobe und das Pistolenhalfter nicht wie üblich an die gleiche Stelle, sondern in den Wohnzimmerschrank. Es dauerte eine halbe Stunde und Heike klingelte an meiner Tür.

»Hallo, schläft er schon?«

»Nein, er liegt in meinem Bett und liest noch.«

»Was liest er denn?«

»Gepäckschein 666 von Alfred Weidenmann. Ist eine Detektivgeschichte für Kinder.«

»Ich weiß, ich habe alle Bücher von Weidenmann gelesen. So was lesen heute die wenigsten.«

»Stimmt, Harry Potter und Tintenherz liegen eben im Trend. Aber wenn wir ehrlich sind, so sind es auch schöne Geschichten. Sicher würden wir uns freuen, wenn unsere Kinder unsere Kinderbücher lesen würden, aber es ist eben nicht mehr die Zeit von damals.«

»Ich habe mit ihm noch kurz geredet und ihm gesagt, dass ich ihm alles erzählen werde, wenn ich denke, dass die Zeit dafür gekommen ist. Dass ich jetzt zu dir gehe und wir ein wenig reden.«

»Na, dann lass uns mal in die gute Stube gehen. Wein, Zigarette, Zigarre?«

»Ein Wein wäre nicht schlecht, und eine Zigarette dazu auch.«

Ich öffnete eine Flasche von dem Montepulciano, den ich ja schon auf dem Heimweg im Kopf hatte. Stopfte mir meine Pfeife und setzte mich Heike gegenüber. Aus den Lautsprechern klang Willy Astor mit seiner lieblichen Gitarrenmusik. Die Kerzen flackerten im Rhythmus seiner Gitarre.

»Ich weiß gar nicht, wie ich beginnen soll.«

»Du musst mir nicht deine ganze Lebensgeschichte erzählen. Sag mir, warum es dir schlecht geht.«

»Es hat etwas mit Svens Vater zu tun.«

»Hat er dich sitzen lassen?«

»Nein, bestimmt nicht. Ich habe ihn sitzen lassen vor acht Jahren.«

»Hm. Hat er dich denn geliebt?«

»Ja, sehr sogar. Nur, heute weiß ich, dass ich mich ihm gegenüber total Scheiße benommen habe.«

»Warum hast du ihn verlassen?«

»Er hat meine Zukunft zerstört.«

»Wie soll ich das verstehen?«

»Ich wurde schwanger von ihm, mit Sven. Damals hatte ich ein Angebot von einem Arbeitgeber, dass man nur einmal im Leben bekommt. Im Vertrag stand, dass ich nicht schwanger werden darf, die nächsten fünf Jahre. Keine zwei Wochen später wusste ich, dass ich im dritten Monat schwanger war.«

Von weit weg hörte ich die Stimme von Frauke Hartmann »... weil sie sich in ihrem Vertrag verpflichtete, die nächsten fünf Jahre nicht schwanger zu werden«. Die gleiche

Geschichte? Das konnte es nicht zweimal geben. Ich merkte, wie sich ein Unwohlsein in mir breitmachte.

»Wilhelm, an was denkst du?«

Ich schaute Heike an und wusste mit einem Mal, dass sie die Frau war, von der Frauke Hartmann sprach, sie war die große Liebe von Hans, und Sven war der gemeinsame Sohn der beiden!

Ich steckte mir eine Zigarette an und nahm einen Schluck Wein. Heike nippte an ihrem Glas und setzte dann ihre Erzählung fort.

»Als ich es meinem Arbeitgeber beichtete, fiel der aus allen Wolken. ›Sie wollen sich ihre Karriere von einem kleinen Balg zerstören lassen? Lassen Sie es wegmachen, danach werden Sie sich eine Woche krankschreiben lassen und wir vergessen das Ganze‹, sagte er. Ich versuchte ihm klarzumachen, dass ich es nun auf keinen Fall mehr wegmachen lassen würde. Zuvor hatte ich wohl mit dem Gedanken gespielt, auch noch, als ich in sein Büro ging. Als ich dann aber seine Worte hörte, wie er über mein ungeborenes Kind sprach, wie über einen Gegenstand, den man einfach wegwirft oder eine Krankheit, die man behandeln konnte, wenn man wollte, konnte ich es nicht mehr tun. Er würde mich verklagen und dafür sorgen, dass ich keinen Fuß mehr auf den Boden bekomme, hat er mir gedroht. Das mit der Klage konnte ich ihm ausreden, nachdem ich mit der Presse gedroht hatte, aber meinen Ruf konnte er zerstören. Ich bekam wirklich keinen Fuß mehr auf den Boden. Erst vor drei Jahren habe ich dann hier in der Stadt einen Job angeboten bekommen.«

»Warum hast du den Erzeuger denn nicht zur Kasse gebeten?«, fragte ich erstaunt und machte mir nebenbei so meine Gedanken über die Moral einiger hoch bezahlter Chefs in der Sozialen Marktwirtschaft.

»Hört sich vielleicht blöd an, aber mein Stolz hat es nicht zugelassen. Er wollte mir helfen und seinen Sohn sehen. Ich war aber zu blöd, dies zuzulassen. Die letzten drei Jahre hat er sich dann nicht mehr gemeldet. Ich bin umgezogen und habe ihm meine neue Adresse nicht mitgeteilt. Er konnte mich deshalb nicht finden, und er hat wohl auch nicht nach uns gesucht. Vor vier Wochen hab ich ihn dann hier in der Stadt gesehen. Das erste Mal nach acht Jahren.«

»Hast du nicht gewusst, dass er hier wohnt?«

»Doch, ich bin sogar öfters bei ihm vorbeigefahren, nur um zu sehen, wo er wohnt. Dabei habe ich ihn aber nie gesehen. Manchmal saß ich eine halbe Stunde im Auto, in der Hoffnung, dass er vielleicht aus der Türe kommt oder aus dem Fenster schaut. Ich wollte nur sehen, wie er aussieht, nach all der Zeit.«

»Kann es sein, dass du ihn noch immer liebst?«

Ihre Augen wurden feucht und eine Träne kullerte ihr über die Backe. Bitte nicht, ich hatte heute schon genug von diesen Gefühlen, dachte ich.

»Ja, ich habe ihn irgendwie immer noch geliebt. Ich hatte seitdem nie wieder einen Mann.«

Jetzt war der Zeitpunkt gekommen, jetzt konnte ich sie fragen, warum sie dann nicht mit ihm Kontakt aufnahm. Ich hatte immer noch die Hoffnung, dass es zwei unterschiedliche Geschichten waren. Ihre und die, die uns Frauke Hartmann erzählt hatte.

»Wenn du weißt, wo er wohnt und du ihn irgendwie immer noch liebst, warum nimmst du dann keinen Kontakt mit ihm auf?«

Sie schaute mich an. Für einen Moment dachte ich, sie wird ohnmächtig. Sie bekam ein weißes Gesicht und ihre Pupillen wurden riesengroß. Dann nahm sie einen Schluck Wein, einen tiefen Zug aus ihrer Zigarette, senkte den Kopf und sagte leise: »Weil er tot ist.«

Aus den Lautsprechern klang jetzt Bob Dylan. Der kam mit »Knocking on Heavens Door« an und die Szenerie wurde immer trauriger.

Jetzt wusste ich zu hundert Prozent, dass Hans der Vater von dem kleinen Sven war. Ich lehnte mich in meinem Sessel zurück, trank mein Weinglas aus und zog an meiner frisch gestopften Pfeife. In dicken Schwaden ließ ich den Rauch aus meinem Mund entweichen. Mit dem Duft und Geschmack des Tabaks driftete ich ab. Die Erinnerungen kamen wieder, und ich sah Hans vor mir, wie er an seinem Schreibtisch im Büro saß und abwesend aus dem Fenster schaute. Er hatte das oft getan in den letzten Jahren.

Wenn er zu mir zu Besuch kam, stand er lange draußen im Hausflur und zog sich umständlich die Schuhe aus. Einmal stand er sogar vor Heikes Tür und horchte an ihr.

»Dachte, es hat jemand um Hilfe geschrien«, sagte er, als ich ihn fragte, was er denn da mache. Danach haben wir darüber gelacht.

Er hatte es gewusst, er hat gewusst, dass Heike hier wohnt und auch sein Sohn. Ob er es nur von dem Klingelschildchen wusste, das unten an der Haustür hing oder ob er heimlich Nachforschungen angestellt hatte, um ihre neue Adresse herauszubekommen, kann ich nicht sagen und auch nur vermuten. Ich verstand nur nicht, wie es möglich war, dass Hans und Heike sich nie bei mir begegnet waren. Dass sie sich nie in der Stadt begegnet waren in all der Zeit.

Eins aber hab ich verstanden und gewusst, er war ein guter Mensch. Hat sich nie aufgedrängt, nie versucht, sie unter Druck zu setzen, sie nie belästigt und sie immer geliebt und sich verpflichtet gefühlt. Wie konnte er es nur aushalten, dass sein Sohn und seine Liebe in der gleichen Stadt wohnten und er sie nicht sehen konnte. Vielleicht hat er deshalb des Öfteren einen über den Durst getrunken. Ein Freund mit einem großen Herz und einer großen Seele. Vielleicht war er jetzt im Moment bei uns und schaute uns zu? Und urplötzlich war ich mir sicher, Hans zu spüren und zu hören, wie er zu mir sprach.

Mann, Hämme, denk doch mal nach. Glaubst du wirklich,

dass Jan, Frank und Frauke mich auf dem Gewissen haben? Du weißt doch, warum die beiden Jungs straffällig geworden sind, es sind keine schlechten Menschen. Sie waren doch glücklich im Theater und haben sich riesig gefreut auf ihren ersten Auftritt. Frauke, hast du überhaupt mal gefragt, was sie eigentlich arbeitet? Tu das mal. Wenn du bei dem Verhör aufgepasst hast, dann wirst du hoffentlich bemerkt haben, dass sie in Frank verliebt ist. Außerdem, ein Blumenkind mordet nicht. Denk nach und setz das ein, was du bei mir gelernt hast. Sag Heike, dass ich sie liebe und ich so gerne erlebt hätte, wie mein Sohn groß wird und seinen Weg geht. Sag ihr, dass ich für sie gesorgt habe, schau in meiner Wohnung nach. Dort wirst du alles finden.

»Er hätte gern gesehen, wie Sven aufwächst und seinen Weg geht, und dich hat er immer geliebt.«

Heike schaute auf und sah mich an als wäre ich ein Geist.

»Hans hat mir das gesagt.«

»Hans?«, fragte sie, »wann hat er dir das gesagt?«

»Eben, gerade eben.«

Wieder schaute sie mich ungläubig an.

»Hans Görges ist der Vater von Sven.«

»Woher weißt du das, ich meine, woher weißt du, dass Hans der Vater von Sven ist?«

»Zuerst habe ich es mir zusammengereimt aus der Aussage einer Verdächtigen und dem Gespräch mit dir. Jetzt aber bin ich mir sicher. Vielleicht liegt es am Wein oder am Tabak, vielleicht wollte ich ihn auch nur hören und hab mir alles eingebildet. Hab ich recht, ist Hans der Vater von Sven?«

»Ja, du hast recht. Was hat er noch gesagt?«

»Das er für euch gesorgt hat und ihr euch keine Sorgen machen müsst.«

»Keine Sorgen, wie soll ich Sven erklären, dass ich daran schuld bin, dass er nie seinen Vater kennenlernen wird? Wie soll ich mich verhalten, was soll ich sagen, wenn er mich fragt?«

»Das weiß ich nicht, ich wünschte, ich könnte dir dabei helfen.«

»Ich weiß einfach zu wenig über Hans, um Sven etwas von ihm erzählen zu können. Kanntest du Hans näher?«, fragte mich Heike.

»Ja, er war mein Freund und Vorgesetzter«, sagte ich und brach in Tränen aus.

Jetzt lagen wir uns beide in den Armen und weinten. Als wir uns wieder so weit gefangen hatten, erzählte ich ihr von Hans. Sie wollte wissen, was er für ein Mensch war, was er für ein Vorgesetzter war, ob er nie etwas erzählt hätte von ihr und Sven und wie er gestorben war.

Ich versuchte, ihr alles so genau wie möglich zu erzählen, sagte aber gleich zu Anfang, dass ein Abend dafür nicht ausreichen würde. Ich versprach ihr, irgendwann einmal alles aufzuschreiben, was ich von Hans wusste.

So lange wir uns unterhielten, kam Marion nach Hause und gesellte sich zu uns. Sie hörte gespannt zu, sagte erst wieder etwas, als ich fertig war. Wir unterhielten uns bis weit nach ein Uhr, dann musste ich die Segel streichen und ins Bett gehen. Heike und Marion saßen noch bis vier Uhr zusammen und sprachen über Gott und die Welt.

Als ich um sieben Uhr aufstand, fand ich einen Brief von Marion auf dem Küchentisch.

Lieber Wilhelm,
es geschehen Dinge in deinem Leben, die dich auszeichnen. Auszeichnen als einen Menschen, der in das Leben gehört, wie die Sterne an den Abendhimmel. So etwas wie du ist mir noch nie begegnet. Ich glaube, nur alle hundert Jahre wird so ein Mensch geboren. In diesem Jahrhundert gab es wohl zwei solche Menschen und ich bin froh und stolz darauf,

beide kennengelernt zu haben und einen davon sogar lieben zu dürfen. Jetzt bist du allein und musst das Gute allein verteidigen. Dein Hans wird dir jetzt nur noch im Geiste beistehen können, aber ich würde dir gerne im Leben beistehen. Bestimmt kann ich Hans nicht ersetzen, und bestimmt werde ich wohl auch nie Polizist, aber meine Liebe wirst du immer haben.

Ich liebe Dich.

Deine Marion

Ich ging unter die Dusche, trank meinen Espresso, zog mich an und ging aus dem Haus mit dem Brief in meiner Jacke. Es war acht Uhr, als ich das Büro betrat. Rüdiger saß an seinem Schreibtisch und stand auf, als ich hereinkam.

»Wilhelm«, sagte er, »ich hab mich gestern total scheiße benommen. Entschuldige, aber ich weiß nicht, warum ich das getan habe. Wenn ich es wieder gutmachen kann, dann tu ich es. Du musst mir nur sagen wie.«

Ich drückte ihm seinen Ausweis und seine Waffe in die Hand.

»Ist schon gut, ich kenn dich anders und verbuche das unter einmaliger Entgleisung. Was sonst noch auf dich zukommt, kann ich dir aber nicht sagen.«

In kurzen Zügen erzählte ich ihm von dem Verhör mit Fausser und dem Kater.

»Na, dann kann ich mich auf was gefasst machen.«

»Wirst es überleben.«

»Ist Aysel noch nicht da?«

»Nein.«

»Weißt du eigentlich, was die Hartmann von Beruf ist?«

»Sozialpädagogin.«

»Hm.«

»Warum?«

»Nur so. Wir müssen heute noch mal in Hans Wohnung.«

»Warum das denn nun?«

»Weiß nicht, vielleicht haben wir irgendetwas vergessen.«

»Wenn du meinst.«

»Guten Morgen, ihr beiden«, erklang die helle Stimme von Aysel.

»Schön, dass du wieder mitmachst, Rüdiger.«

»Ja, find ich auch.«

Das war alles, was über den gestrigen Vorfall noch gesprochen wurde. Rüdiger musste später zum Kater um sich eine Standpauke abzuholen, und damit war die Sache vergessen. Aysel erkundigte sich, ob die Fahndung nach Jan Schlick etwas erbracht hatte, und kam mit einem negativen Ergebnis zurück.

»Die Kollegen wollen heute Morgen die Nachbarn von Schlicks Eltern befragen. Dann wissen wir vielleicht mehr.«

»Ist gut, wo machen wir weiter?«, fragte ich, als es an der Tür klopfte.

»Herein.«

Die Tür ging auf, und ein Mann wie ein Baum mit haarlosem Kopf und feuerroten Backen kam herein. Seine Hände waren so groß und muskulös, dass ich Angst hatte, ihm die Hand zu geben. Dahinter folgte eine Frau, die gut drei Köpfe kleiner war als er, die aber ebensolche rote Backen hatte.

»Guten Morgen«, sagte der Mann mit einer tiefen Bassstimme.

»Anton Fausser, und das ist meine Frau.«

Er kam auf uns zu und gab Aysel die Hand. Die drückte, ohne mit der Wimper zu zucken, selbige und stellte sich vor. Sie hat es überlebt, dachte ich und nun gab auch ich ihm die Hand.

»Wilhelm Klein mein Name. Hallo, Herr Fausser. Guten Morgen, Frau Fausser.«

Das Telefon klingelte und Aysel ging ran.

»Zu spät Kollegen, sie sind schon hier und haben ein Massaker veranstaltet.«

»Nein, nein war nur ein Witz.«

»Ja, kein Problem. Nein ist schon gut, ciao.«

»Mann, die Kollegen da unten verstehen nicht mal einen Spaß«, sagte sie.

»Entschuldigen Sie, aber die Kollegen haben vergessen, Sie anzumelden.«

»Setzen Sie sich, was führt Sie zu uns?«, fragte ich.

»Wir wollten Ihnen den Bolzenschussapparat vorbeibringen. Wir dachten, Sie holen ihn selber ab und haben gestern noch den ganzen Abend gewartet. Da wir einen Besuchstermin haben bei unserem Sohn, dachten wir, wir bringen ihn gleich mit.«

Der Bolzenschussapparat, mir blieb die Spucke weg! Daran hatte keiner mehr gedacht, die Tatwaffe. Auch Aysel und Rüdiger stand das Entsetzen ins Gesicht geschrieben. Was für ein fataler Fehler. Bis jetzt hatte noch keiner danach gefragt, nicht mal Dr. Häberle oder Schumann. Ich versuchte unsere Inkompetenz ein wenig zu vertuschen.

»Oh, das ist aber sehr aufmerksam von Ihnen, vielen Dank.«

Anton Fausser holte das Gerät aus einer Plastiktüte und drückte es mir in die Hand.

»Bitte schön, Sie haben Glück.«

»Glück?«

»Ja, dass ich es bis jetzt noch nicht gebraucht habe.«

»Das heißt, dass sie es noch nicht gereinigt haben?«

»Ja, genau«, sagte er.

Herr Fausser nahm mir das Gerät wieder aus der Hand und drückte auf den Knopf, der den Bolzen entriegelt. Dieser glitt jetzt langsam aus seinem Loch, bis er am Anschlag ankam.

»Da sehen Sie, ist alles noch dran.«

Der Bolzen ragte aus dem Gerät und war mit einer schwärzlichen Kruste überzogen, an dieser klebten einige Haare. Die Farbe ließ keine Zweifel aufkommen. Die Haare waren von Hans. Aysel blickte über meine rechte Schulter und sah den Bolzen an. Sie wurde bleich wie die Wand und fing sofort an zu würgen. Sie drehte sich weg und versuchte, loszulaufen, aber es war zu spät. Sie erreichte gerade noch das Waschbecken und übergab sich. Rüdiger nahm den Bolzenschussapparat Anton Fausser wieder aus der Hand und steckte ihn mit eingezogenem Bolzen zurück in die Plastiktüte.

»Ich bringe es gleich zur KTU.«

Die Tür fiel ins Schloss und weg war er. Klara Fausser hatte Aysel im Arm und strich ihr zärtlich über die Haare.

»Ist schon gut. So was haben Sie wohl noch nicht gesehen? Wenn Sie mit einem Metzger verheiratet sind, dann sehen Sie so was regelmäßig. Mir ging es beim ersten Mal auch so.«

»Ich habe schon oft Blut gesehen, aber nicht das vertrocknete Blut vermischt mit Hirnpartikeln und Haaren eines Freundes, und dann auch noch an der Tatwaffe.«

Klara Fausser schaute erstaunt, ebenso wie ihr Mann Anton.

»Hat Ihr Sohn Ihnen nicht erzählt, warum wir ihn verhaftet haben?«

»Ja, doch, er wird verdächtigt, jemanden umgebracht zu haben.«

»Wie das Opfer umgebracht wurde, wissen Sie nicht?«

»Nein.«

»Warum bringen Sie dann das Bolzenschussgerät mit?«

»Weil mein Sohn am Telefon gesagt hat, dass Sie kommen würden und den Bolzenschuss holen. Ich solle ihn nicht säubern.«

»Verstehe, also das Opfer wurde vermutlich mit Ihrem Gerät ermordet.«

»Mit meinem Bolzenschuss, das glaub ich nicht.«

»Wieso nicht?«

»Weil das unser Sohn gar nicht könnte.«

»Er hat nach bisherigen Aussagen auch nicht abgedrückt, aber er ist der Mitwisserschaft beschuldigt.«

»Mitwisserschaft, glauben Sie er hätte es zugelassen, dass ein Mensch umgebracht wird, so lange er dabei ist?«

»Das, Herr Fausser können wir nicht beurteilen, das ist die Arbeit von Richtern und Staatsanwälten.«

Er schüttelte ungläubig seinen Kopf.

»Kennen Sie einen Jan Schlick«, fragte ich die Faussers, um dem Gespräch eine kleine Wendung zu geben.

»Der Jan, das ist ein ganz lieber Kerle«, antwortete Frau Fausser.

»Das können Sie vergessen, der war es auch nicht. Der kann ja nicht mal einen Fisch ausnehmen. Deshalb ist doch sein Vater seit ein paar Tagen mit seinem Kutter unterwegs, um ihn zu verkaufen. Sein Sohn wird das Geschäft nicht weiterführen, und so wird auch kein Kutter mehr benötigt«, sagte Anton Fausser.

Hans hatte recht, sie waren es nicht gewesen, das wurde mir jetzt immer bewusster. Sie waren wohl alle drei dabei, als Hans starb, aber sie waren nur ein Werkzeug.

»Falls Sie noch wissen wollen, ob wir die Frauke auch kennen, ja das tun wir. Falls Sie denken, dass sie es war, dann können Sie das auch gleich vergessen. Schauen Sie sie doch bloß mal an. Sie arbeitet mit behinderten Kindern und Jugendlichen und hat von Technik so viel Ahnung, dass sie nicht mal weiß, mit welcher Seite der Stecker in die Steckdose kommt. Wie sollte sie da einen Bolzenschussapparat bedienen können, ohne sich selber zu verletzen?«

»Das mag wohl sein, aber wie ich schon sagte, das letzte Wort hat der Richter. Ich bedanke mich jedoch für Ihre Offenheit und würde gerne auf Sie zurückkommen, sollten sich noch weitere Fragen ergeben.«

»Sehr gerne, ich mach dann auch einen Kaffee und einen Bienenstich und bringen Sie ihre Kollegin mit. Die sieht aus, als könnte sie drei Stücke von meinem Bienenstich vertragen.«

»Sehr gerne, Frau Fausser.«

»Aysel, würdest du Herrn und Frau Fausser vielleicht zeigen, wie sie zu ihrem Sohn kommen.«

Aysel, die sich zwischenzeitlich zusammen mit Frau Fausser um unser Büro gekümmert hatte, bejahte freundlich und ging mit den beiden aus dem Büro.

Die haben Nerven, dachte ich, kommen hier rein und bringen in einer Plastiktüte die Waffe, mit der Hans ermordet wurde. An der Waffe hingen dann auch noch Blut und Reste von Hans dran. Rüdiger hatte die Waffe zur KTU gebracht und kam eben wieder zurück.

»Was sagen die Kollegen im Keller?«

»Vor heute Abend haben sie wohl keine Ergebnisse. Müssen ein komplettes Programm mit der Waffe machen, DNA, Fingerabdrücke, Faserspuren und so weiter.«

»Gut, dann haben wir jetzt Zeit, noch mal in die Wohnung von Hans zu gehen.«

»Meinst du wirklich, wir haben etwas übersehen?«, fragte Rüdiger.

»Kann sein, ich weiß es nicht. Ist nur so eine Ahnung.«

»Würdest du hier bleiben und das Telefon bewachen? Die Kollegen aus dem Norden wollen doch anrufen.«

»Ach so, ja klar, kein Problem.«

»Ich würde schon mal an die frische Luft gehen, würdest du Aysel runterschicken?«

»Mach ich.«

Es war ein Morgennebel in den Straßen und es kam ein bisschen Edgar-Wallace-Flair in mir auf. In jedem Film von ihm gab es irgendwie, irgendwo immer einen Nebel, der ein wenig Unheimliches in die Szenerie brachte. Zehn Minuten stand ich wohl dort draußen, bis Aysel kam und mir meine Zigarettenpackung unter die Nase hielt.

»Die hast du vergessen.«

»Danke, aber um die Uhrzeit rauche ich doch noch nicht.«

»Geht es dir wieder gut?«, fragte ich Aysel, die immer noch ein wenig blass um die Nase war.

»Ja, danke, musste nur meine Zähne putzen. Vorverdautes Müsli zwischen den Zähnen schmeckt nicht wirklich und sieht auch unappetitlich aus.«

Ich musste lachen und Aysel hakte sich bei mir ein. Es war ein Fußmarsch von zehn Minuten, den wir zurücklegen mussten. Der tat aber richtig gut und leerte den Kopf von Gedankenmüll. Nur das Wesentliche blieb übrig. Als wir bei der Wohnung ankamen, zog Aysel einen Schlüssel aus ihrer Jacke und schloss die Tür auf. Ich betrat die Wohnung und fühlte mich zu Hause. Der Geruch war immer noch da. Kaffee, Cognac und Zigarren. Zigaretten hatte er nur auf dem Balkon geraucht.

»Was suchen wir eigentlich, Wilhelm?«

»Unterlagen von Versicherungen, Banken, Immobilien. Weiter brauche ich noch Fotoalben und Briefe. Vielleicht habt ihr auch ein Adressbuch gefunden.«

»Ja, haben wir. Schau mal da.«

Aysel gab mir das Adressbuch von Hans. Er hatte es immer dabei. Komisch, dass es hier lag. Ich blätterte in dem Buch, bis ich den Buchstaben H erreichte.

»Der alte Gauner.«

»Wie meinste?«

»Ach nichts, Aysel.«

Er hatte die Adresse von Heike in seinem Buch, mit Telefonnummer und Geburtsdatum von ihr und Sven.

»Du, Aysel, seinen Geldbeutel, hatte er den bei sich oder liegt der auch hier rum?«

»Schau mal im Flur auf dem kleinen Schränkchen, in der Dose.«

»Ah, danke.«

Ich nahm ihn aus der Dose und öffnete ihn. Es fiel mir die Kakaomandel entgegen, die er bei Marcel mit seinem Espresso bekommen hatte. Er hob sie immer auf und steckte sie in den Geldbeutel, um sie später zu Hause zu essen. Rechnungen von Dieter Holzners Weinmusketier, von Osiander und vom Caramella, dem Süßigkeitenladen in der oberen Wilhelmstraße, der aussah wie ein Laden bei Pippi Langstrumpf. Was hat er denn da drin gemacht, dachte ich, als ich eine Rechnung über einen Euro und fünfzig Cent für Brausestäbchen in der Hand hielt, von eben jenem Laden. Ich klappte den Geldbeutel weiter auf, und eine Reihe von Plastikkarten fiel klappernd auf den Dielenboden. Genervt bückte ich mich, um sie wieder einzusammeln, als mir der Atem stockte und ich mich hinsetzen musste. Zwischen den Karten lag ein zur Hälfte gefaltetes Foto auf dem Boden. Es war aus dem Geldbeutel mit herausgefallen und hatte davor wohl seinen Platz zwischen den Plastikkarten.

Es war ein Foto mit Selbstauslöser gemacht, es zeigte Hans auf einer Bank in der Pomologie am Kinderspielplatz, neben ihm saß Sven und strahlte.

»Wilhelm? Hast du etwas gefunden?«

Aysel kam aus der Küche und schaute mir über die Schulter. Ich saß immer noch auf dem Boden und hatte das Foto in der Hand.

»Was ist denn das für ein Junge? Darf ich mal sehen?«

Ich reichte es ihr nach oben.

»Ist das nicht der kleine Junge, der auf deinem Stockwerk wohnt?«

»Ja, das ist er«, sagte ich.

»Hab gar nicht gewusst, dass sie sich kannten.«

»Wusste ich bis gestern Abend auch nicht.«

»Also weißt du was? Ich bin froh, wenn das alles hier zu Ende ist und wir Hans als Fall zu den Akten legen können. Weißt du auch warum? Weil du nur noch in Rätseln sprichst. Ich muss die ganze Zeit nachhaken, um am Ball zu bleiben und dir folgen zu können. Wenn du es bis gestern Abend auch noch nicht wusstest, dann sag mir auch, warum und lass dich nicht immer bitten, den Rest auch zu erzählen.«

»Entschuldige, Aysel. Es verhält sich folgendermaßen: der Junge auf dem Foto ist Sven Willenbrock. Er ist der Sohn von Heike Willenbrock, meiner Nachbarin.«

Ich schaute Aysel an, die immer noch stand und sich nun zu mir herunterbeugte, um das Foto zu betrachten.

»Willst du dich vielleicht erst mal setzen?«

Wortlos ließ sie sich auf den Boden gleiten und machte es sich dann im Schneidersitz bequem. Sie nahm mir das Foto aus der Hand und schaute es lange an. Als sie wohl genug gesehen hatte, gab sie mir das Foto zurück und sagte:

»Wilhelm, rede nicht weiter. Ich weiß nicht, ob ich es wissen möchte.«

Bevor ich ihr antworten konnte, legte sie noch einen drauf und sagte:

»Gib mir mal eine Zigarette.«

»Bitte?«

»Gib mir mal eine Zigarette!«

»Was willst du denn damit?«

»Jetzt gib mir einfach eine!«

Ich holte mein Päckchen aus der Jackentasche und gab ihr eine davon.

»Danke, hast du auch Feuer?«

Ungläubig gab ich ihr mein Feuerzeug. Sie steckte sich die Zigarette an, nahm einen tiefen Zug und bekam einen Hustenanfall.

»Blume des Orients, ich habe gar nicht gewusst, was du für dicke Backen bekommen kannst.«

»Mach dich nicht über mich lustig«, sagte sie beleidigt.

»Warum hast du mir es nicht schon früher gesagt?«

»Meinst du das mit Sven? Weil ich es nicht wusste! Ich dachte immer, dass ich Hans kannte und wir keine Geheimnisse hätten. Die letzten Tage haben mir aber gezeigt, dass ich ihn überhaupt nicht kannte oder wenn überhaupt, dann nur oberflächlich.«

Ich überlegte, ob ich ihr mein Erlebnis von gestern Abend erzählen sollte und kam zu dem Entschluss, dass Aysel es wissen sollte.

»Hans hat bestimmt noch irgendwo ein paar Kaffeebohnen. Ich mach uns einen Espresso und dann erzähl ich dir, was gestern Abend bei mir zu Hause passiert ist. Eins musst du mir aber versprechen, du darfst mich nicht für verrückt erklären.«

»Versprochen Wilhelm, großes Ehrenwort.«

Wir ließen uns den Espresso schmecken und ich erzählte ihr alles von Heike, Hans und Sven. Wie Sven mich im Treppenhaus fragte, ob ich mal mit seiner Mama reden könnte. Wie Heike mich dann besuchte und sie mir die Geschichte von Hans und ihr erzählte. Zum Schluss noch, wie ich glaubte, Hans in meinem Raucherzimmer zu spüren und wie er zu mir sprach.

Als ich geendet hatte, sagte sie erst nichts, dann schaute sie mich an und sagte: »Bisher hab ich so was immer nur gelesen oder im Fernsehen gesehen, aber geglaubt habe ich es nie. Ich weiß nicht, ob dir deine Fantasie einen Streich gespielt hat oder alles nur ein Zufall ist oder ob ich wirklich an überirdische Dinge glauben soll. Wenn ich das hier jetzt so überschlage, dann ist es ja nicht ohne, was du mir da erzählt hast. Nur wo ich es einordnen soll, das weiß ich nicht. Lass uns nach den Versicherungsunterlagen schauen. Wenn wir etwas finden, dann nehme ich für morgen Urlaub, damit ich mich heute Abend besaufen kann und um morgen dann in die Kirche zu gehen, wo ich um die Vergebung meiner Sünden bitten kann. Ich will nämlich nicht im Fegefeuer landen.«

»Also, Aysel, du bist ja ein richtig böses Mädchen.«

»Na, wenigstens hast du deinen Humor wiedergefunden«, sagte sie.

»Was mich jetzt aber interessieren würde, ist die Frage, wie Heike erzählen kann, dass Hans seinen Sohn nie sehen durfte. Jetzt halte ich hier das Foto, worauf er mit seinem Sohn abgelichtet ist, in meiner Hand. Wie passt das zusammen, Wilhelm?«

»Ich glaube, das kann uns nur Heike selber erklären. Jetzt suchen wir hier erst mal weiter. Später ruf ich bei Heike an und frage sie, ob wir vorbei kommen können.«

Es dauerte nicht lang und wir hatten gefunden, was wir suchten. Risikolebensversicherungen, da war Hans ja wirklich ein Fuchs. Er hatte immer gesagt, dass eine Lebensversicherung mit Kapitalanlage der größte Betrug der Menschheit sei. Investmentfonds, Bausparverträge und Tagesgeldkonten. Überall war Heike Willenbrock als Bevollmächtigte eingetragen.

»Ich glaub, wir können gehen«, sagte ich zu Aysel.

Sie stand vor einem Foto von unserer letzten Weihnachtsfeier. Obwohl ihre Augen ganz feucht glänzten, lächelte sie.

»Ich werde dich vermissen, Hans«, sagte sie.

Dann drehte sie sich um und ging aus der Wohnung.

»Ich ruf mal bei Heike an, vielleicht ist sie zu Hause und wir können vorbeikommen.«

Nach dem dritten Klingeln nahm sie ab und gab grünes Licht.

»Alles klar, in zehn Minuten sind wir bei euch, ciao Heike.«

Wir brauchten fünfzehn Minuten, bis wir bei Heike waren. Da wir das Vergnügen hatten, Albert über den Weg zu laufen. Als hätte es so sein sollen, hatte ich mir erlaubt, eine von Hans Zigarrenkisten an mich zu nehmen, um sie Albert zu vermachen, wenn ich ihn mal wieder sehen würde. Es wäre bestimmt im Sinne von Hans gewesen. Albert wusste gar nicht, wie ihm geschah.

»Mensch Hämme, dass d'r Hans an mi degt hat. Am Sonndich gange end Kirch und du zom Heiland für en beta.«

Dann kam er ganz dicht an mich heran und flüsterte im

perfekten Hochdeutsch in mein linkes Ohr: »Wenn du deine schöne Kollegin nicht mehr brauchst, dann kannst du sie mir geben, ich pass auf sie auf.«

»Das hab ich gehört Albert, aber mach dir keine Sorgen, ich werde dir schon selber Bescheid sagen.«

Er nahm ihre rechte Hand und gab ihr einen total korrekten Handkuss, indem seine Lippen ihre Hand nicht berührten. Er nahm seine Kiste und verschwand mit den üblichen Maschinengewehrgeräuschen, nur dass er sich dieses Mal öfters umdrehte und Handbewegungen in unsere Richtung machte, die so viel bedeuteten wie: Lauft zu, ich mach das hier schon, mit denen werde ich fertig.

»Mein Gott, wie goldig«, sagte Aysel.

Am Ziel angekommen, schloss ich die Tür auf und wir gingen die Treppen hoch, bis wir vor Heikes Tür standen. Ich klopfte. Die Tür ging auf und Heike bat uns herein. Aysel stellte sich vor, und mir fiel auf, dass sie sich noch nie gesehen hatten, obwohl Aysel genauso oft hier gewesen war wie Hans. Also ist es doch möglich, sich in drei Jahren nicht ein einziges Mal zu sehen, auch wenn man regelmäßig in dasselbe Haus zu Besuch kommt, dachte ich.

»Sven ist noch nicht da, aber er müsste in zehn Minuten von der Schule kommen. Wie kann ich euch helfen?«

»Na ja, die Sache ist die. Wir waren in der Wohnung von Hans, gerade eben. Dort haben wir ein paar Sachen gefunden. Wir wissen nicht, wie wir die zuordnen sollen. Wir haben gedacht, du kannst uns vielleicht dabei helfen.«

»Wilhelm, komm zur Sache«, sagte Heike genervt.

»Wir haben das hier gefunden«, sagte ich und hielt ihr das Bild von Hans und Sven unter die Nase.

Sprachlos und am ganzen Körper zitternd stand sie da und betrachtete das Foto.

»Wo habt ihr das her? Wer hat das gemacht oder ist es eine Fotomontage?«

»Nein Heike, es ist keine Fotomontage. Du hast nicht gewusst, dass Sven Kontakt mit Hans hatte?«

»Nein Wilhelm, ich hatte keine Ahnung, dass Hans und Sven sich kannten. Ich hätte es dir sonst gestern Abend schon gesagt.«

»Dann müssen wir mit Sven reden. So behutsam wie möglich. Wir sollten mit ihm alleine sprechen, um jeden Einfluss auszuschließen.«

»Ich soll euch mit Sven allein lassen?«

»Es muss sein. Wenn du da bist, dann wird er vielleicht nicht mit der Sprache herausrücken. Mach dir keine Sorgen Heike, ich habe schon einen Plan.«

»Ach ja?«

»Ja!«

»Und ihr fragt ihn nur nach dem Bild und sonst nichts?«

»Ganz bestimmt.«

»Gut, dann erzähl deinen Plan.«

»Hast du schon etwas zum Essen gekocht für ihn?«

»Nein, ich wollte eben damit anfangen, als ihr geklingelt habt.«

»Sehr gut, dann pass auf: Wenn Sven nach Hause kommt, sagst du ihm, dass es heute Pizza zum Essen gibt und er sich eine aussuchen darf. Ich werde eine Ausrede erfinden und in meine Wohnung rübergehen. Dann, wenn er sich eine ausgesucht hat, rufst du mich auf dem Handy an, gibst die Bestellung durch und verlässt unter einem Vorwand den Raum. Aber du lässt, ohne dass es Sven bemerkt, dein Handy auf dem Sideboard liegen. Das muss dir gelingen, sonst klappt dieser Plan nicht, Heike. Verstanden?«

Heike nickte und suchte schon die Nummer des Kommissars in ihrem Handy.

»Aysel, du hörst mit und bestellst tatsächlich die Pizza. So kannst du, Heike, von meiner Wohnung aus alles mithören, ohne dass du im Raum bist. Wenn du meinst, es wird für Sven zu viel, dann kommst du einfach ins Zimmer. Das ist für uns das Zeichen, nicht weiter zu fragen.«

»Also wirklich, ich staune Wilhelm, was hab ich für einen schlauen Kollegen!«

»Danke Aysel.«

»Also gut, aber vergesst nicht, mich anzurufen.«

Heike machte uns noch einen Kaffee, und kaum war er fertig, wurde auch schon die Wohnungstüre aufgeschlossen und Sven kam schwer beladen herein.

»Hallo Mama, ich habe einen Riesenhunger«, rief er aus dem Flur.

»Was gibt es denn?«

»Ich dachte, wir bestellen uns heute mal 'ne Pizza! Was meinst du?«

»Geil, Pizza, ist heute ein besonderer Tag?«

»Nein Sven, aber komm erst mal ins Wohnzimmer bitte, wir haben Besuch.«

Schnellen Schrittes kam er den Flur entlanggesprungen.

»Hallo, Wilhelm, bist du jetzt öfters hier?«

»Nein, Sven, wir haben nur ein paar Fragen an dich.«

»Du und Mama?«

»Und meine Kollegin«, ergänzte ich den Personenkreis.

»Hallo Sven, ich bin die Aysel«, sagte sie und reichte ihm die Hand.

»Hallo, du bist aber schön. Woher kommst du?«

»Dankeschön, Sven«, Aysel lächelte und ihre Augen wurden wieder zu kleinen Schlitzen. »Ich komme aus der Türkei.«

»Das hört man aber gar nicht, die türkischen Kinder in meiner Klasse reden alle ganz komisch«, meinte Sven.

»Ich bin mit drei Jahren nach Deutschland gekommen. Meine Eltern haben gleich angefangen, mit mir deutsch zu reden. Mein Papa hat immer gesagt: »Wenn du in einem anderen Land leben willst, dann musst du dort auch glücklich werden. Wenn du glücklich werden willst in einem fremden Land, dann musst du die Sprache können.«

Also wurde bei uns zu Hause nur deutsch geredet, außer an Feiertagen wie dem Zuckerfest, da wurde türkisch geredet, um es nicht zu verlernen.«

»Ich lebe schon acht Jahre in Deutschland und kann aber auch englisch reden, obwohl ich dort noch nicht war«, erzählte nun Sven.

»Ja, dann hast du in der Schule Englischunterricht. Das hatte ich auch.«

»Was wolltet ihr mich denn fragen?«

Er schaute Aysel an. Ich nickte ihr zu.

»Fang du mal schon an mit der Geschichte, Aysel. Ich muss kurz in meine Wohnung rüber.«

Ich stand auf, nickte den beiden Frauen zu und ging hinaus. In meiner Wohnung angekommen, schloss ich die Tür hinter mir und wartete auf Heikes Anruf. Es vergingen keine zwei Minuten, dann klingelte meine Handy. Ich nahm den Anruf an, Heike sprach kurz die Bestellung ins Handy und legte es dann für mich hörbar ab. Ich ging ins Treppenhaus, ließ die Türe zu meiner Wohnung offen. Heike kam aus der Wohnung gegenüber. Wortlos gingen wir aneinander vorbei. Als ich die Wohnzimmertür öffnete, saßen Sven und Aysel zusammen auf dem Sofa.

»Und, was hast du dir für eine Pizza bestellt?«

Meine Frage schien den Jungen zu irritieren. Ich wusste nicht, wie viel ihm Aysel schon erzählt hatte. Aysel stand auf.

»Ich muss dann mal für kleine Mädchen«, sagte sie.

»Du bist doch aber kein kleines Mädchen mehr«, sagte Sven.

Ich lachte laut, Aysel lächelte.

»Das sagt man halt so, wenn man auf die Toilette muss«, erklärte ich. Ich setzte mich zu dem Jungen auf das Sofa.

»Hast du ein Geheimnis?«, begann ich ohne Umschweife.

»Ja.«

»Würdest du es uns verraten?«

»Ich glaube, euch kann ich es sagen, ihr seid ja von der Polizei. Also, Mama weiß nicht, was sie von mir zum Geburtstag bekommt, weil es mein Geheimnis ist«, flüsterte er ganz leise.

Damit hatte ich nun nicht gerechnet.

»Was schenkst du ihr denn?«

»Einen Gutschein vom Osiander, weil sie doch so gerne liest. Ich habe seit vier Wochen mein Taschengeld gespart, und wenn ich das von nächster Woche auch noch spare, dann hab ich zehn Euro zusammen, und das reicht für ein Buch.«

»Donnerwetter, fünf Wochen hast du dein Taschengeld gespart, das habe ich nie geschafft, als ich so alt war wie du jetzt.«

»Das glaube ich gleich«, sagte Aysel, die zurückkam und sich setzte.

Der Stolz stand ihm ins Gesicht geschrieben.

»Sonst hast du kein Geheimnis?«, bohrte ich weiter.

»Nein.«

»Sicher?«

»Ja.«

Das kam jetzt nicht mehr ganz so überzeugt. Sein Blick wanderte auf den Boden.

»Sven, du weißt, dass Aysel und ich bei der Polizei arbeiten, und du weißt auch, dass man der Polizei immer die Wahrheit sagen muss.«

»Ja.«

»Pass mal auf Sven, ich zeig dir jetzt etwas, und du sagst mir etwas dazu. Okay?«

»Okay.«

Ich holte das Foto aus der Tasche und gab es ihm in die Hand.

Er schaute es lange an, und wir gaben ihm die Zeit, die er

brauchte, um etwas zu sagen und um die Situation zu verarbeiten.

»Werde ich jetzt verhaftet?«, murmelte er.

»Warum solltest du verhaftet werden?«, fragte Aysel.

»Weil ich nicht die Wahrheit gesagt habe.«

»Nein, deshalb wirst du nicht verhaftet, dazu bist du noch zu jung, aber deine Mama müsste für dich geradestehen, wenn es um eine schlimme Sache ginge.«

»Wenn ich jetzt die Wahrheit sage, ist dann alles wieder gut?«

»Sicher Sven, dann brauchst du dir keine Gedanken mehr zu machen.«

»Ich kenne diesen Mann auf dem Foto.«

»Willst du uns sagen, wer es ist?«

»Er heißt Hans.«

»Wie lange kennst du ihn denn schon?«

»Ich glaube, das war im November oder Dezember im letzten Jahr.«

»Wie habt ihr euch kennengelernt?«

»Es lag Schnee, und vor meiner Schule haben wir eine Schneeballschlacht gemacht. Die Schule war schon zu Ende, und ich hatte noch genug Zeit, weil Mama an dem Tag arbeitete und sie erst gegen sechzehn Uhr nach Hause kam. Nach zehn Minuten kamen ein paar große Jungs und haben uns gequält. Einer hat dann angefangen uns zu schlagen, und da kam Hans dann plötzlich. Er hat die Jungs verprügelt, nachdem sie ihn angegriffen hatten. Hans kann nämlich Karate. Er wollte uns nach Hause bringen und hat uns dann gefragt, wie wir heißen. Als er meinen Namen hörte, hat er mich lange ausgefragt.«

»Was hat er denn so gefragt?«

»Wo ich herkomme, wie meine Mutter heißt, wo ich wohne und wie alt ich bin.«

»Wie ging es dann weiter?«

»Er hat mich zum Essen eingeladen, Schnitzel mit Pommes.

Dann hat er mich nach Hause gebracht und mir gesagt, ich solle nichts meiner Mama und auch sonst keinem Menschen was erzählen. Dass es nicht richtig war, was er von mir da verlangt hat, hat er aber auch gesagt, und ich wollte zuerst auch nicht tun, was er da von mir verlangte. Er hat mir dann aber seinen Polizeiausweis gezeigt und gesagt, dass es richtig ist, wie ich mich verhalte, aber in diesem Fall solle ich doch eine Ausnahme machen. Das habe ich dann auch getan und ihm versprochen, niemand etwas zu sagen. Ebenso habe ich ihm versprechen müssen, nur bei ihm diese Ausnahme zu machen.«

»Das war das einzige Mal, dass ihr euch gesehen habt?«

»Nein, immer wenn er Zeit hatte, haben wir uns dienstags, da muss Mama immer arbeiten, nach der Schule getroffen. Er hat mich dann immer zum Essen eingeladen. Bowling spielen waren wir auch und einmal sogar im Freibad. Der Hans ist ein Lustiger.«

»Dann hast du ihn gerne gehabt?«

»Ja, sehr, ich denke, so wie er zu mir ist, so wird wohl ein Vater zu seinem Sohn sein.«

»Hatte er keine Kinder?«, fragte Aysel mit belegter Stimme.

»Doch, er hat mir erzählt, dass er einen Sohn hat. Er hatte aber leider keinen Kontakt zu ihm.«

»Wann hast du ihn zum letzten Mal gesehen?«

»Das ist jetzt schon drei Wochen her. Das letzte Mal ist er nämlich nicht gekommen.«

»Wäre das letzte Woche Dienstag gewesen?«

»Ja, genau, jetzt weiß ich aber nicht, ob er nächste Woche kommt. Gestern habe ich auch gewartet, eine Stunde, und er ist nicht gekommen. Dabei hat er das letzte Mal noch zu mir gesagt, dass er bald eine große Überraschung für mich hat.«

»Du, Sven, ich danke dir, du hast uns sehr geholfen. Wenn wir etwas für dich tun können, dann lass es uns wissen.«

»Ich hätte da etwas.«

»Ja, was denn?«

»Ihr seid doch auch bei der Polizei. Könntet ihr da nicht mal schauen, ob ihr ihn dort seht? Ich meine, jetzt ist ja sowieso schon alles raus, jetzt ist es kein Geheimnis mehr. Da könnt ihr ihm doch sagen, dass er jetzt zu mir kommen kann. Meine Mama wird es ja sowieso erfahren. Vielleicht«, jetzt sprach er ein wenig leiser, »verliebt sich ja meine Mama in ihn. Ich hatte ihm nämlich mal ein Foto von ihr mitgebracht, und er hat dann gesagt, dass es die Frau seines Lebens wäre. Vielleicht heiraten sie ja dann, und ich hätte endlich einen Papa.«

Ich hoffte, dass Sven so leise gesprochen hatte, dass Heike die letzten Sätze nicht verstehen konnte, aber dieser Hoffnung wurde ich schnell beraubt. Die Wohnzimmertür ging auf und Heike kam rein. Sie war einem Nervenzusammenbruch nahe. Mit rot verheulten Augen, zitternden Lippen und total aufgelöst kam sie auf Sven zu.

»Es tut mir so leid, es tut mir so leid …«, sagte sie immer wieder, nahm Sven in die Arme und drückte ihn ganz fest an sich. Aysel nickte mir mit feuchten Augen zu und wir gingen aus dem Zimmer.

Kaum hatte Aysel die Türe geschlossen, klingelte mein Handy.

»Wilhelm?«

»Ja, Rüdiger, was gibt es denn?«

»Neuigkeiten, die Kollegen aus dem Norden haben sich gemeldet. Sie haben Jan Schlick gefunden.«

»Prima, haben sie schon den Rücktransport veranlasst?«

»So einfach ist das nicht Wilhelm. Er hat sich in einem alten Fischerhaus verschanzt. Noch wissen sie nicht, ob er alleine ist. Deshalb haben sie das Haus nicht gestürmt.«

»Hast du dir eine Nummer geben lassen für weitere Informationen?«

»Ja, hab ich, unser Ansprechpartner ist ein Johann Brinkmann in Glückstadt.«

»Ist gut, Rüdiger, wir sind auf dem Weg ins Büro, bis gleich.«

Erst als wir kurz vor dem Präsidium waren, fand Aysel ihre Stimme wieder.

»Das zieht mich total runter. Was jetzt wohl in den beiden vorgeht? Der Sven erfährt jetzt, dass Hans sein Vater war, und Heike wird jetzt wissen, dass sie einen Riesenfehler gemacht hat, den sie nicht mehr gut machen kann. Ich darf gar nicht daran denken.«

»Ich glaube, wir können ihnen nicht helfen, Aysel, da müssen sie selber durch, aber so wie ich Heike und Sven kenne, bekommen sie das auf die Reihe. Jetzt müssen wir uns erst auf unsere Arbeit konzentrieren und dann sehen wir weiter.«

Wir durften uns jetzt nicht auf Nebenkriegsschauplätzen aufhalten, das wusste ich, die Arbeit ging vor. So hart es auch war, und so sehr mir das alles naheging.

»Ihr seht ja nicht so aus, als hättet ihr einen schönen Vormittag gehabt«, sagte Rüdiger, als wir das Büro betraten.

»Darüber reden wir ein anderes Mal«, sagte ich nur kurz.

»Gib mir mal die Nummer von diesem Johann Brinkmann. Ich muss wissen, was da oben los ist.«

Rüdiger gab mir die Nummer, und ich versuchte mein Glück. Es kam nur das Besetzt-Zeichen. Es dauerte eine gute Viertelstunde, bis die Leitung wieder frei war und sich Johann Brinkmann mit einer Stimme wie Jan Fedder im Fernsehen meldete.

»Hallo, Kollege Brinkmann, Wilhelm Klein aus Reutlingen am Apparat. Ich bin der Leiter der SOKO ›Görges‹.«

»Ach, hallo Herr Klein. Sie wollen bestimmt, wissen wie die Situation bei uns hier oben ist. Ich leg dann mal gleich los: Wir wurden heute Morgen von den Kollegen aus Cuxhaven gebeten, ein Haus zu kontrollieren, in dem sich eventuell ein Jan Schlick aufhalten soll. Das Objekt liegt in Borsfleth, einem kleinen Dorf in der Nähe von Glückstadt. Leider haben mir die Kollegen nicht gesagt, dass der Gesuchte ein verdächtiger Mörder ist. So habe ich also nur einen Streifenwagen zur Kontrolle losgeschickt. Wie gesagt, hätte ich das mit dem Mörder gewusst, dann wäre eine Zivilstreife auf den Weg geschickt worden. Nun denn, als die Streife an dem besagten Haus ankam und an der Tür klingelte, rief von drinnen ein Mann, wie sich später herausstellte, war es Jan Schlick, dass er das ganze Haus in die Luft sprengen werde, wenn die Beamten nicht verschwinden würden. Leider wissen wir nicht, ob er Geiseln in seiner Gewalt hat. Sonst wären wir schon längst Herr der Lage.«

»Woher wissen Sie überhaupt, dass es sich um Jan Schlick handelt?«

»Also, das Haus hat bis vor zwei Monaten ein Onkel von Herrn Schlick bewohnt, soviel konnten wir in Erfahrung bringen. Dieser Onkel ist aber verstorben. Deshalb stand das Haus leer. Der Onkel soll übrigens wie ein Vater für Schlick gewesen sein. Hundertprozentige Sicherheit haben wir dann von unserem Videotrupp, der permanent das Gebäude filmt, erhalten. Die haben den Schlick gefilmt, als er sich für ein paar Sekunden an einem Fenster zeigte. Ein Abgleich mit Ihrem Fahndungsfoto gab uns dann Gewissheit.«

»Wie sieht Ihre weitere Vorgehensweise aus?«

»Wir wissen noch immer nicht, ob er in dem Haus alleine ist. Bevor wir darüber keine Gewissheit haben, können wir nur abwarten und hoffen, dass er aufgibt.«

»Herr Brinkmann, inwieweit sind Sie in den Fall ›Görges‹ eingeweiht?«

»Ich weiß nur, dass Hans Görges ein Kollege war, der umgebracht wurde und dieser Jan Schlick einer der Verdächtigen ist.«

Das war zu wenig, er musste mehr wissen. Ich erzählte ihm die wichtigsten Details am Telefon und versprach, ihm eine Kopie der Akte per E-Mail zu schicken. Vielleicht würde Jan Schlick weich werden, wenn er erfuhr, dass wir Fausser und die Hartmann hatten, beide mit einem Teilgeständnis.

»Ich versuch mein Glück, Herr Klein. In einer Stunde melde ich mich wieder.«

»Vielen Dank Herr Brinkmann und viel Erfolg.«

Rüdiger und Aysel saßen bedächtig da und tranken einen Kaffee. Da ich den Lautsprecher eingeschaltet hatte, wussten sie über alles Bescheid.

»Und ihr zwei, was sagt ihr?«

»Dieser Jan Schlick ist doch intelligent genug, um zu wissen, dass er gefunden wird in diesem Haus. Warum versteckt er sich nicht woanders, dort wo man ihn nicht suchen würde? Schließlich war er im Gefängnis und sollte sich auskennen, wie man so was macht«, meinte Aysel.

»Vielleicht wollte er ja gefunden werden, aus welchen Gründen auch immer. Wenn er keine Geiseln hat, dann sieht es wohl so aus, als hätten wir demnächst alle drei«, meinte Rüdiger.

»Wenn er nur annähernd so drauf ist, wie Fausser und die Hartmann, dann wird er, wenn er welche hat, den Geiseln nichts tun. Dazu muss ich natürlich sagen, dass es gar nicht so weit kommen hätte müssen, wären die Kollegen besser informiert gewesen. Egal, ich hab Hunger, wie sieht es mit euch aus?«

Ich erntete gierige Blicke und nach kurzer Beratung einigten wir uns auf eine Mafiatorte, die wir uns liefern lassen wollten, so konnten wir zusammen essen und keiner musste alleine im Büro bleiben. Das Telefon musste besetzt bleiben, da ja Brinkmann noch anrufen wollte.

Es war gegen fünfzehn Uhr, die Pizza hatte übrigens vorzüglich geschmeckt, als Brinkmann sich meldete.

»Moin, Herr Klein, es hat sich einiges getan. Ich habe mit Herrn Schlick geredet und ihn von Ihren Verhaftungen unterrichtet.«

»Wie hat er darauf reagiert?«

»Zuerst gar nicht, dann nach etwa fünf Minuten meinte er, er wolle mit den beiden reden.«

»Hat er gesagt, was passiert, wenn er das nicht darf?«

»Ja, er meinte, er würde die ganze Bude in die Luft jagen. Auf meine Frage nach Geiseln sagte er nur: Das werden Sie dann schon sehen.«

»Nicht dumm dieser Schlick. Ich werde sehen, was ich tun kann, Herr Brinkmann. Ich melde mich spätestens in einer Viertelstunde wieder bei Ihnen. Bis dann.«

»Jo, bis dann.«

»Rüdiger, ruf mal Dr. Häberle an und setz ihn davon in Kenntnis, dass wir Schlick erlauben, mit Fausser und Hartmann zu reden.«

»Das muss doch Häberle entscheiden«, sagte Rüdiger.

»Eben, deshalb rufst du ihn jetzt an und sagst ihm das so, wie ich es dir eben gesagt habe.«

Rüdiger schaute mich ungläubig an.

»Glaub mir, das zieht hundertprozentig.«

»Gut, wenn du meinst, aber nicht, dass ich nachher der Idiot bin.«

»Bist du sowieso«, sagte ich ihm und grinste dabei über das ganze Gesicht.

Es geschah so, wie ich es gesagt hatte, und Häberle leistete auch keinen Widerstand. Nur wollte er dabei sein, wenn sie miteinander sprachen.

»Der Form halber, Herr Klein, nicht dass Sie denken, ich würde denken, der Klein kann das nicht alleine.«

»Selbstverständlich, Herr Dr. Häberle, können Sie dabei sein.«

»Gute Idee, ich komme sofort rüber.«

Es dauerte, bis Brinkmann es so weit bewerkstelligt hatte und Schlick ein Telefon bekam.

Der Erste, der in unser Büro kam, war Fausser, begleitet von zwei Kollegen. Zur Sicherheit hatten sie ihm die Hände mit Handschellen auf den Rücken fixiert, was ziemlich ungemütlich sein musste, mit dem vergipsten rechten Arm. Ich bat die Kollegen, die Handschellen abzunehmen und vor der Türe zu warten. In der Türe trafen sie auf Dr. Häberle, der nur grüßend nickte und sich auf einen Stuhl in einer Ecke des Zimmers setzte.

Dann ging die Tür erneut auf und die Hartmann kam in Begleitung von zwei Kolleginnen in unser Büro. Als sie Fausser erblickte, riss sie sich los und sprang auf ihn zu. Die Kolleginnen wollten eingreifen, aber im letzten Augenblick konnte ich noch dazwischengehen: »Ist schon gut, wir haben das hier unter Kontrolle. Könntet ihr bitte draußen warten?«

»Sicher, Wilhelm, lass dich aber nicht überrumpeln.«

»Keine Sorge, wir passen schon auf«, sagte Rüdiger und versprach, einen Kaffee nach draußen zu bringen.

Als ich mich wieder umdrehte, sah ich die Hartmann und Fausser eng umschlungen und küssend vor mir. Sie waren tatsächlich ein Paar.

»Wenn sich die beiden Turteltauben wieder unter Kontrolle haben, könnten ich und meine Kollegen ihnen erklären, warum sie hier sind.«

Sie schauten mich an, schoben zwei Stühle zusammen und setzten sich.

»Sehr schön. Es geht um ihren Freund Jan Schlick. Wir haben ihn in einem Haus in, ach Aysel, wie hieß dieses Dorf noch mal?«

»Borsfleth.«

»In Borsfleth gefunden, er hat sich dort vermutlich mit Geiseln verschanzt. Wir sind nun bemüht, die ganze Sache nicht eskalieren zu lassen. Der Kollege vor Ort hat ihm von Ihrer Verhaftung erzählt, und jetzt will er mit Ihnen beiden reden. In fünf Minuten wird dieses Telefon hier klingeln und ihr Freund wird hoffentlich am anderen Ende sein. Ich bitte Sie inständig, versuchen Sie ihren Freund zur Aufgabe zu überreden und etwaige Geiseln freizulassen. Versuchen Sie beruhigend auf ihn einzuwirken, ich hoffe er vertraut Ihnen und gibt auf.«

»Wenn Jan Geiseln hat, dann brauchen Sie sich keine Sorgen machen, er wird ihnen nichts tun. Sie sollten sich lieber Sorgen um Jan machen«, sagte Frauke Hartmann.

»Wie meinen Sie das«, fragte Aysel.

»Was meinen Sie denn, warum ist er in dieses Haus gegangen und hat sich nicht irgendwo anders versteckt?«, fragte die Hartmann und schaute dabei Aysel an.

»Diese Frage haben wir uns auch schon gestellt«, sagte Aysel.

»Das Haus gehörte seinem Onkel, den er mehr liebte als seine Eltern. Er hat es ihm vererbt, als er starb. Wenn er jetzt dort ist, dann will er sich das Leben nehmen.«

Wir drei schauten sie ungläubig an.

»Haben sie sich denn seine Akte nicht durchgelesen, dort müsste doch stehen, dass er stark suizidgefährdet ist.«

Wir schauten uns jetzt gegenseitig in die Augen, und aus denen konnte man lesen, dass nichts darüber in seiner Akte stand. Auch Dr. Häberle schüttelte mit erstaunter Miene den Kopf. Ich fand zuerst die Sprache wieder.

»Ich versichere Ihnen Frau Hartmann, dass nichts darüber in seiner Akte steht.«

Weiter kam ich nicht, das Telefon klingelte, ich hob ab und gab Frauke Hartmann den Hörer mit einer bittenden Geste. Sie nahm ihn vorsichtig in die Hand und sagte dann, »Hallo, hier Frauke Hartmann.«

Ein Weinen drang aus dem Lautsprecher des Telefons.

»Jan hörst du mich? Ich bin es, Frauke.«

Keine Antwort, nur Schluchzen am Telefon.

»Jan, rede mit mir, bitte. Vielleicht willst du mit Frank reden, soll ich ihn dir geben?«

»Ich wollte es doch nicht, woher sollte ich denn wissen, dass das Ding geladen ist? Habt ihr seine Augen gesehen, er war ganz ruhig und hatte sogar noch ein Lächeln auf den Lippen. Meint ihr, er hat mir damit vergeben, was ich getan habe?«, kam es vom anderen Ende der Leitung.

»Er hat dir bestimmt vergeben, Jan. Dort wo er jetzt ist, hat er bestimmt erfahren, dass es ein Unfall war, und er kennt jetzt bestimmt auch den, der Schuld daran ist.«

»Wenn ich nicht abgedrückt hätte, dann würde er noch leben, und ihr wärt nicht verhaftet worden, und ich könnte im nächsten Sommer mein Abitur nachmachen.«

»Dein Abitur kannst du immer noch machen. Du musst jetzt erst mal aus dem Haus raus. Sag den Beamten, dass du aufgibst.«

»Ich gebe nicht auf, erst wenn ihr frei seid, werde ich hier aufgeben. Ich hol euch da raus, verlasst euch darauf.«

Jetzt nahm Fausser den Hörer in die Hand.

»Jan.«

»Frank, wie geht es dir? Wirst du gut behandelt?«

»Ja, alles bestens. Jan, du musst aufhören.«

»Nein Frank, ich hab euch dort hingebracht und ich hol euch wieder raus.«

»Jan, du kannst doch nichts dafür.«

»Weißt du, was wir damals in der Zelle geschworen haben?«

»Sicher weiß ich das noch, Jan. Wir halten zusammen, egal was kommt, der eine steht für den anderen ein. Wie die Musketiere, einer für alle, alle für einen.«

»Du hast es nicht vergessen. Dann weißt du, dass ich nicht einfach aufgeben kann. Sag den Bullen, dass sie mich hier nur tot rausbekommen. Ich bin hierhergekommen um für meine Schuld geradezustehen. Leider sind die Bullen zu früh gekommen. Jetzt muss ich das Beste daraus machen. Sobald ihr frei seid, kann ich gehen.«

»Du kannst nicht gehen, sie werden dich kriegen.«

»Wer soll mich kriegen? Ich werde zu Hans gehen und ihm sagen, dass ich das alles nicht wollte und ich jetzt für meine Schuld bezahle.«

»Mann, Jan, wir haben doch noch so viel vor!«

»Ich glaube, das musst du alleine machen, aber deine Frauke wird schon auf dich aufpassen. So, jetzt sag den Bullen, dass sie euch freilassen sollen.«

Ich schob Fausser einen Zettel hin, auf dem stand, dass er nach Geiseln fragen solle.

»Warum sollten sie auf deine Forderung eingehen, hast du Geiseln?«

»Das werden sie dann schon merken, wenn es so weit ist, sag ihnen das. Sie haben vierundzwanzig Stunden Zeit. Wenn ihr bis dahin nicht hier vor der Tür steht und ich euch sehen kann, dann geht hier die Post ab.«

»Jan ich will nicht, dass du das tust, ich will nicht schuld sein, wenn noch mehr passiert.«

»Er kann sie nicht mehr hören, Herr Fausser, er hat aufgelegt. Ich werde Sie jetzt in ihre Zellen bringen lassen«, sagte ich und nahm ihm den Hörer aus der Hand.

»Sie können uns doch jetzt nicht einfach wieder einsperren«, schrie Frauke Hartmann. »Jan braucht uns doch, wir müssen zu ihm. Er wird sich umbringen.«

Die Kollegen kamen herein, legten beiden Handschellen an und führten sie ab.

»Das dürfen sie nicht tun, hören sie, er hat nichts getan, für das er sich das Leben nehmen müsste.«

Die letzten Worte kamen nur noch gedämpft in unser Büro. Die Tür fiel ins Schloss, und wir drei saßen da und ließen die Köpfe hängen.

»Aysel, ruf Schumann an, wir müssen da hoch, und zwar mit Fausser und Hartmann.«

Häberle, der bis jetzt überhaupt nicht in Erscheinung getreten war, meldete sich zu Wort. »Sie haben recht Herr Klein, wir müssen etwas unternehmen. Ich geh mal voraus zu Ihrem Chef«, sagte er und verließ das Büro.

»Meinst du wirklich, dass das notwendig ist? Meinst du, dass es die Kollegen dort oben nicht alleine hinbekommen?«, fragte Rüdiger.

»Klar, bekommen die Kollegen das hin, aber wenn er sich vorher das Leben nimmt, dann ist das wie ein Schuldeingeständnis für das Gericht. Und selbst wenn er einen Abschiedsbrief hinterlässt, wird man den beiden anderen den Prozess machen. Warum nur haben wir übersehen, dass Schlick suizidgefährdet ist?«

»Mach dir keinen Kopf darüber Wilhelm, wir haben es alle nicht registriert. Es gab nichts zu übersehen, weil es gar nicht in der Akte von Schlick steht.«

»Steht denn tatsächlich nichts davon in seiner Akte?«

»Es steht nichts drin.«

»Dann schau nach, wer das psychologische Gutachten geschrieben hat, ruf die Person an und frag sie, ob sie den Beruf verfehlt hat.«

»Aysel, wie sieht es bei dir aus?«

»Du sollst in zehn Minuten zum Kater kommen.«

»Na dann, ihr wisst, was ihr zu tun habt, ich mache mich auf den Weg zum Chef.«

Ich schloss die Türe hinter mir, ging zwei Schritte und lehnte mich dann mit dem Rücken an die Wand, um durchzuatmen und meine Gedanken zu sammeln.

Schlick fährt in das Haus, seines verstorbenen Onkels, um sich wahrscheinlich das Leben zu nehmen. Warum fährt er deshalb dort hoch? Brinkmann sagte, dass er eine besondere Beziehung zu diesem Onkel hatte und er wie ein Vater für ihn war. Zu seinen Eltern konnte er nicht, weil er genau wusste, dass wir ihn dort zuerst suchen würden. Er hoffte also, genug Zeit zu haben, um sich auf seinen Freitod vorzubereiten, und er wollte sichergehen, dass sein Leichnam gefunden wird. Er ist suizidgefährdet, aber in seiner Akte steht darüber nichts. Er fühlt sich schuldig, sagt aber auch, dass er nicht wusste, dass die Tatwaffe geladen war. Er wird entdeckt und erfährt, dass seine Freunde verhaftet wurden und ein Teilgeständnis abgelegt haben. Daraufhin ändert er seinen Plan und versucht, seine Freunde freizupressen, indem er vorgibt, aber nicht bestätigt, Geiseln zu haben. Wenn er sich wirklich umbringen will oder wollte, dann hätte er es alleine getan. Er hat keine Geiseln, und wenn er welche hätte, würde er ihnen nichts tun, sagt die Hartmann.

Ich muss zum Chef. Wir müssen dort hoch und Schlick lebend in die Finger bekommen.

»Guten Tag, Frau Köhler, ich habe einen Termin bei Herrn Schumann.«

»Guten Tag, Herr Klein, Sie werden schon erwartet, gehen Sie einfach rein.«

Ich öffnete die Tür zu seinem Büro, und ich hatte das Gefühl, als störte ich eine konspirative Sitzung. Häberle und Schumann hatten die Köpfe zusammengesteckt und tuschelten. Als sie mich sahen, hörten sie augenblicklich auf und man sah ihnen an, dass es ihnen unangenehm war, so zusammen gesehen zu werden. Schumann hatte sich aber sofort wieder gefangen, begrüßte mich und sagte: »Guten Tag, Herr Klein, was machen Sie denn jetzt schon wieder für Sachen?«

Ich schaute wohl wie ein kleiner Junge, der eine Standpauke von seinem Vater bekommt und eigentlich gar nicht weiß, worum es eigentlich geht.

Schumann kam auf mich zu, legte seinen Arm um meine Schultern und führte mich zu einem Stuhl.

»Jetzt setzen Sie sich erst mal und dann reden wir über die ganze Sache.«

»Herr Schumann, ich weiß nicht was es da noch zu reden gibt, oder reden wir von zwei verschiedenen Themen?«

»Ich nehme an, Sie meinen Herrn Schlick, der in einem Kuhnest in Schleswig-Holstein sitzt und dort gerade die Kollegen von ihrer eigentlichen Arbeit abhält?«

»Ich meine Herrn Schlick, aber ich glaube nicht, dass er die Kollegen von ihrer eigentlichen Arbeit abhält.«

»So glauben Sie, nun ja, ich sehe schon, Sie haben zu viel von ihrem verstorbenen Kollegen übernommen und angeeignet. Dann erzählen Sie mal, was Sie genau von uns wollen.«

Ich unterrichtete Schumann von den Vorkommnissen in Borsfleth, obwohl ich mir sicher war, dass er bereits alles von Dr. Häberle wusste. Mir war es nicht mehr geheuer, wie er sich benahm. Es war eine vermutete Geiselnahme, wie konnte er da sagen, dass die Kollegen von ihrer Arbeit abgehalten wurden?

»Machen Sie sich doch nicht lächerlich, Herr Klein. Nur weil dieser Mörder sich in einem Haus verschanzt, um seiner gerechten Strafe zu entgehen, machen Sie so einen Aufstand? Wissen Sie überhaupt, was für Kosten durch ihren Ausflug dort hoch entstehen würden? Dann auch noch zwei Hauptverdächtige mit ihrem Komplizen reden zu lassen. Sie sind der Sache nicht gewachsen. Ich überlege, ob ich Sie und Ihr Team nicht von dem Fall abziehen soll.«

Unglaublich, wie sich Schumann aufführte. Wieder einmal fehlten mir die Worte.

»Leider habe ich es nicht in der Hand, ob Sie Ihren Ausflug genehmigt bekommen, das ist Sache des Staatsanwalts. Was meinen Sie, Dr. Häberle, kann Herr Klein seinen Betriebsausflug unternehmen?«

Der Staatsanwalt schaute zuerst mich und dann Schumann an. Ich spürte, dass er die passenden Worte suchte.

»Sie müssen verstehen«, begann er, »dass wir nicht einfach

Steuergelder verschleudern können, ohne zu wissen, ob Herr Schlick irgendwelche Personen in seiner Gewalt hat. Bringen Sie mir Beweise dafür und ich werde Sie ziehen lassen.«

Bei diesem Satz schaute Schumann den Staatsanwalt an, als wolle er fragen: Warum hältst du dich nicht an unsere Abmachung? Er hatte sich aber sofort wieder unter Kontrolle.

»Sie hören es ja, Herr Klein, und jetzt befassen Sie sich bitte wieder mit dem Wesentlichen und bringen den Fall zum Abschluss. Die nötigen Beweise und Voraussetzungen sollten Sie ja haben.«

Ich stand auf, ging zu Tür und warf sie ohne ein Wort hinter mir zu. Solche arroganten Arschlöcher, fluchte ich vor mich hin, als ich mein Büro wieder betrat.

»Lass mich raten, wir dürfen nicht fahren«, sagte Rüdiger.

»Hast du dir mal überlegt, dir eine Kristallkugel zuzulegen bei deinen hellseherischen Fähigkeiten«, antwortete ich sarkastisch.

»Da bringst du mich auf eine Idee. Sollte es hier mal nicht mehr so laufen, werde ich mir eine zulegen.«

Ich musste unwillkürlich lachen.

»Nein, wirklich, Schumann meint doch tatsächlich, dass Schlick die Kollegen von ihrer eigentlichen Arbeit abhält.«

»Das hat er nicht gesagt«, sagte Aysel.

»Kannst mir glauben. Wir, oder besser gesagt ich, sollen keine Steuergelder verschwenden.«

»Die haben sie doch nicht mehr alle. Wenn wirklich jemand zu Schaden kommt, dann waschen die beiden ihre Hände in Unschuld und wollen von nichts gewusst haben.«

»Genauso ist es Aysel, wir sollten uns überlegen, was wir unternehmen, um es in die richtigen Bahnen zu lenken.

»Wenn sich Schlick wirklich das Leben nimmt, dann ist das wie ein Schuldeingeständnis. Dann haben auch die anderen beiden keine Chance mehr. Man wird ihnen nicht mehr glauben«, meinte Rüdiger.

»Wir sollten versuchen zuerst noch mal mit Brinkmann zu reden, vielleicht kann er ja doch in Erfahrung bringen, ob Schlick Geiseln hat.«

»Hast recht Rüdiger, werde ich sofort machen. Ihr könnt euch weitere Schritte überlegen, für den Fall, dass er immer noch nichts weiß«, sagte ich.

Der Anruf bei Brinkmann brachte keine neuen Erkenntnisse über vorhandene Geiseln. Auch Aysel und Rüdiger wussten nicht mehr weiter. Kurz vor sechzehn Uhr klingelte das Telefon, und eine rauchige Frauenstimme war am Apparat.

»Lotte hier, kann ich bitte mal mit Rüdiger sprechen?«

»Ja, sicher doch«, antwortete ich und gab den Hörer an Rüdiger weiter.

»Spiegel«, meldete er sich.

»Ach, hallo Lotte.«

Sein Kopf wurde rot und er drehte sich mit dem Hörer auf die Seite, sodass er nicht mehr in unsere Gesichter schauen musste.

»Ja, hatte ich mir schon fast gedacht.«

»Na, klar.«

»Wie? Ach so, natürlich, die Faxnummer. Moment wo ist sie denn.«

Er wurde richtig nervös und suchte ohne jede Methodik auf seinem Schreibtisch nach seiner Visitenkarte.

»Das gibt es doch nicht, wer hat die denn jetzt wieder ...«

Aysel nahm eine seiner Karten, die direkt neben dem Telefon lagen, und hielt sie ihm vor die Nase.

»Ah, danke.«

»Nein, nicht du.«

Er gab die Nummer durch und verabschiedete sich.

»Danke dir.«

»Klar melde ich mich.«

»Können wir machen.«

»So schnell?«

»Ach so, schönen Abend noch.«

»Ciao.«

Er legte auf und sah uns an.

»Egal was ihr jetzt denkt, es war alles beruflich«, sagte Rüdiger.

»Beruflich, so, so.«

Ich legte meine rauchigste Stimme auf und sagte: »Lotte hier, kann ich mal mit Rüdiger sprechen?«

Aysel lachte sich kaputt, und ich bekam eine zerknüllte Papiertüte an den Kopf geknallt.

»Das war die Psychologin, die die Akte von Schlick angefertigt hat. Sie schickt uns die Akte gleich per Fax zu.«

»Ach und du kennst sie?«, fragte Aysel neugierig.

»Nein, ich habe heute Mittag das erste Mal mit ihr telefoniert.«

»Und dann gleich eine Verabredung?«

Er wurde verlegen und sagte: »Sie fand meine Stimme so geheimnisvoll.«

Wir fielen fast vom Stuhl vor lauter Lachen.

»Wisst ihr, was ihr seid? Idioten!«

Das Fax ging los und wir rannten alle drei in Richtung der Maschine. Mit Spannung lasen wir, was da langsam aus dem Gerät kam und ich bekam eine Gänsehaut. Dem Original nach zu urteilen, fehlten zwei komplette Seiten von der psychologischen Anlage der Akte Schlick.

»Das kann nur ein Versehen sein«, sagte Aysel.

»Danach zu urteilen wären dann die Sätze abgehackt, dort wo die Seiten fehlen. Wenn du jetzt aber seine Akte anschaust, sind die Sätze so umformuliert worden, dass es nicht mehr auffällt.«

»Rüdiger, sag ehrlich, wer sollte sich die Originalakte besorgen und sie manipulieren?«, fragte Aysel.

»Derjenige, der möchte, dass Schlick sich umbringt und damit den Anlass gibt, dies als Schuldbekenntnis anzusehen«, sagte ich.

Rüdiger schaute mich an und sagte: »Also ich war mir bis vor zwei Minuten sicher, dass die drei uns etwas vorspielen. Was ich aber hier sehe, macht mich doch sehr, sehr nachdenklich und ich weiß nicht, was ich jetzt glauben soll.«

»Es ist jetzt genau fünfzehn Uhr achtundfünfzig. Aysel, lass deinen Ausschnitt ein wenig größer werden und renn runter ins Archiv. Wenn wir Glück haben, stehen die beiden Kellergeister jetzt vor der Stempeluhr. Zeig ihnen, was du hast, wickle sie um den Finger. Du musst rausbekommen, wer die Akte zuletzt in der Hand gehabt hat. Heute noch, das ist wichtig.«

Aysel rannte los, ohne einen Ton zu sagen.

»Rüdiger, du rufst diese Lotte noch mal an und fragst sie über Schlick aus. Ach ja, sie soll auch ihr Gutachten von Fausser schicken, vielleicht ist dort auch manipuliert worden. Ich ruf Brinkmann an, er soll versuchen mit Schlick zu reden und so tun, als würden wir auf seine Forderung eingehen. Wir brauchen Zeit, es darf ihm nichts passieren.«

Die Zeit verging wie im Flug. Nach einer Stunde kam Aysel zurück mit einem so tiefen Ausschnitt, dass man schon die Ränder ihrer Brustwarzen sehen konnte.

»Jetzt muss ich mich schon prostituieren«, sagte sie, als ich sie auf ihren Ausschnitt aufmerksam machte und sie dann erschrocken ihren BH und ihre Bluse zurechtzupfte. Rüdiger beendete das Gespräch mit seiner Lotte und hörte Aysel zu.

»Der letzte Eintrag in der Liste, die Schlicks Akte eingesehen haben, ist fast zwei Jahre her und trägt die Unterschrift von Hans.«

»Hm.«

»Aber, und jetzt kommt's. Dr. Häberle war einen Tag nach Hans' Tod im Archiv, um sich eine Akte zu einem anderen Fall anzuschauen. Nach einer halben Stunde überraschten ihn dann die beiden Kellergeister, übrigens ganz nette Kollegen, wie er in der Akte von Schlick hantierte. Darauf angesprochen, sagte er nur, dass er sich schon gewundert hatte, was der mit seinem Fall zu tun hatte und es wohl an seinen Kopfschmerzen liege, dass er sich in der Akte vergriffen hatte. Danach hat er ihnen einen Kaffee spendiert und darum gebeten, es nicht weiter zu sagen. Er sei eben auch nicht mehr der Jüngste und da könne so etwas schon mal passieren.«

»Der Dr. Häberle«, sagten Rüdiger und ich gleichzeitig.

»Genau, und ich kann euch sagen, das nächste Mal geh ich dort nicht mehr runter. Zuerst haben sie mich blöd angemacht, weil ich eine Minute vor ihrem Feierabend gekommen bin und noch etwas wollte. Dann wollten sie mich auf einmal gar nicht mehr gehen lassen, als ich ihnen schöne Augen gemacht habe.«

»Aysel, ich kauf dir das größte Eis der Welt als Entschädigung dafür, und ich werde dir auch ewig dankbar sein, aber jetzt nicht. Erzähl uns lieber, ob das alles ist oder noch etwas kommt«, sagte ich.

Aysel schaute beleidigt aus dem Fenster. Dann sagte sie plötzlich:

»Ja, es kommt noch was. Schaut mal da aus dem Fenster.«

»Aysel, bitte«, sagte Rüdiger.

»Schaut aus dem Fenster«, sagte sie energisch.

Wir taten also, was uns befohlen wurde, und sahen aus dem Fenster und dann auf die Straße. Dort unten stand Marcel mit Schumann, und es hatte den Anschein, als würden sie sich kennen, denn sie unterhielten sich und gaben sich beim Abschied die Hand. Zwei Minuten später stand Marcel bei uns im Büro.

»Hoi zusammen, ich hab euch lang nicht mehr gesehen, und bevor eure Quartalsbestellung von den Kakaomandeln bei mir verschimmelt, hab ich gedacht, ich spiel mal Lieferservice.«

Aysel fiel sofort über die leckeren Mandeln her. Eigentlich haben wir immer eine Kiste zu viert genommen um etwas zum Kaffee zu haben, aber zwei Drittel hat Aysel immer alleine gegessen.

»Du, Marcelchen, woher kennst du denn unseren Chef?«, fragte ich und schob mir dabei eine Mandel in den Mund.

»Euern Chef? Ach du meinst den alten Knaben gerade auf der Straße? Das ist euer Kater, so, so.«

»Der kommt das ein oder andere Mal zu mir ins Café. Hans war auch ein paar Mal mit ihm da.«

»Mit Hans, weißt du, über was sie sich unterhalten haben?«, fragte Aysel erstaunt.

»Nein, nur beim letzten Besuch der zwei habe ich etwas mitbekommen. Leider hat es fast jeder meiner Gäste mitbekommen, da sie sich mächtig in der Wolle hatten. Sagen wir mal so, Hans war die Ruhe in Person, aber euer Chef, der ist total ausgerastet.«

Aysel hörte auf zu kauen und Rüdiger schaute mich an.

»Marcel, du machst mich neugierig«, sagte ich, »um was ging es denn da?«

»Um irgendeine Nachfolge, die Hans antreten sollte.«

Jetzt stockte Marcel einen kurzen Moment.

»Na klar, jetzt wird das doch logisch. Hans sollte der Nachfolger von eurem Chef werden.

Er schnauzte Hans an und sagte ganz laut: ›Ich werde nicht zulassen, dass Sie alles zerstören!‹. Dann bezahlte er und ging. Seitdem habe ich ihn nicht mehr gesehen.«

Es begann sich in meinem Kopf eine absonderliche Geschichte zusammenzureimen.

Hans hatte sich augenscheinlich auf die frei werdende Stelle von Schumann beworben und den Zuschlag erhalten. Der Kater sollte in zwei Jahren in Rente, und in der Zeit sollte er Hans aufbauen und fit für den Job machen.

»Warum hat Hans uns davon nichts erzählt? Egal. Hans hatte von der Zukunft seines Postens wohl andere Vorstellungen als Schumann, und dabei hat Schumann die Kontrolle verloren. Wird er deshalb zum Mörder?«

»Was macht Häberle bei der Geschichte?«

»Als Fausser und Hartmann mit Schlick telefonierten, war er anwesend, sagte aber keinen Ton. Dann die Aktion bei Schumann im Büro, als die beiden die Köpfe zusammenhielten und es ihnen peinlich war, dass ich sie so sah.«

In meiner Fantasie hatte Schumann die Patrone in den Bolzenschussapparat geschmuggelt und Häberle hatte die Akte von Schlick manipuliert. Selbst wenn dem so war. Wie sollten wir es denn beweisen? Aber ich unterbrach mich in meinen Gedanken. Wir mussten handeln.

»Schadensbegrenzung«, sagte ich zu meinen beiden Kollegen, »zuerst müssen wir Schlick vor dem Freitod retten. Dazu brauchen wir zumindest die Hartmann. Besser wäre es, wenn wir den Fausser auch dabei hätten.

»Du, Marcel, du hast uns mächtig geholfen. Nur muss ich dich jetzt bitten zu gehen. Wir müssen arbeiten«, sagte ich.

»Alles klar, falls ihr meine Hilfe braucht, ich bin für euch da«, sagte er, hängte sich seine Schultertasche um und ging mit seinen O-Beinen aus dem Büro.

»Falls ihr am Samstag nicht kommt und den Karton mit den Mandeln zahlt, dann kostet der nächste fünf Euro mehr. Wollte ich nur noch gesagt haben, bevor ich euch Sherlocks alleine lasse.«

Die Tür war zu und ich legte sofort los.

»Lasst euch was einfallen, wie wir die Hartmann und vielleicht auch noch den Fausser nach Borsfleth bekommen, ohne dass uns jemand unterwegs abfangen kann.«

»Du meinst, das Ganze soll illegal ausgeführt werden«, sagte Rüdiger.

»Das mein ich. Legal bekommen wir sie nie da hoch. Wenn es stimmt, was ich glaube, dann können wir Schumann und Häberle nicht mehr über den Weg trauen.«

»Das haben wir uns auch schon gedacht«, sagte Aysel.

»Nur wenn wir falsch liegen, dann sind wir unseren Job los. Das ist dir schon bewusst.«

»Womöglich wandern wir auch noch in den Knast wegen Beihilfe zur Flucht. Aber ich nehme das in Kauf. Ich will den oder die Richtigen einbuchten und nicht in der Ungewissheit leben, dass wir eventuell die Falschen verurteilt haben«, sagte ich.

»Du hast recht, Wilhelm. Ich bin dabei«, sagte Rüdiger.

Aysel schaute uns mit ihrem Gesicht, das die Farbe einer Vollmilchschokolade hat, an und sagte leise: »Ich kann euch doch nicht alleine lassen. Ihr scheitert ja schon am nächsten Ortsschild ohne mich.«

»Wie recht du hast«, sagte Rüdiger und drückte sie an sich.

Wir suchten gemeinsam nach einer Lösung, um erst einmal Schlick zu retten. Häberle und Schumann hatten noch Zeit, erst mussten wir Beweise sichern.

»Wo wir gerade bei Beweisen sind, was hat die Analyse des Bolzenschussgerätes ergeben?«, fragte ich.

»Da hab ich noch gar nicht reingeschaut.«

Rüdiger stand auf, holte die Akte, die kurz vor sechzehn Uhr noch eine Laborantin vorbeigebracht hatte. Rüdiger fasste zusammen.

»Die Patrone wurde vor 1965 hergestellt, das lässt sich anhand der Prägung auf dem Hülsenboden feststellen. Es sind DNA-Spuren vorhanden, die aber noch zugeordnet werden müssen. Zum genauen Bestimmen ist eine Probe aller beteiligten Personen von Nöten. Das Gewebe und das Blut am Bolzen konnten eindeutig Hans Görges zugeordnet werden.«

Nach etwa dreißig Minuten wusste jeder Bescheid, was er zu tun hatte. Aysel sollte hierbleiben, sich um die DNA-Proben kümmern und Häberle hinhalten. Den rief Rüdiger an und erzählte ihm, dass wir Hartmann und Fausser weich kochen wollten und sie die ganze Nacht verhören würden. Häberle registrierte es mit Freude und ließ sofort veranlassen, dass die beiden gebracht und die Beamten abgezogen würden, um, wie er es nannte, »freie Hand« zu haben.

Ich rief meinen alten Freund Markus an, ob wir seinen alten VW-Bus ausleihen könnten, um für zwei bis drei Tage ein wenig ins Grüne zu fahren. Ich konnte ihm ja schlecht erzählen, dass sein Bus zur Gefangenenbefreiung benötigt wurde. Nicht, dass wir ihn dann nicht bekommen hätten. Nein, er hätte sich sonst nicht davon abbringen lassen, mitzukommen. Wie dem auch sei, keine zehn Minuten später stand der Bus bei mir zu Hause vor der Tür, und der Schlüssel lag im Briefkasten. Ein Wagen aus unserem Fuhrpark konnten wir nicht nehmen, da er irgendwann vermisst worden wäre. Unsere eigenen Autos würden zu schnell gefunden werden, wenn es eine Fahndung gäbe. Mit dem Bus war es optimal, wir passten alle rein und keiner wusste, mit welchem Fahrzeug wir unterwegs waren.

Wir mussten jetzt nur noch Hartmann und Fausser in den Plan einweihen. Ihnen ins Gewissen reden, dass sie uns unterwegs keine Probleme bereiten sollten, und was meiner Ansicht nach das Schwierigste werden würde, wir mussten sie aus dem Gebäude herausbringen.

Es klopfte an der Tür, und die beiden traten in Begleitung von jeweils zwei Kollegen in unser Büro.

»Ihr müsst hier noch die Empfangsbestätigung unterschreiben«, sagte einer der Kollegen.

»Das tue ich doch gerne«, sagte ich, »denen werden wir heute zeigen, wie man das Arschwasser zum Kochen bringt.«

Die Kollegen lachten und wünschten uns noch viel Spaß und eine gute Nacht. Hartmann und Fausser hatten Angst in den Augen.

»Was habt ihr mit uns vor? Wenn ihr uns anfasst, dann werd ich euch verklagen«, sagte Frauke Hartmann.

»Keine Sorge, so was gibt es bei uns nicht, setzen Sie sich. Wir brauchen Ihr vollstes Vertrauen, sonst können wir die ganze Aktion abblasen.«

»Was für eine Aktion meinen Sie, Herr Klein?«

»Wir werden euch beiden zur Flucht verhelfen, um euren Freund Jan zu retten.«

Beide lachten sich kaputt.

»Sie glauben doch nicht, dass wir euch, die ihr die Staatsgewalt vertretet, glauben? Macht nicht solche Witze mit uns.«

Ich lachte nicht und verzog auch sonst keine Miene. Auch Aysel und Rüdiger setzten ihr Pokerface auf.

»Frau Hartmann, Sie haben uns gebeten, Ihrem Freund zu helfen, wir sind bereit dazu. Die Frage ist nun, sind Sie es auch?«, sagte ich.

»Wir sind immer bereit, aber Sie müssen verstehen, dass wir nicht einfach zustimmen können bei solch einem abstrusen Gedanken. Wir wollen mit Ihrem Chef reden.«

»Das geht nicht.«

»Warum geht das nicht? Wenn er Feierabend hat, dann holen Sie ihn eben wieder her.«

»Liebe Frau Hartmann, ich würde meinen Chef sofort holen, wenn er über unser Vorhaben Bescheid wüsste. Da dies aber nicht der Fall ist, müssen wir im Geheimen agieren, und zwar schnell, denn uns rennt die Zeit davon.«

»Das gefällt uns nicht, Sie hintergehen ihren Chef? Wenn er davon erfährt, setzen Sie ihren Job aufs Spiel.«

»So ist es, Frau Hartmann, nicht nur meinen, sondern auch den meiner beiden Kollegen. Sie müssen uns vertrauen. Tun Sie es nicht, können wir Ihrem Freund nicht mehr helfen und Ihre Unschuld ist auch nicht mehr zu beweisen. Wir geben Ihnen noch fünf Minuten, dann müssen Sie sich entschieden haben.«

Ich ging an das andere Ende des Raums, wo sich auch Aysel und Rüdiger aufhielten und ließ die beiden in Ruhe beraten.

»Andreas Panne hat eben angerufen und gemeint, wir sollten doch tagsüber schneller arbeiten, dann hätten wir abends früher Feierabend«, sagte Rüdiger und rollte dabei die Augen.

»Woher weiß der denn, dass wir noch hier sind?«

»Ist eben unten vorbeigefahren.«

»Vielleicht können wir ihn noch brauchen. Kann ihn jemand anrufen und fragen, was er heute Abend noch vorhat?«, fragte ich.

»Ich übernehme das, wenn ihr nichts dagegen habt.«

»Kein Problem, Aysel, mach ruhig.«

Ich schaute in die andere Ecke des Raums und sah, wie sich Hartmann und Fausser flüsternd unterhielten. Nachdem ihre Bedenkzeit abgelaufen war, standen die beiden auf und kamen zu uns herüber.

»Klären Sie uns über ihren Plan auf«, sagte die Hartmann.

»Sie beide werden mit mir und meinem Kollegen Spiegel in einem bereitgestellten Auto zu Ihrem Freund fahren. Die Kollegin Zorlu wird hier die Stellung halten und den Staatsanwalt und unseren Chef in Schach halten.«

»Sie meinen, das klappt? Sie scheinen ja nicht gerade viel von den Fähigkeiten Ihrer Kollegen zu halten, Herr Klein. Meinen Sie wirklich, dass wir hier einfach so rausspazieren können, ohne aufgehalten zu werden?«

»Ich halte sehr viel von den Fähigkeiten meiner Kollegen und ja, ich glaube daran, dass wir einfach so rausspazieren können. Sie müssen sich nur schnell entscheiden. Mit dem Auto brauchen wir gut acht Stunden bis Borsfleth. Wenn wir jetzt fahren, können wir gegen fünf Uhr morgen früh dort sein. Um sieben Uhr ist der Dienstbeginn unseres Chefs. Das heißt, wir haben zwei Stunden, um Ihrem Freund klar zu machen, dass es besser für ihn ist, mit uns zu kommen.«

»Herr Klein, warum, wissen wir nicht, aber wir vertrauen Ihnen, vielleicht weil Sie ein Freund von Hans waren und er uns viel von Ihnen erzählt hat. Wir kommen mit«, sagte Fausser.

Eigentlich würde ich jetzt gerne wissen, was Hans von mir erzählt hat, aber dazu würde noch genug Zeit auf unserer kleinen Reise sein, dachte ich.

»Gut, sehr gut. Jetzt erzähle ich Ihnen, wie wir hier rauskommen. Das Problem sind Sie, Frau Hartmann.«

»Ich, warum?«

»Wegen ihrem Outfit, Herr Spiegel würde niemals ein Blumenkind zu seiner Freundin machen.«

»Ich soll die Freundin von diesem aggressiven und unsozialen Menschen sein? Niemals!«

»Sie sind doch Schauspielerin, dann zeigen Sie, was Sie können.«

Ich reichte ihr eine Jeans, einen weit ausgeschnittenen Neckholder, einen String, Pumps und eine grüne Jacke im Armylook.

»Meine Kollegin kümmert sich noch um Ihre Haare.«

Widerwillig ging sie mit Aysel, um sich umzuziehen und einen neue Frisur zu erhalten.

»Herr Fausser, bei Ihnen reicht etwas Gel in den Haaren und eine andere Jacke. Diese hier haben wir aus unserer Asservatenkammer. Die hat extra längere Ärmel, sie gehörte einmal einem Drogenkurier, der darin Kokain eingenäht hatte. Bei Ihnen wird sie den Gips an Ihrem Arm ein wenig retuschieren«, kommentierte Rüdiger die Verkleidungsaktion.

In der Zwischenzeit rief Aysel Andreas Panne an, um ihn für unsere Zwecke einzuspannen. Da Andy bei den Kollegen bekannt war, denn auch dorthin liefert er zum Teil seinen Kaffee, konnte er uns perfekt aus der Klemme helfen. In einer halben Stunde sollte er die Kollegen an der Pforte in ein Gespräch verwickeln. Er sollte sagen, dass er schon seit zwanzig Minuten auf uns im Auto warten würde, und ob sie nicht mal oben anrufen könnten.

Andy spielte sofort mit, er wusste zwar nicht um was es ging, aber wenn er seinen Spaß dabei hatte, war ihm das egal.

»Wahrscheinlich muss sich Rüdigers ›Schnalle‹ wieder mal die Haare richten, und der Kumpel von Wilhelm kann wieder nicht die Klappe halten und verwickelt alle in ein Gespräch! Könnt ihr mal oben anrufen und fragen, was die da noch veranstalten? Ach ja, sag denen noch, ich steh im Halteverbot«, maulte Andy los, kaum dass er den Kollegen an der Pforte sah.

Das Telefon klingelte.

»Das muss Andy sein, wie üblich mit Verspätung«, sagte ich und nahm den Hörer ab.

»Ja, hallo Wilhelm, du, der Andy steht unten und meint, ihr sollt ›subito‹ runterkommen, sonst erhöht er seinen Kaffeepreis.«

»Oh, Mensch, den hab ich ganz vergessen, sag ihm, wir kommen angerannt.«

Ohne auf eine Antwort zu warten, knallte ich den Hörer auf den Apparat.

»Meine Damen, meine Herren, es ist so weit.«

Die Hartmann kam aus ihrer Ecke. Wir starrten sie alle an. Sie hatte sich von einem Blumenkind in ein männermordendes Wesen verwandelt. Sie war nicht wiederzuerkennen. Die Jeans saß knapp auf der Hüfte und der String schaute heraus. Ihre Beine waren unendlich lang, und sie bewegte sich auf ihren Pumps wie eine Katze.

»Zufrieden, die Herren?«, fragte sie.

»Julia Roberts könnte es nicht besser«, antwortete Rüdiger, und Fausser bekam den Mund nicht mehr zu.

»Genug geschaut, wir müssen los.«

Ich drückte Aysel und sagte ihr ins Ohr: »Pass auf dich auf.«

Sie hatte genaue Anweisungen von mir erhalten, was zu tun war. Das Schwierigste würde sein, eine DNA-Probe von Dr. Häberle und Schumann zu bekommen, aber wenn es irgendjemand schaffte, dann Aysel mit ihrem Charme. Wenn der nicht zog, dann hatte sie ja auch noch ein ganzes Register von Möglichkeiten, wie beispielsweise Schlösser knacken.

»Ich schick dir Andy hoch, dann bist du nicht so alleine.«

»Gerne, dann muss ich mir meinen Kaffee nicht selber machen.«

Wir verließen das Büro und machten uns auf den Weg zum Aufzug. Wir wollten der Hartmann die Treppen ersparen. Der Aufzug kam und wir stiegen ein. Auf dem Weg nach unten sprach keiner ein Wort, jeder konzentrierte sich auf seine Aufgabe. Die Tür ging auf, und wir rannten los in Richtung Ausgang. Die Pumps unserer weiblichen Begleitung hallten durch den Gang. Als wir um die Ecke bogen, stand Andy breitbeinig im Gang. Der Kollege hinter der Pforte lehnte sich über seine Theke, um zu sehen, was da ankam. Rüdiger, Fausser und ich kamen zuerst um die Ecke, als plötzlich von hinten die Hartmann rief: »Rüdi, mein Schatz, warte doch, ich kann nicht so schnell. Mit Pumps zu rennen hab ich auf der Modelschule nicht gelernt.«

Andy und der Kollege von der Pforte bekamen sich nicht mehr ein vor Lachen. Als die Hartmann dann aber um die Ecke kam, fiel beiden die Butter vom Brot. Mit solch einer Braut hatten sie nicht gerechnet. Andy war der Erste, der wieder reden konnte.

»Spiegelchen, du musst mir zeigen, wo man so was kaufen kann«, sagte er und zeigte dabei auf die Hartmann.

»Rede hier nicht rum, Herr Panne, gib mir lieber den Schlüssel von deinem Auto, ich stell es aus dem Parkverbot raus«, sagte ich mit gespielter Atemlosigkeit.

»Wieso das, ich komm doch mit.«

»Eben nicht, du musst noch mal hoch zu Aysel. Sie hat eben die Kaffeemaschine kaputtgemacht, und wenn du schon mal da bist, dann kannst du auch gleich danach schauen. Das macht mein Andy bestimmt, hat Aysel noch gemeint.«

»Na, dann muss ich wohl. Hier ist der Schlüssel, aber vergiss nicht, das ist kein Golf mit fünfzig PS! Wehe, ich höre auch nur einen Reifen quietschen!«

»Stell dich nicht so an«, sagte ich und nahm ihm den Schlüssel ab.

»Viel Spaß noch Kollege und eine ruhige Nacht«, sagte

ich zu dem Mann an der Pforte, der noch immer die Hartmann anstarrte, die eben an ihm vorbeiging und dabei wohl die Jeans noch einen Hauch nach unten gezogen hatte, denn der String ragte nun deutlich aus der Hose und sorgte dafür, dass sich Schweißperlen auf der Stirn des Beamten zeigten. Wir waren draußen! Wir gingen zu Andys Chrysler und fuhren, ohne noch mal zurückzuschauen, zu mir nach Hause, wo der VW-Bus stand. Wir stiegen aus, und wie ich nach oben schaute, sah ich, dass Licht in meiner Wohnung brannte. Marion war zu Hause.

»Geht schon mal in das Fahrzeug, ich muss nur noch mal schnell hoch.«

Ohne auf eine Antwort zu warten, rannte ich los. An der Haustüre drückte ich auf die Klingel und eilte dann weiter die Treppen hoch. Als ich oben ankam, ging auch schon die Türe auf.

»Hallo, was für ein stürmischer Bulle kommt denn da?«, fragte Marion mit glücklicher Stimme.

»Marion, ich wollte dir nur sagen, dass ich auf eine Dienstreise muss, und dann wollte ich dich natürlich noch mal sehen und in den Arm nehmen.«

»Was ist mit dir los, Wilhelm Klein?«

»Nichts«, sagte ich und nahm sie in den Arm, um sie am liebsten nicht mehr loszulassen.

Sie lehnte ihren Kopf an meine Brust und sagte: »Mach keinen Blödsinn, du hast jetzt Verantwortung.« Dabei nahm sie meine Hand und legte sie auf ihren Bauch.

»Ich pass auf mich auf und bin vorsichtig. Versprochen!«

»Wann kommst du wieder?«

»Wenn alles gut geht, bin ich morgen Nachmittag wieder hier.«

»Dann will ich dir alles Gute wünschen«, sagte sie und drückte sich noch mal an mich. »Jetzt geh, dann bist du schnell wieder da.«

Sie ließ mich los, und ich ging die Treppen nach unten.

An der Haustüre drehte ich mich noch mal um und schaute durch das Treppengeländer den ganzen Treppengang hinauf. Oben stand Marion und schaute nach unten. Ich schaute sie an und rief dann zu ihr hoch: »Ich liebe dich, ich liebe dich, und wenn ich wiederkomme, dann will ich dich heiraten!«

Sie schickte einen Kuss in meine Richtung und rief nach unten: »Ich dich auch, ich dich auch, Wilhelm Klein!«

Die Tür fiel ins Schloss und ich stand draußen. Die Augen wurden mir feucht und ich lief zum VW-Bus. Ich öffnete die Beifahrertür, stieg ein, schnallte mich an und Rüdiger fuhr los.

»Ich fahre über die Römerschanze auf den Zubringer, dort tanken wir bei der großen Tankstelle, das sollte dann bis Göttingen reichen. Braucht noch jemand etwas aus der Tanke?«, fragte Rüdiger.

»Darf man hier drin rauchen?«

»Markus raucht auch hier im Bus, ich glaube, dann können wir das auch tun, Herr Fausser«, sagte ich.

»Dann brauch ich noch Tabak oder Zigaretten.«

»Ich auch, und ein Kaffee wäre auch nicht schlecht.«

»Also eine Schachtel Zigaretten für Herrn Fausser, eine Schachtel für Frau Hartmann und einen Kaffee.«

»Einen Kaffee würde ich auch noch trinken«, sagte Fausser.

»Dann muss jemand mitkommen, alleine kann ich das nicht schleppen.«

»Also gut, Rüdiger, du gehst mit Frau Hartmann in die Tanke und holst die Sachen. In der Zeit tanken ich und Herr Fausser den Bus voll.«

»Würden Sie dann die Bestellung aufnehmen, Frau Hartmann?«, fragte Rüdiger.

»Gerne, aber erst will ich meine normalen Klamotten wieder haben. An den String könnte ich mich ja noch gewöhnen, aber die Schuhe sind ja ein Folterinstrument. Ich versteh nicht, wie sich eine Frau so was antun kann.«

Ich gab ihr ihre Kleider nach hinten. Als wir am Friedhof unter den Linden vorbeifuhren, hatte sie ihre Hose schon an und streifte sich gerade ihren Pulli über. An der großen Tankstelle war viel los um diese Zeit. Jugendliche trafen sich zum Plausch und manchmal auch, leider zum Saufen. Politiker und selbst ernannte Experten versuchten das Problem mit dem Alkohol in den Griff zu bekommen, aber bisher hat das alles nichts geholfen.

»So hat es bei mir auch angefangen«, sagte Fausser, als ein Junge, der wohl gerade mal fünfzehn Jahre alt war, sich neben einer Zapfsäule übergeben musste. Als er fertig war, schwankte er auf eine Gruppe von fünf Jugendlichen zu, die ihn grölend empfingen und ihm auch gleich eine Wodkaflasche hinhielten. Er nahm einen Schluck, setzte sich auf einen Bordstein, um dann nach links wegzukippen und einzuschlafen.

»Seine Eltern müssen sich mehr um ihn kümmern und ihm Grenzen setzen. Sein Vater sollte ihm mal eine Tracht Prügel verabreichen, so lange er das noch kann. Dann sollte er seinen Sohn nehmen und mit ihm etwas unternehmen, und wenn es nur angeln ist, oder mit ihm ins Freibad gehen oder ins Kino. Die Lösung liegt so nahe, aber keiner sieht sie«, sagte Fausser und steckte die Zapfpistole zurück in die Säule.

Wenn jemand weiß, von was er redet, dann er, dachte ich für mich und gab Rüdiger ein Zeichen, dass wir mit dem Tanken fertig waren und er zahlen konnte. Fausser stieg in den Wagen. Ich beschloss für mich, den ersten Teil zu fahren und setzte mich ans Steuer. Von hier aus konnte ich Rüdiger und die Hartmann beobachten, die an der Kasse standen und sich unterhielten. Voll beladen kamen sie aus der Tankstelle und lachten.

»So, der Kaffee, die Zigaretten und für dich lieber Wilhelm deine Dose, Schoka-Kola. Ohne die kannst du doch nicht in den Urlaub fahren.«

»Danke, lieber Rüdiger. Ich dachte, dass ich zuerst fahre und wir uns dann alle zwei Stunden ablösen. Das erste Mal müsste dann hinter Würzburg sein, wenn wir gemütlich fahren.«

»Einverstanden, dann kann ich in Ruhe meinen Kaffee trinken.«

Ich steckte die CD »Weißes Papier« von Element of Crime in den Player, startete den Motor und fuhr von der Tankstelle auf den Zubringer nach Stuttgart. Es war dunkel und der Feierabendverkehr ging auch langsam zu Ende. Die Lichter auf der Autobahn wurden weniger. Die meisten saßen jetzt zu Hause mit ihren Familien am Abendbrottisch, unterhielten sich, was im Laufe des Tages alles passiert war und diskutierten vielleicht die große Weltpolitik. Irgendwo wird bestimmt auch schon eine gemütliche Flasche Rotwein geöffnet, leise und ruhige Musik angehört und dem Flammenspiel des Kaminfeuers zugeschaut. Vielleicht auch bei einem guten Whisky und einer Zigarre.

Auf dem Rücksitz zündete sich irgendjemand die erste Zigarette an. Schnell war der würzige Dunst im ganzen Bus verteilt. Ich schaltete die Lüftung auf die erste Stufe und ließ eine Brise frische Luft in den Bus. Dann nahm ich den letzten Schluck Kaffee und zündete mir auch eine Zigarette an. Aus dem Lautsprecher klang der Titel »Schwere See«. Als ich mir wegen des Rauches schon Sorgen um Rüdigers Gesundheit machte, sah ich im Rückspiegel, dass er schlief. Ich nahm ein Stückchen Schoka-Kola und versuchte, den Zeiger des Tachometers auf hundert Stundenkilometer zu halten. Schneller wäre die reine Benzinverschwendung gewesen und hätte auch unsere Ohren über die Maßen belastet. Plötzlich tippte jemand auf meine rechte Schulter. Ich schaute in den Rückspiegel und sah die Hartmann, wie sie mit verschiedenen Gesten versuchte, mir klar zu machen, dass sie gerne nach vorne kommen würde. Ich bejahte mit einem Kopfnicken, als ich sah, dass ihre männlichen Begleiter schliefen.

Wie eine Katze schob sie sich an mir vorbei und nahm auf dem Beifahrersitz Platz.

»Ich liebe es, bei Nacht auf der Autobahn zu fahren. Als Kinder sind wir in den Sommerferien meistens in den Norden gefahren. Mein Papa fuhr immer bei Nacht in den Morgen hinein. Manchmal durfte ich vorne sitzen, das war dann das Größte«, sagte sie, nachdem sie sich angeschnallt hatte.

Ich hörte ihr zu und freute mich, ein wenig Unterhaltung zu haben.

»Wollen Sie eine Zigarette?«, fragte sie.

»Ja, gerne.«

Sie nahm eine Zigarette, zündete sie an und steckte sie mir dann in den Mund. Sie war am Filter leicht feucht und ich schmeckte ein leichtes Vanillearoma.

»Danke. Was gab es denn zum Abendessen bei Ihnen, Frau Hartmann?«

»Nichts, aber ich hatte mir vom Mittagessen einen Vanillepudding aufgehoben. Den habe ich kurz bevor Sie uns geholt haben gegessen. Warum fragen Sie?«

»Nur so.«

Aus dem Lautsprecher kam »Das alles muss mit«. Sie nahm einen tiefen Zug von ihrer Zigarette, strich die Haare aus dem Gesicht und schaute mich an.

»Warum tun Sie das?«

»Warum tue ich was?«

»Warum fahren Sie mit uns zu Jan und riskieren dabei Ihren Kopf?«

»Weil ich die Wahrheit erfahren will, und weil ich das Hans schuldig bin.«

»Ich hätte nie gedacht, dass es ›Menschen‹ bei der Polizei gibt. Menschen mit Gefühlen und Verstand.«

»Solche Menschen gibt es bei der Polizei mehr als Sie denken. Wenn Sie ehrlich sind, dann müssen auch Sie als 68er-Verschnitt zugeben, dass es ohne Polizei nicht geht.«

»So ganz kann ich das jetzt nicht teilen.«

Ich sehe schon, das ist ein Thema, dass wir so schnell nicht klären können, dachte ich und fragte mich gleichzeitig, was wohl Aysel jetzt machte?

Die schlanke Gestalt war auf dem Rückweg zu ihrem Auto. Eben war sie bei ihrem Vater und hatte ihn über die neuesten Ereignisse unterrichtet. Wie befürchtet hatte ihr Vater ihr wieder einmal einen Auftrag erteilt. Sie hatte versucht sich dagegen zu wehren, aber sie hatte keine Chance. Zu groß war ihre Angst vor ihm.

Ruder mit deinen Armen rief der Vater seinem Kind zu, das verzweifelt versuchte nicht in dem ruhigen Flüsschen unterzugehen. Es hatte Todesangst, der Vater hatte es unvermittelt aus dem Boot geworfen, hinein in den kalten Neckar. Ohne Hose versuchte das Kind durch wuchtige Schläge mit seinen Armen an der Oberfläche zu bleiben. Es war froh, dass es keine Hose anhatte. So konnte der Vater nicht sehen, dass es in der Todesangst seine Blase und den Darm im braunen Wasser des Neckars entleerte.

Schwimm, du Nichtsnutz, rief sein Vater über den Fluss. Das Kind hörte es nicht. Es hatte, als einziges Geräusch, nur noch ein Rauschen im Ohr. Es war sein Blut, das es hörte, wie es durch die kleinen Blutbahnen gepresst wurde. Blut das, von seinem kleinen Herzchen angetrieben, verzweifelt versuchte, das Gehirn und die Muskeln mit Sauerstoff zu versorgen. Längst hatte sein Herz seine maximale Schlagfrequenz erreicht und arbeitete am Limit. Mehr, mehr Sauerstoff befahl das Gehirn dem Herz. Doch es kam nicht mehr.

Der Moment war erreicht, an dem das Gehirn, mangels Sauerstoff, irrationale Entscheidungen traf. Es befahl den Muskeln, sofort sämtliche Tätigkeiten einzustellen, um Sauerstoff zu sparen.

Augenblicklich gehorchten dem Kind Arme und Beine

nicht mehr und es begann zu sinken. Es hatte das Gesicht seiner Mutter vor Augen. Die hielt ihm seinen besten Freund entgegen, seinen braunen Kuschelbär. Der Vater hatte ihn in den Ofen geworfen, nach dem er versucht hatte, dem kleinen Kind zu erklären, wie man Recht und Gesetz zu leben und zu verteidigen hatte. Das Kind verstand es nicht gleich. Da riss er ihm den kleinen Stoffbären aus den Armen und sagte: »Ich zeig dir jetzt, wie man das Gesetz verteidigt. Du hast nicht verstanden, was ich dir erzählt habe. Warum hast du es nicht verstanden? Weil dein kleiner Freund hier ein Verbrecher ist und dich abgelenkt hat.«

Er hielt den Bären hoch und nahm den Kopf in die linke und den Rumpf in die rechte Hand.

»Ich bin das Gesetz und erkläre diesen Verbrecher für schuldig. Er hat zum wiederholten Male die Aufmerksamkeit meines Kindes gestört. Ich verurteile ihn deshalb zum Tode.«

*Er zog beide Hände auseinander und riss dem Bärchen den Kopf ab. Dann öffnete er die Ofent*ür und warf ihn *hinein. Das Kind begann zu weinen. Sofort wurde es durch die Wohnung geprügelt.*

»Ich habe recht gesprochen, und das ist ein Grund zur Freude und nicht der Trauer, du Nichtsnutz. Versteh das endlich!«

Jetzt sah er sein Bärchen wieder. Er versuchte, danach zu greifen, doch seine Arme wollten nicht, und langsam entfernte sich seine Mutter wieder. Immer weiter triftete sie davon, bis sie ganz weg war. Jetzt war alles dunkel. Die schlanke Gestalt wachte aus ihrem Tagtraum auf. Nach all den Jahrzehnten bekam sie immer noch Kreislaufprobleme, wenn sie daran dachte.

»Du musst sie alle aus dem Weg räumen, keiner von denen hat es verdient, weiter zu leben. Sie hatten ihre Chance und haben sie nicht genutzt.«

»Vater ich kann nicht mehr, glaubst du nicht, dass es genug ist?«

»Es ist nie genug, ich habe es dir immer wieder erklärt. Das Gesetz ist mit allen Mitteln zu verteidigen, auch mit Mitteln, die unsere Gesetzgebung nicht zulässt. Vor siebzig Jahren war das kein Problem, damals hat man verstanden, das Recht und das Gesetz auszuüben.«

Es half nichts, er musste tun, was sein Vater von ihm verlangte.

Hallo Mokkabohne!« Mit diesen Worten kam Andreas in das Büro von Aysel.

»Welch' schöner Besuch in meiner bescheidenen Hütte, setz dich doch Andy«, antwortete ihm Aysel

Der ließ sich das nicht zweimal sagen.

»Was musst du denn noch tun, ich meine, dauert es noch lange?«, fragte er, nachdem er gute fünfzehn Minuten zugeschaut hatte, wie Aysel auf ihre Computertastatur hämmerte.

»Warum?«

»Weil ich dich gerne zum Essen einladen würde.«

»Ja, sehr gerne, aber vielleicht können wir da ja auch ein Frühstück daraus machen«, sagte Aysel, ohne ihre Augen vom Monitor zu nehmen.

Einer der seltensten Momente ist eingetreten, die man erwarten kann, wenn man in der Gesellschaft von Andreas Panne ist. Er war für einen kurzen Moment sprachlos.

»Also damit habe ich jetzt nicht gerechnet«, stammelte er und Aysel wusste sofort, was los ist.

»Andy, du alter Schwerenöter! Was du wieder denkst.«

»Ich muss hierbleiben und arbeiten bis morgen früh, wenn du möchtest, kannst du aber gerne hier sitzen und mir Gesellschaft leisten. Wenn ich morgen früh nicht verhaftet werde, dann können wir danach gerne frühstücken gehen.«

Andreas Panne saß mit großen Augen und hängenden

Schultern auf seinem Stuhl, verstand die Welt nicht mehr und sagte: »Man reiche mir eine Flasche Amarone, sonst kann ich dir nicht folgen.«

Ihr Blick löste sich vom Bildschirm, der eben noch so wichtig für sie gewesen war. Sie schaute Andy an, legte ihre Hände auf seine und sagte: »Kannst du schweigen?«

Er nickte nur.

»Gut, dann erzähl ich dir jetzt alles. Ich muss mir nämlich auch die Seele erleichtern, und da ich im Moment keinen anderen habe, den ich nerven kann, bist du jetzt mein Zuhörer. Danach gehen wir eine Etage höher und brechen in Schumanns Büro ein.«

Andy wurde immer kleiner und überlegte schon, ob er nicht lieber einen Psychologen anrufen sollte, der eben mal vorbeikommen könnte, um sich eine kleine »durchgeknallte Türkin« anzuschauen.

Aber als er ihr eine Weile zugehört hatte, wusste er, dass sie eigentlich ganz normal war. Er war gerade dabei, Mitwisser zu werden, Mitwisser in einer Geschichte, die so abgefahren war, dass sie es so eigentlich nur im Fernsehen oder im Kino geben konnte. Eine Verschwörung erster Güte, die nur darauf wartete, aufgedeckt zu werden, und er war nun mittendrin.

Aysel redete eine geschlagene halbe Stunde, und mit jedem Satz ging es ihr besser. Sie war nicht mehr alleine. Vorhin bei Wilhelm hatte sie das starke Mädchen gespielt, als sie ihm sagte, dass sie das alles hier im Griff hätte und schon alles managen würde. Ihre Angst war zum Teil verflogen. Erst wenn sie die DNA-Proben von Schumann und Häberle hatte, dann würde sie wieder Ruhe finden.

Die Analyse war kein Problem. Hatte sie doch eine Freundin, die in einem Labor arbeitete, das sich auf DNA-Analysen spezialisiert hatte. Tag und Nacht konnte sie bei ihr anrufen.

»Wie sieht es aus Andy, machst du mit?«

Er setzte sein breites Grinsen auf und sagte dann: »Na sicher das. Wollte schon immer mal James Bond spielen und den Schwachmaten dieser Welt das Handwerk legen.«

Mit so einem Mann an meiner Seite kann nichts schiefgehen, dachte Aysel und drückte ihren Schatz.

»Dann hoch mit dir, Andreas Panne, jetzt kannst du zeigen, ob dein Kreuz wirklich so stark ist, wie es aussieht.«

Beide verließen das Büro und machten sich auf den Weg, um in Schumanns Büro zu kommen.

Der Bus schnurrte vor sich hin und war nur noch fünfzig Kilometer von Fulda entfernt. Alles schlief friedlich vor sich hin. Irgendein Radiosender spielte »We shall overcome« von Bruce Springsteen.

Wie ermutigend, dachte ich und zog dabei an meiner Zigarette. Den Fahrerwechsel hatte ich ignoriert und Rüdiger schlafen lassen. Ich spürte, dass wir das Richtige taten und auf dem Weg waren, die Ehre der drei jungen Menschen zu retten und ihre Unschuld zu beweisen. Wir waren aber auch auf dem Weg, den Fall mit einem lauten Knall zu lösen. Wenn alles so stimmte, wie ich es mir dachte, dann würde die Lösung die kompletten Medien in Beschlag nehmen.

Das Wichtigste war jetzt aber, dass keiner von unserem Ausflug erfuhr. Bis wir in Borsfleth ankamen und mit Jan Schlick geredet hatten, durfte nichts dazwischenkommen. Der Einzige, der etwas wusste, war Brinkmann. Er war froh darüber, dass wir auf dem Weg waren, um ihm zu helfen, in seinem Revier wieder Recht und Ordnung herzustellen. Natürlich wusste er nicht, dass wir illegal unterwegs waren. Wenn er davon nichts erfuhr, dann könnten wir es eventuell sogar nach Hause schaffen, ohne entdeckt zu werden. Aysel würde nichts sagen, und auf den grünen VW-Bus von Markus kam sowieso keiner. Wir mussten bei der Heimfahrt nur die Autobahn meiden oder vielleicht einen Tag unterschlüpfen. Nun, es würde sich schon alles zusammenfügen.

Auf dem Beifahrersitz rappelte sich Frauke Hartmann aus ihrem Schlaf auf. Mit kleinen Augen, die man im Licht des Gegenverkehrs nur kurz erkennen konnte, und zerknautschtem Gesicht flüsterte sie: »Ich müsste mal für kleine Mädchen.«

»Beim nächsten Parkplatz halte ich an«, sagte ich.

»Könnten Sie nicht auf einem Rastplatz halten?«

»Leider nein, es ist schon riskant, dass wir die Raststätte in Göttingen zum Tanken nutzen müssen.«

»Warum das denn?«

»Wegen den Überwachungskameras, die dort überall hängen. Die werden bei jeder Fahndung ausgewertet. Mit Kreditkarten dürfen wir auch nicht bezahlen, da diese Daten auch zu Fahndungszwecken verwendet werden.«

»Der totale Überwachungsstaat, ich wusste doch, dass wir von George Orwells ›1984‹ nicht mehr weit entfernt sind. Das ist doch zum Kotzen«, maulte die Hartmann los.

»Ich glaube, Sie wissen nicht, wie viele Verbrechen auf diese Weise schon aufgeklärt wurden und wie viele Verbrecher dank dieser Technik schon gefasst wurden.«

»Mag sein, aber ich will auch nicht wissen, wie oft diese Daten schon missbraucht worden sind«, bemerkte sie.

»Es wird alles missbraucht auf dieser Welt. Die Natur, die Politik, die Wirtschaft, Kinder, Erwachsene, Tiere, Religionen, Medien und so weiter. Das wird in Tausend Jahren noch so sein. Wenn wir aber durch die Nutzung dieser Daten nur ein Verbrechen verhindern können, haben wir dann nicht schon gewonnen?«, fragte ich.

»Hm, gut, man sollte schon abwägen, ob man nicht lieber mit etwaigen Nebeneffekten leben sollte, wenn dadurch anderen geholfen wird. Da gebe ich Ihnen recht, ist ja wie bei Medikamenten. Die haben auch Nebenwirkungen, und man nimmt sie trotzdem.«

»Frau Hartmann, ich bin erstaunt, dass Sie nicht so verbohrt sind, wie ich gedacht habe.«

»Herr Klein, ich bin sehr offen für alles, und, wo wir gerade dabei sind. Wollen wir uns nicht duzen?«

»Wenn Sie mir versprechen, mich nicht Willy zu nennen, dann würde ich mich freuen, Sie duzen zu dürfen.«

»Kein Problem. Ich bin die Frauke«, sagte sie und drückte mir einen Kuss auf die Backe.

»Angenehm, Wilhelm«, sagte ich und reichte ihr die Hand.

»Wenn wir heil aus der Geschichte kommen, dann müssen wir einen darauf trinken.«

»Sehr gerne, Frauke. Jetzt wäre es aber nett von dir, wenn du die Herrschaften hinter uns wecken könntest. Da vorne kommt ein Parkplatz zum Pinkeln.«

»Jawohl, Herr Hauptkommissar«, feixte sie.

Der Verkehr auf der Gegenfahrbahn hatte deutlich abgenommen und auch auf unserer Seite war nicht mehr viel los. Rüdiger und Fausser waren schnell geweckt, und beide waren froh, sich die Beine vertreten zu können.

»Wo sind wir?«, fragte Rüdiger, als wir nebeneinanderstanden und in die Nacht urinierten.

»Fulda.«

»Was, warum hast du mich denn nicht geweckt?«

»Du hast so schön geschlummert, und mir war einfach nach Autofahren. Nachtfahrten haben immer so etwas Romantisches, findest du nicht?«

»Also wirklich, Wilhelm, was ist jetzt daran romantisch?«

»Ich kann es dir nicht erklären, aber es ist eben so«, war meine ganze Antwort.

Aus dem Dunkel schälte sich die Gestalt von Fausser, die auf uns zuhielt.

»Auch noch pinkeln oder schon alles erledigt, Herr Fausser?«

»Schon alles erledigt, Herr Klein. Ich wollte Sie etwas fragen.«

»Nur zu«, antwortete ich gespannt.

»Frauke hat mir erzählt, dass Sie sich duzen und da wollte ich fragen, ob ich Ihnen nicht auch das Du anbieten darf. Es würde mir viel bedeuten, wenn ich Sie zu meinen Duzfreunden zählen dürfte.«

»Wissen Sie, Herr Fausser«, begann ich, »ich habe schon viele Leute wie Sie kennengelernt, Knastbrüder wie Sie, Tunichtgute. Alle waren davon überzeugt, sie könnten mich täuschen und mir einen guten Menschen vorspielen. Den meisten habe ich angesehen, dass sie es nicht ernst meinten und mich nur um den Finger wickeln wollten, damit ich ihnen ihre vorgespielte Unschuld abkaufte. Ich dachte nicht, dass es nach all den Jahren noch einen gibt, der es ehrlich meint. Ich habe mich getäuscht. Ich habe vor Kurzem gleich zwei Menschen kennengelernt, die es wirklich verdienen, mich zu duzen.«

Damit reichte ich ihm die Hand und sagte: »Ich bin der Wilhelm.«

»Ich bin der Frank«, sagte er und strahlte dabei wie ein kleines Kind, als er mir seine linke Hand anbot.

»Das glaub ich jetzt aber nicht.«

»Was denn Rüdiger?«

»Ich musste ein ganzes Jahr knechten und unzählige Kaffeetassen anschleppen, bis ich dich duzen durfte und hier, auf einem verpissten Autobahnparkplatz irgendwo bei Fulda, muss ich zuschauen, wie du einem bis jetzt noch Tatverdächtigen das Du anbietest. Kannst du mir das mal erklären?«

»Außergewöhnliche Umstände erfordern außergewöhnliche Maßnahmen, Kollege Spiegel.«

Rüdiger kommentierte dies mit einem »Na warte, Kollege Klein.«

Kaum ausgesprochen, hatte er mich auch schon in einem freundschaftlichen Schwitzkasten.

»Winsel um Gnade!«

»Gnade, ich gelobe Besserung und werde dich für Lebzeiten bei Marcel aushalten«, jammerte ich.

»Egal was ich trinke?«

»Egal was du trinkst!«

»Ihr seid Zeugen«, wandte er sich an Frauke und Frank.

»Auf jeden Fall«, sagten beide schnell.

Er ließ mich los und wir lagen uns in den Armen. Wenn es hart auf hart kommen würde, hätte ich keine Chance gegen Rüdiger. Es konnten nur die Wenigsten mit den Reflexen von Rüdiger mithalten.

»So, genug Quatsch gemacht, wir müssen weiter. Alle fertig?«, fragte ich.

Alle nickten.

»Dann wollen wir mal.«

»Aber ich fahre jetzt«, sagte Rüdiger.

Ich gab Rüdiger die Schlüssel, und wir stiegen ein.

»Was ist denn das?«, fragte Frauke und hielt uns eine 12V-Kaffeemaschine hin, über die sie beim Einsteigen gestolpert war.

»Donnerwetter, der Markus. Schaut mal nach, vielleicht ist auch noch Kaffee da. Mineralwasser haben wir ja genug«, sagte ich.

»Alles da, sogar Tassen und Löffel«, sagte Frank und hielt eine kleine Holzkiste in der Hand.

»Die Nacht ist gerettet«, bemerkte ich, »könnt ihr damit umgehen?«

»Denke schon«, meinte Frank, und nach einer halben Stunde bekam jeder eine Tasse von dem köstlichen braunen Saft und alle, außer Rüdiger, rauchten ihre Zigarette dazu. Es war eine schöne Stimmung, und wenn der Anlass der Reise ein anderer gewesen wäre, so wäre es wohl der Anfang eines wunderschönen Urlaubes geworden.

Verdammt noch mal, mach nicht so einen Krach«, sagte Aysel und schaute Andy böse an.

»Wenn ich wie du fünfzig Kilo wiegen würde, dann könnte ich auch durch die Gänge schweben«, argumentierte er.

Er war in dem Gang, wo sich Schumanns Büro befand, über seine eigenen Füße gestolpert und der Länge nach hingeflogen. Dabei hat er natürlich noch zwei Stühle mitgezogen, als er verzweifelt versuchte, sich daran noch festzuhalten, um den Sturz abzumildern.

Sie warteten ein paar Minuten, um zu sehen, ob es jemand gehört hatte und nun schaute, was da los war. Doch nichts regte sich, und so setzten sie ihren Marsch in Schumanns Büro fort.

»Abgeschlossen, die Köhler nimmt's ja immer ganz genau«, murmelte Aysel, als sie, an Schumanns Türe angekommen, die Klinke nach unten drückte.

»Prima, dann können wir ja wieder gehen.«

»Nichts da, Herr Panne, du stellst dich an die Ecke des Gangs und meldest dich, wenn jemand kommt.«

»Und was machst du so lange?«

»Na, was wohl, die Tür aufbrechen.«

»Du?«, fragte Andy ungläubig.

»Ja, wer denn sonst, oder heißt du Harry Potter?«

»Wieso Harry Potter?«

»Ach Andy, lass es einfach.«

»Also gut, ich gebe mich dir hin und mache, was du sagst«, resignierte er.

»Das ist doch mal ein Wort, also ab mit dir in die Ecke und pass schön auf. Sollte jemand kommen, dann melde dich irgendwie, aber rechtzeitig. Hast du das verstanden?«

»Jawohl«, dabei salutierte Andy wie ein Soldat, dabei war er nicht mal bei der Bundeswehr gewesen.

Während er losmarschierte, holte Aysel schon ihr Pickingset hervor und begann mit ihrer Arbeit. Es dauerte keine Minute, bis sie das Schloss von Schumanns Büro geöffnet hatte. Im Schlösserknacken war sie unschlagbar. Sie nahm sogar an Meisterschaften im Schlösserknacken teil.

Als sie das Büro durch das Vorzimmer betrat, war sie froh, dass das Licht der Straßenlaternen ausreichte, um den Raum so auszuleuchten, dass sie nicht ihre Taschenlampe anmachen musste.

Ein weiterer Wink des Schicksals sah sie in Form eines Talars auf einem Stuhl hängen. Dr. Häberle hatte seine Dienstkleidung hier im Büro vergessen. Jetzt brauchte sie sich nicht mehr den Kopf zu zerbrechen, wie sie an Häberles DNA-Träger kommen könnte. Es waren genug Haare und Schuppen vorhanden, um daraus die DNA lesen zu können. Vorsichtig tat sie alles in ein steriles Plastiktütchen. Vor einigen Tagen hatten sie alle Tütchen abgeben müssen, und hatten dafür die gleichen nur mit einer anderen Chargennummer bekommen. Seit der Sache mit den kontaminierten Wattestäbchen, die bei verschiedenen Kriminalfällen eingesetzt wurden, und die Kollegen in teilweise fatale Situationen gebracht hatten, war man vorsichtig geworden. Vorsichtshalber wurden alle Wattestäbchen und Behältnisse, in denen Spuren gesichert werden, ausgetauscht.

Sie wandte sich Schumanns Schreibtisch zu. In dessen Aschenbecher lagen drei Stumpen von seinen Sumatrazigarren. Diese konnten nur von ihm stammen, denn in seinem Aschenbecher, einer alten Granatenkartusche, durfte nur er seine Tabakreste ausdrücken. Für Besucher war ein extra Aschenbecher vorhanden.

Alle Spuren gesichert, hoffentlich finden sie etwas, dachte Aysel, um gleichzeitig wieder einen anderen Gedanken zu spinnen. Will ich das überhaupt, will ich, dass sie was finden? Es würde eine Welt von mir über den Haufen werfen. Unser großer alter Kater ein Verbrecher, glauben kann ich das nicht, aber auf der Polizeischule haben wir gelernt, dass man bei Ermittlungen nichts außer Acht lassen darf, auch nicht das, woran man eigentlich nicht glaubt.

Gedankenverloren schlich sie wieder aus dem Büro und schloss die Türe wieder zu. Am anderen Ende des Gangs stand Andy mit dem Rücken zu ihr und spähte mit dem Kopf um die Ecke wie ein Lausbub. Langsam schlich sie sich von hinten an ihn heran. Total in die Rolle des »Schmiere stehen« vertieft, hörte er Aysel nicht kommen. Als sie ihn erreicht hatte, legte sie ihm die Hand auf die Schulter und sagte mit ihrer tiefsten Stimme: »Was machen Sie da?«

Andy zuckte zusammen und erschrak zu Tode, dennoch wirbelte er um die eigene Achse, packte Aysel am Kragen und wollte schon mit der rechten Faust zuschlagen, als er die Frau erkannte.

»Kann es sein, dass ihr hier bei der Polizei alle etwas eingeworfen habt? Mal ehrlich, ihr habt schon gewaltig einen an der Klatsche. Ich frage mich, ob ich euch weiterhin meine Steuergelder überweisen soll oder diese lieber gleich an ein Psychiatrisches Krankenhaus schicke. Ihr zerstört gerade alles, was ich in der Schule über euch gelernt habe. Geahnt hab ich es ja schon lange, dass bei euch nicht alles mit rechten Dingen zugeht, nur das, was ich hier sehe und höre, übersteigt wirklich meine Fantasie. Da werden Gefangene entführt, da wird in Büros eingebrochen und die eigenen Chefs, ja sogar der Staatsanwalt werden verdächtigt, ein Verbrechen begangen zu haben.«

Andy war außer sich, in seinen Grundfesten erschüttert und gleichzeitig beleidigt, von einer Frau so überrumpelt worden zu sein.

»Jetzt zick hier mal nicht rum«, sagte Aysel leise. »Komm, wir gehen zurück ins Büro und dort mach ich dir einen schönen Kaffee. Los jetzt, aber leise«, sagte Aysel und schlich um die Ecke mit Andy an der Hand.

Sie kamen unentdeckt in ihrem Büro an. Noch bevor Aysel den Kaffee für Andy machte, rief sie ihre Freundin an, damit diese die Proben abholte. Sie einigten sich darauf, dass ihre Freundin unter dem Fenster ihres Büros wartete und sie dann die Proben aus dem Fenster werfen würde. Sie sollte anrufen, wenn sie da war.

In der Zwischenzeit kochte sie Andy den versprochenen Kaffee und setzte sich dann neben ihn.

»Weißt du, Herr Panne, ich bin froh, dass du hier bist und mir Gesellschaft leistest. Alleine wäre ich nicht mutig genug, um in Schumanns Büro einzubrechen wie ein Halunke und von meinem obersten Chef und von einem ermittelnden Staatsanwalt DNA-Proben zu nehmen. Wenn ich an morgen früh denke, wenn alles auffliegt, dann habe ich jetzt schon weiche Knie. Schumann wird mich verhaften lassen und die anderen vier zur Fahndung ausschreiben. Wenn die Proben nicht den gewünschten Erfolg bringen, dann sehen wir uns alle im Gefängnis wieder.«

»Ich auch?«, fragte Andy erstaunt.

»Nein, du nicht. Aber du musst mich heute Nacht irgendwann verlassen, sonst bist du wegen Mitwisserschaft dran.«

»Wenn ihr morgen verhaftet werdet, wie kommen dann die Ergebnisse der Proben an die richtige Stelle?«

»Gute Frage Andy, daran hab ich noch gar nicht gedacht.«

Aysel überlegte, wie sie das Problem lösen konnten, und kam dann schließlich zu einem Entschluss.

»Pass auf, wenn meine Freundin nachher kommt, dann stelle ich sie dir vor und sage ihr, dass du die Ergebnisse abholst. Hättest du denn Zeit?«

»Aber natürlich habe ich Zeit dafür, ich nehme mir sie einfach. Müsste nur kurz ein paar Termine verschieben«, sagte er und zückte sein Handy.

Herr Klein, Sie denken wohl, Sie könnten mich verarschen?«

»Ich sage Ihnen, da müssen Sie früher aufstehen und erst mal Ihre grüne Farbe hinter den Ohren loswerden.«

Schumann stand vor mir. Direkt davor saß Marion auf ihren Knien und hatte unser Baby im Arm. Schumann hielt ihr einen Bolzenschussapparat an den Kopf.

»Schauen Sie genau hin, damit Sie sehen, wie Ihre Zukunft in einer Sekunde nicht mehr existiert.«

»Nein«, schrie ich verzweifelt.

»Es tut mir leid Herr Klein, aber so mache ich es mit jedem, der versucht, mich, Polizeirat Karl Schumann, und meine Arbeit zu zerstören«, sagte er und drückte ab. Marion fiel nach hinten weg und blieb zuckend liegen. Das Baby lag neben ihr und schlief weiter. Schumann war gerade dabei nachzuladen, um auch ihm das Leben zu nehmen, als ich nach vorne flog und Rüdiger schimpfte.

»So ein Idiot, so ein Blöder.«

Ich saß auf dem Rücksitz von Markus VW-Bus und war schweißgebadet. Ich hatte geträumt! Rüdiger musste scharf bremsen, weil vor ihm ein Auto ausgeschert war, um einen Lastwagen zu überholen und dabei wohl unseren Bus übersehen hatte, der sich schon auf der linken Spur befand. Außer mir und Rüdiger war sonst keiner wach geworden. Ich versuchte, mich zu orientieren, um zu wissen, wo wir uns befanden. Es war kein Schild in der Nähe, von dem ich die Position bestimmen konnte, also blieb mir nur die Vermutung. Die Autobahn war dreispurig und es ging steil bergan. Kasseler Berge, dachte ich so bei mir, als Rüdiger sich umdrehte, um zu sehen, ob ich wach war.

»Hallo Wilhelm«, flüsterte er. »Gut geschlafen?«

»Geht so«, flüsterte ich zurück.

»Noch sechzig Kilometer bis Göttingen, kannst also noch eine gute halbe Stunde pennen«, sagte er.

»Lass gut sein Rüdiger, ich bin wach«, sagte ich und steckte mir dabei eine Zigarette an und schob ein Stückchen Schoka-Kola in den Mund.

Die Nacht huschte draußen vorbei und mit ihr die kleinen Dörfchen, die sich an der Autobahn befanden. Ab und an brannte ein Licht hinter einem Fenster und ich versuchte, immer eine kleine Geschichte dazu zu erfinden, warum hier jetzt ein Licht brannte. Als Kind bin ich fast jedes Jahr auf dieser Autobahn in den Urlaub gefahren. Damals in unserem Ford 12M. Meine Schwester war damals ein Jahr alt und lag auf der Hutablage. Kindersitze gab es noch nicht, genauso wenig wie Sicherheitsgurte. Die gab es damals nur als Sonderausstattung! Mein Bruder und ich saßen auf der Rücksitzbank zwischen Gepäckstücken. Meine Mutti hatte die Landkarte auf dem Schoß und mein Papa saß am Steuer und rauchte eine Reval nach der anderen. Ein Fenster durfte nicht aufgemacht werden, und die Lüftung lief nur spärlich. Damals fragte ich mich schon, was sich wohl hinter den Lichtern in den Häuschen verbarg und nahm mir vor, dass, wenn ich erwachsen bin, ich alle Dörfchen entlang der Autobahn einmal besuchen würde, um zu wissen, was für Leute dort wohnten. Was sie arbeiten, was sie in ihrer Freizeit tun und wie sie den Heiligen Abend verbringen. Leider habe ich es bis heute noch nicht geschafft, auch nur ein einziges dieser Dörfchen zu besuchen.

»Göttingen 24 Kilometer« stand auf dem Schild, an dem Rüdiger eben vorbeifuhr. Dann ist der Rastplatz nicht mehr weit, und ich konnte mir die Beine vertreten. Was Marion wohl jetzt machte? Ich schaute auf meine Uhr, kurz vor zwei. Sie wird wohl schlafen oder sie schaut noch fern. Vielleicht liest sie auch noch oder surft noch etwas im Internet. Ich musste noch Brinkmann anrufen, dass wir unterwegs sind, dachte ich. Mist verdammter, das hatte ich ja total vergessen. Sobald wir standen, würde ich ihn anrufen. Ich glaubte nicht, dass er schon wusste, dass wir illegal unterwegs waren. Ich war gespannt auf sein Gesicht. Ob er wohl Ähnlichkeit mit Jan Fedder hatte? Er wirkte mir auf alle Fälle nicht unsympathisch am Telefon. Eher offen und für manchen Streich zu haben. Zumindest seine Stimme verpflichtete dazu, anders zu sein als andere.

»Rasthof Göttingen 5 Kilometer«, flog wieder ein Schild vorbei. Ich begann mich auf den Zwischenstopp vorzubereiten und suchte meine Siebensachen zusammen. Die leeren Wasserflaschen hatte ich schon griffbereit und auch meine Schuhe hatte ich angezogen. Rüdiger setzte den Blinker bei dem »100-Meter-Schild« und bog rechts ab auf die Spur, die zum Rasthof führte. Alles war hell erleuchtet, nur ein Auto stand an den Zapfsäulen so, dass sich Rüdiger die Säule seiner Wahl aussuchen konnte.

»Zwischenstopp Rasthof Göttingen, letzte Möglichkeit vor der Endstation, um irgendwelche Geschäfte zu erledigen«, röhrt Rüdiger wie ein Bahnhofssprecher.

In den Bus kam Leben. Frauke, die wieder den Logenplatz neben Rüdiger hatte, richtete ihre roten Locken und gähnte dabei ohne Unterlass. Frank streckte sich so gut es eben ging in dem Bus und zog umständlich seine Jacke an. Allerdings konnte er nur den linken Arm in den dafür vorhandenen Ärmel stecken, der rechte musste frei bleiben, weil sein Gips nicht durch den Ärmel ging.

»Hast du eigentlich Schmerzen in deinem Arm?«, fragte ich Frank.

»Nein, nein es geht schon. Hab zur Not aber noch ein paar Tabletten vom Arzt mitbekommen.«

»Brauchst du etwas?«, fragte ich Rüdiger, der schon dabei war, den Tank zu füllen.

»Ja du, etwas zu knabbern, egal was.«

»Ein belegtes Brötchen?«

»Nein, lieber Erdnüsse, Chips oder so was.«

»Erdnüsse, Chips, seit wann isst du denn so was?«

»Nervennahrung für den Showdown«, sagte er und lachte dabei.

»Gut, wenn du meinst, ich bezahl dann diesmal.«

»Okay, ich warte dann so lange im Auto.«

Ich folgte Frauke und Frank, die schon vorgegangen waren und knutschend vor den Toiletten standen. Wortlos ging ich an ihnen vorbei in den Toilettenraum. Als ich fertig war, legte ich brav fünfzig Cent in den Teller der Klofrau, die sich lächelnd bedankte. Mal sehen, wie lange es dich noch gibt, Mädchen, bevor du wegrationalisiert wirst, dachte ich und ging in Richtung Verkaufsraum. Rüdigers Chips hatte ich schon in der Hand, als er plötzlich neben mir stand.

»Na, Kollege, hast es dir doch anders überlegt?«, fragte ich ihn.

»Wo sind die beiden?«, fragte er mich mit ernstem Gesichtsausdruck.

»Keine Ahnung, sie werden wohl noch auf der Toilette sein. Warum?«

»Wilhelm, ich glaube wir werden verfolgt!«

»Was, bist du dir sicher?«

»Nein, aber ich habe so ein blödes Gefühl, vielleicht ist es auch bloß Einbildung.«

Ich drückte ihm meinen Geldbeutel und die Chips in die Hand.

»Halt mal, ich such sie.«

Als ich eben aus dem Verkaufsraum gehen wollte, kamen die beiden eng umschlungen aus der Toilette. Als sie mich sahen, winkten sie und liefen dann auf mich zu.

»Schon fertig?«, fragte Frank.

»Nein, dachte nur, ich hätte meinen Geldbeutel im Auto vergessen, aber ich hatte ihn ja Rüdiger gegeben, als ich auf die Toilette ging.«

»Braucht ihr auch noch was?«

»Vielleicht, aber wir haben ja kein Geld«, antwortete Frauke traurig.

»Kein Problem, ich gebe euch was. Ihr könnt es mir zurückzahlen, wenn ihr wieder flüssig seid.«

Wir gingen zurück zu Rüdiger. Der gab mir meine Sachen zurück und sagte: »Ich warte dann mal im Auto.«

»Ist gut, ich komme auch gleich«, sagte ich.

Ich kaufte noch ein paar Kleinigkeiten, bezahlte und gab den beiden noch etwas Geld, das sie dankend annahmen.

»Lasst euch Zeit.«

»Ist gut, Wilhelm, wir schauen uns noch ein wenig um.«

Als ich am Auto ankam, stand Rüdiger davor und schaute in Richtung der Parkplätze, die weiter vorn am Restaurant waren.

»Jetzt erzähl mir, was los ist«, sagte ich.

»Ist dir nicht aufgefallen, dass uns ein Auto folgt?«

»Nein, nicht im Geringsten, wie kommst du darauf?«

»Wie ich schon sagte, vielleicht bilde ich es mir auch nur ein, aber ich hatte ständig Scheinwerfer im Rückspiegel, die auf einmal näherkamen und sich dann wieder zurückfallen ließen, so weit, dass man sie gar nicht mehr sah. Kurz bevor wir hier runter sind, sind sie wieder aufgetaucht, nach gut zehn Minuten Abwesenheit. Das Fahrzeug ist auch hier runter. Ist an uns vorbeigefahren und steht jetzt irgendwo da drüben auf dem großen Parkplatz.«

»Marke, Kennzeichen, Fahrer, hast du irgendwas erkannt?«

»Nein, Wilhelm, ich konnte nur die Farbe erkennen, schwarz. Marke, vielleicht ein Audi, aber das ist nur geraten.«

»Gut oder schlecht. Wir sagen kein Wort zu den beiden. Es ist besser, wenn sie es nicht wissen.«

»Wie weit ist es denn noch?«, fragte Rüdiger.

»Wenn alles gutgeht, dann müssten wir gegen fünf Uhr dreißig dort sein.«

»Fast hätte ich es wieder vergessen, ich muss doch noch den Brinkmann anrufen. Ich lauf noch mal schnell rüber zu den Telefonzellen. Es ist besser, wenn ich mein Handy nicht benutze. Vielleicht haben sie Aysel schon längst verhaftet und sind uns jetzt auf den Fersen.«

»Mensch, Wilhelm, male mal den Teufel nicht an die Wand.«

Ich antwortete Rüdiger nicht und ging zu den Telefonzellen. Auf dem Weg dorthin kamen mir Frank und Frauke entgegen.

»Musst du noch mal aufs Klo?«, fragte Frank.

»Nein, nein, muss unsere Ankunft dem Kollegen Brinkmann melden, der weiß noch gar nichts von seinem Glück.«

»Hast du kein Handy?«

»Doch, aber ich mag die Dinger nicht, die strahlen mir zu arg«, sagte ich und setzte meinen Weg fort.

»Brinkmann«, kam es verschlafen aus dem Hörer.

»Hallo, Herr Brinkmann, Klein am Apparat.«

»Ach, Moin, Herr Klein, tut mir leid, aber es gibt nichts Neues.«

»Aha, ja ich wollte auch nur unsere Ankunft melden.«

»Sie sind schon da«, sagte mein Gegenüber mit erstaunter Stimme.

»Nein, wir sind jetzt in Göttingen und werden unsere Fahrt demnächst wieder fortsetzen.«

»Schön, dann kann ich mich in aller Ruhe ja noch frisch machen und frühstücken.«

»Wir melden uns wieder, wenn wir in Ihre Nähe kommen, Herr Brinkmann.«

»Sehr gerne, Herr Klein, bis später.«

»Ja, bis später.«

Ich legte auf und ging zurück zum Auto.

»Frauke, Entschuldigung, aber leider muss ich dir deine Loge wegnehmen. Wir wissen nicht, ob wir noch mal anhalten. Wenn wir so leger am Einsatzort eintreffen, werden die Kollegen bestimmt misstrauisch«, sagte ich zu ihr, als sie wieder auf dem Beifahrersitz Platz nehmen wollte.

»Ach so, ja klar, woran man als Polizist alles denken muss«, sagte sie und setzte sich sofort nach hinten auf den Rücksitz zu Frank. Der schien sich darüber zu freuen!

»Wie sieht es mit dir aus Rüdiger, soll ich nicht lieber fahren?«

»Wilhelm, ich glaube, es ist besser, wenn ich fahre. Du musst fit sein, wenn du dort oben ankommst.«

»Herr Spiegel, ich bewundere Ihre Weitsicht«, sagte ich und wusste sofort, dass er meinen Fahrkünsten nicht allzu sehr vertraute, falls es hart auf hart kommen würde. Er war in solchen Fällen ganz klar die bessere Wahl.

Die Türen fielen zu und wir setzten unsere Fahrt in Richtung Borsfleth fort. Rüdiger fuhr über den großen Parkplatz, aber wir konnten kein Fahrzeug ausmachen, das irgendwie verdächtig erschien. Als wir auf der Autobahn waren, ließ Rüdiger den Rückspiegel nicht mehr aus den Augen. Es mochten wohl fünfzehn Minuten vergangen sein, da machte er eindeutige Zeichen, dass wir wieder verfolgt wurden. Ich schaute in den rechten Außenspiegel und sah tatsächlich Scheinwerfer hinter uns, die nicht näherkamen. Frauke und Frank waren in ein Gespräch vertieft und bekamen nichts davon mit, was sich da hinter uns zusammenbraute.

»Ihr zwei dahinten, habt ihr eure Sicherheitsgurte angelegt?«

»Ähm, Entschuldigung, Wilhelm«, sagte Frauke, »ist es notwendig?«

»Na hört mal, vor euch sitzen zwei Polizisten und die können doch einen groben Verstoß gegen die Straßenverkehrsordnung nicht zulassen.«

»Hast ja recht«, sagte Frank. Dann schnallten sie sich an.

Es mochten wohl so zehn Minuten vergangen sein, als die Scheinwerfer sich näherten und immer mehr an Tempo zulegten. Rüdiger ließ den Rückspiegel nicht mehr aus den Augen, ich schwenkte nur für Bruchteile von Sekunden den Blick immer wieder zum rechten Außenspiegel und machte mich schon auf das Schlimmste gefasst. Rüdiger steuerte nur noch mit der linken Hand, in der rechten Hand hatte er seine entsicherte Dienstwaffe, um, falls etwas passieren sollte, durch die geschlossene Fahrzeugtür schießen zu können.

Die Scheinwerfer schossen mit einem so gewaltigen Luftzug an uns vorbei, dass der ganze Bus wackelte.

»So ein Idiot!«, kam es von der Rücksitzbank.

»Der hat es aber mächtig eilig«, sagte Rüdiger und schaute mich dabei mit einem Blick an, der verriet, dass er nichts erkennen konnte. Auch ich konnte außer der Automarke nichts erkennen. Die Kennzeichenbeleuchtung war wohl defekt.

»So ein Audi ist eben nicht von schlechten Eltern, wenn wir den hätten, dann wären wir schon in Borsfleth«, sagte ich.

»Aber dann hätten wir keine Kaffeemaschine und hätten uns auch nicht so nett unterhalten. Außerdem würde ich mich in so eine Kapitalistenschleuder nur im äußersten Notfall reinsetzen«, kommentierte Frauke.

Die nächste Stunde verlief völlig ruhig. Die Landschaft war in der Zwischenzeit topfeben geworden. Über ein Dutzend Autos hatten uns inzwischen ohne den geringsten Vorfall überholt. Ich dachte schon, dass sich Rüdiger getäuscht hatte, als hinter uns Scheinwerfer auftauchten, die förmlich aus dem Nichts zu kommen schienen. Ein Stoß erschütterte den Bus. Das Fahrzeug war auf unser Heck geknallt. Gleich darauf überholte es uns und knallte gegen die komplette linke Fahrzeugseite. Frauke schrie hysterisch. Frank hielt sie fest. Ein neuer Stoß folgte, diesmal gegen die vordere linke Fahrzeugseite. Der Bus schlingerte wie ein Schiff bei schwerer See.

Rüdiger war die Ruhe in Person und funktionierte automatisch. Seine Arme und Beine wirbelten über Lenkrad und Pedale, dass mir allein von diesem Anblick schon schwindelig wurde. Als ich dann endlich meine Dienstwaffe aus dem

Halfter gezogen hatte, war der Spuk auch schon wieder vorbei. Das Fahrzeug, scheinbar völlig unbeschädigt, gab Gas und verschwand in der Nacht. Es war der Audi von vorhin.

»Ist irgendjemand verletzt?«, fragte ich in die Runde.

»Nein, kam es zurück. Nur Frauke ist total verstört«, sagte Frank.

Rüdiger hielt am Standstreifen an und stieg aus dem Bus, um ihn zu begutachten. Frank tröstete Frauke, die immer noch schluchzte. Ich stieg ebenfalls aus, um mit Rüdiger die Situation zu analysieren.

»Das war knapp, wir haben dir alle zu danken, dass uns nichts passiert ist.«

»Mach mal halblang Wilhelm, dass hättest du auch geschafft.«

»Wo kam der denn auf einmal her. Wie aus dem Nichts waren plötzlich Scheinwerfer da.«

»Wilhelm, wenn Du mich fragst, ist er schon seit einiger Zeit hinter uns gewesen, er hatte nur seine Scheinwerfer nicht eingeschaltet. Als er uns vorhin überholte, ist er auf irgendeinen Autobahnparkplatz gefahren und hat dann nur darauf gewartet, bis wir vorbeifahren und schwups kann er sich hinter uns hängen und hat die Rücklichter von unserem Bus als Orientierungshilfe. Das ist eine alte Beschattungstechnik.«

»Hm, hört sich simpel an, aber leuchtet ein«, sagte ich.

Rüdiger hatte nicht auf meine Antwort gewartet und die Untersuchung am Bus mit seiner Taschenlampe fortgesetzt.

»Wir haben wirklich Glück gehabt, es sind nur ein paar Schrammen und Beulen an der Karosserie. Markus wird nicht gerade erfreut sein, wenn er das sieht.«

»Das bekommen wir schon hin, mach dir keine Sorgen«, versuchte ich Rüdiger zu beruhigen, »schlimmer finde ich, dass du recht hattest und unsere Abreise nicht unbeobachtet blieb. Glaubst du, wir werden nicht erst seit heute Abend beobachtet, oder war der Typ im Audi jemand, der wusste, wo sich Jan Schlick aufhält und es nicht zulassen kann, dass wir ihn treffen.«

»Wenn du meinst, dass wir schon seit ein paar Tagen beobachtet werden, dann kann ich sagen, dass uns bis zum heutigen Tag keiner beschattet oder verfolgt hat.«

»Also gut, Rüdiger, wenn dem so ist, dann bleibt nur noch die eine Möglichkeit, dass jemand wusste, dass wir nach Borsfleth fahren wollen. Wer kommt dafür infrage außer uns vieren hier? Aysel und Andy können wir abhaken die sind auf unserer Seite. Ergo, bleiben nur noch zwei Personen übrig, Schumann und Häberle. Häberle fehlt der Mumm dazu und auch die nötige Erfahrung, um so eine Aktion fast unbemerkt auszuführen.«

»Bleibt Schumann übrig«, vervollständigte Rüdiger meinen Satz.

»Lass uns weiterfahren, wenn er es tatsächlich ist, dann wird er nichts unversucht lassen, um uns in die Suppe zu spucken.«

Mein Kollege nickte und ging zurück auf den Fahrersitz. Ich stieg auf den Beifahrersitz und versuchte, die neue Lage Frank und der verstörten Frauke zu erklären, während wir unsere Fahrt in die Nacht fortsetzten. Die Ruhe, Friedlichkeit und die offene Stimmung, die diese Fahrt bisher begleitete, kam aber nicht mehr zurück und sollte auch nicht so schnell wiederkommen.

Aysels Handy piepste. Sie nahm es in die Hand und schaute auf das Display, die Fröhlichkeit, die die Züge ihres Gesichts immer in Beschlag nahm, war einer Form von Ungläubigkeit gewichen. Die Uhr zeigte an, dass es kurz vor vier Uhr war.

»Andy du musst gehen, schnell.«

»Was ist passiert?«

»Die SMS kam von Wilhelm, jemand hat versucht, sie von der Straße zu drängen.«

»Was, gerade eben?«

»Nein, vor gut einer Stunde auf der Autobahn weit hinter Göttingen.«

Andy, der die Strecke gut kannte, sagte: »Fast topfeben und wenig los um diese Uhrzeit, zudem sehr übersichtlich. Ideal für so was.«

Aysel ging nicht darauf ein, sie wusste, dass die Zeit drängte.

»Andy, pack deine Sachen und geh. Falls ich verhaftet werde, musst du dich darum kümmern, dass die Proben an die richtigen Stellen geleitet werden. Du musst um acht Uhr bei Yvonne anrufen und dann die Ergebnisse abholen. Du weißt Bescheid!«

»Du kommst nicht mit?«

»Ich kann nicht.«

»Warum denn?«

»Wenn sie mich haben, dann denken sie, dass sie die Lage unter Kontrolle haben und sie werden keine Fahndung einleiten. Wenn sie eine Fahndung einleiten würden, dann kommen sie, früher oder später, auch zu Yvonne, und wie ich sie kenne, hält sie nicht lange still, und dann wird sie von den DNA-Proben erzählen. Somit wäre dann unser Joker verbrannt.«

»Verstehe, ein Bauernopfer.«

»Genau, Andy.«

»Soll so viel heißen wie: Auf den blöden Panne kommt ja sowieso keiner, weil den ja sowieso alle nur für einen Sprücheklopfer halten.«

»Andy, du weißt genau, dass ich anders über dich denke. Aber wenn du jetzt nicht gehst, dann werde ich meine Meinung ändern.«

»Gut, dann muss ich wohl gehen.«

»Da wäre aber noch etwas. Du musst Marion abholen

und sie irgendwo unterbringen. Sie ist jetzt bei Wilhelm zu Hause. Sie darf unter keinen Umständen alleine in der Wohnung bleiben und auch nicht zur Arbeit gehen. Sie soll sich krankmelden oder sonst irgendetwas erfinden. Hast du verstanden?«

»Ja, schon, aber was hat sie denn damit zu tun?«

»Weiß ich auch nicht, aber Wilhelm wird schon seine Gründe dafür haben. Geh jetzt!«

Andy stand da wie ein kleines Kind mit hängenden Schultern.

»Weißt du, das Schlimmste daran ist, dass ich mit dir nicht frühstücken darf.«

Dann drehte er sich um und ging zur Tür. Mit einem Satz stand Aysel dazwischen.

»Ich würde mich total freuen mit dir zusammen zu frühstücken, egal zu welcher Tageszeit«, sagte sie, drückte sich an seinen trainierten Körper und küsste ihn.

Eine Viertelstunde später saß Aysel an ihrem Schreibtisch und studierte noch mal die Originalakten von Frank, Frauke und Jan, als die Tür aufging und vier Kollegen ihr Büro betraten. Aysel verstand sofort, was los war, und drückte mit dem rechten Zeigefinger auf die Tastatur ihres Handys, um eine vorgefertigte SMS abzuschicken, an zwei verschiedene Empfänger. Die SMS bestand nur aus einem Wort: »Verhaftet«.

Als Andy vor dem Polizeigebäude auf der Straße stand, musste er sich erst mal sammeln.

Sein Auto stand nicht mehr da, und seine Schlüssel waren auch weg. Erst mal zu Marion, das ist der kürzeste Weg. Dachte er. Er beschloss, die Kaiserstraße entlangzugehen. Als er an der Kaiserhalle vorbeikam, die man auch »Kohla« nannte, weil ihr Besitzer so hieß, war diese schon zu. Nur ein paar Leichen, die zu tief ins Glas geschaut hatten, hingen noch auf den Parkbänken. An der Büste von Kaiser Wilhelm II. bog er rechts ab. Keine zehn Minuten später stand er vor dem großen Haus, in dem Wilhelm wohnte und drückte auf den kleinen Messingknopf, an dessen rechter Seite ein kleines Schild angebracht war, auf dem W. Klein stand. Es würde ein hartes Stück Arbeit werden, Marion davon zu überzeugen, mit ihm zu kommen. Sie hatte keine große Meinung von ihm und nahm ihn nur als Wilhelms Freund war. Viel unterhalten hatte er sich noch nicht mit ihr. Versucht hatte er es schon öfters, aber mit seiner protzerischen Art kam sie augenscheinlich nicht zurecht, und er hatte bis jetzt ja auch kein Problem damit.

Er klingelte das zweite Mal. Bestimmt kommt gleich der Inhalt ihres Nachttopfes heruntergeflogen, dachte er und schaute vorsichtshalber nach oben, wo immer noch alles dunkel war. Aller guten Dinge sind drei, und somit drückte er wieder auf den Messingknopf, diesmal aber intensiver. Er schaute wieder nach oben, aber es blieb immer noch dunkel, dafür piepste sein Handy. Er holte es heraus und stellte mit Freude fest, dass er eine SMS bekommen hatte. Von dem Mädchen, für das er so viele Gefühle hatte, und die ihm jedes Mal, wenn er sie sah, eine so große Freude in sein Leben brachte. Ihn aus seinen Tiefen wieder hochholte, in denen er so oft steckte. Er musste sie nur sehen, und alle Sorgen, die ihn plagten, waren vergessen, waren nichtig und klein. Doch was er jetzt las, ließ ihn wütend werden.

»Verhaftet!«

Am liebsten wäre er zurück in das Gebäude gegangen, aus dem er vor einer Viertelstunde gekommen war, und hätte sie dort rausgeholt. Wie ein Terminator wäre er dort rein, wenn er nicht seine Anweisungen hätte, von denen so viel abhing.

»Jetzt mach schon auf«, murmelte er und drückte erneut auf die Klingel. Endlich ging ein Licht an in Wilhelms Wohnung. Er ging zwei Schritte von der Haustüre zurück und schaute nach oben.

»Was ist denn?«, kam es aus der kleinen Sprechanlage.

Er tat wieder zwei Schritte nach vorn und sagte dann in seiner freundlichsten Stimme: »Guten Morgen, Marion, hier ist der Andy, ich ...«

Weiter kam er nicht, weil aus dem antiquarischen Lautsprecher schon wieder die Stimme von Marion kam.

»Au, Mann, um die Uhrzeit, warte, ich werfe ihn dir runter.«

Er wollte weiterreden, aber er hörte, wie die Leitung durch ein Kratzen unterbrochen wurde. Jetzt bin ich mal gespannt, was da gleich angeflogen kommt, dachte er, als oben schon ein Fenster aufging und ein Kopf mit einer riesigen Löwenmähne zum Fenster rausschaute.

»Pass auf, ich werfe ihn runter«, und schon flog ihm sein Schlüssel entgegen, den er gekonnt auffing. Er schaute wieder nach oben, um Danke zu sagen, aber da war keiner mehr. Na prima, so bin ich auch noch nie abserviert worden. Verdutzt stand er da und wusste, dass er keine andere Wahl hatte, als noch mal zu klingeln, um es sich damit bei Marion für die nächsten hundert Jahre zu verderben.

Er drückte wieder auf die Klingel.

»Was ist denn jetzt schon wieder, kannst du dein Auto nicht mehr alleine aufschließen?«, kam es blechern aus dem Lautsprecher.

»Marion lass mich bitte rein.«

»Du hast sie wohl nicht mehr alle.«

»Es ist wichtig.«

»Mein Schlaf auch!«

Kratz, wieder das Geräusch, das ihm sagte, dass sie den Hörer eingehängt hatte. Aus den hundert Jahren würde jetzt wohl lebenslänglich werden.

»Tut mir leid Mädchen, aber ich habe einen Auftrag«, sagte er vor sich hin und drückte erneut.

»Hör mal zu, Herr Panne, wenn du nicht aufhörst, mich zu nerven, dann ruf ich die Kollegen von Wilhelm an, die werden dich dann für vierundzwanzig Stunden in Gewahrsam nehmen und …!«

»Wilhelm schickt mich!«, rief er schnell.

»Wilhelm?«

»Ja, mach auf, ich bin nicht betrunken oder verrückt, bitte, Marion.«

Eine Weile war Stille, dann fragte sie: »Wo ist Wilhelm?«

»Auf dem Weg in den Norden, zu einem kleinen Dorf.«

»Ich mach dir auf, aber lauf leise die Treppen hoch, nicht dass du alle aufweckst.«

Er war erleichtert, endlich in die Höhle des Löwen zu kommen.

Der Türöffner surrte und Andy schlich leise die Treppen hinauf. Oben stand die Tür offen und er betrat ebenso leise, wie er die Treppen nach oben ging, die Wohnung.

»Du trampelst die Treppen nach oben wie eine Planierraupe«, kam Marions Stimme aus der Küche.

Er ging hinein und sagte: »Entschuldigung.«

Marion machte sich an der Espressomaschine zu schaffen, die er ihnen verkauft hatte.

»Darf ich dir einen Espresso machen?«, fragte er, als er sah, wie Marion mit seiner Maschine umging.

»Das ist das Mindeste, Herr Panne.«

Er nahm den Siebträger aus der Maschine, kontrollierte, ob er leer war, und ließ dann zwei Tassen heißes Wasser durchlaufen, um ihn auf Temperatur zu bringen. Dann betätigte er die Mühle und ließ für zwei Tassen Kaffeemehl heraus. So lange er das tat, saß Marion am Küchentisch und sah ihm zu.

»Wenn man dir zuschaut, ist das ja fast wie bei einer Teezeremonie.«

Andreas schaute sie an.

»Weißt du eigentlich, dass das die erste positive Bemerkung über mich ist, seit ich dich kenne? Es ist die Erste und gleichzeitig die Schönste. Ich freue mich, wenn jemand erkennt, wofür und für was ich arbeite und dann auch noch feststellt, dass es mir Spaß macht.«

Jetzt schaute Marion ihn an.

»Weißt du eigentlich, dass das der längste Wortwechsel war, den ich mit dir bisher hatte und zugleich der schönste? Ich freue mich immer, wenn ich in der Einschätzung, die ich über einen Menschen fälle, falsch liege. Allein aus den zwei Sätzen habe ich erkannt, dass ich mit meiner Einschätzung falsch gelegen habe. Du hast ja doch eine Seite, die einfühlsam ist. Wenn sie auch nur für zwei Espressotassen mit Inhalt reicht.«

Andy wusste nicht, ob er das jetzt als Kompliment verbuchen sollte oder unter der Rubrik Sarkasmus.

»Wie meinst du das jetzt, Marion?«

»So wie ich es sage.«

»Was behauptet er denn?«

»Dass du ein lieber Kerl bist, wenn man dich richtig kennt.«

»So, so.«

»Ja, so, so. Jetzt erzähl mir aber erst mal, was dich zu mir führt und was mit Wilhelm los ist.«

»Ich soll dich nicht hier lassen, du musst mitkommen.«

»Wie bitte?«

»Wir trinken jetzt den Espresso, dann ziehst du dich an und wir gehen hier raus.«

»Warum?«

»Das weiß ich auch nicht, aber ich glaube, die drei Musketiere stecken ordentlich in der Scheiße.«

»Drei Musketiere?«

»Aysel, Rüdiger und Wilhelm.«

»Woher weißt du das?«

»Von Aysel, sie ist eben verhaftet worden, und vorher hat Wilhelm noch eine SMS an Aysel geschickt. Darin stand, dass ich dich nicht hierlassen soll.«

»Mein Gott, was ist da passiert?«

»Ich kann dir nur einen Teil erzählen, wenn du dich angezogen hast und wir gehen können.«

»Ist gut, gib mir fünf Minuten.«

»Die hast du.«

Marion sprang auf, kam nach zwei Minuten fertig angezogen wieder zurück und stürzte ihren Espresso hinunter.

»Ich bin fertig«, sagte sie.

»Dann los«, sagte Andy und war schon dabei, die Wohnung zu verlassen.

Marion löschte das Licht, warf nochmals einen Blick in die Wohnung, gerade so, als wolle sie in den Urlaub fahren, und schloss dann die Türe.

Draußen angekommen fragte Andy: »Weißt du vielleicht, wo mein Auto ist?«

»Wenn ich es nicht besser wüsste, dann würde ich dich jetzt fragen, wie viele Flaschen Amarone du gestern getrunken hast«, sagte Marion sarkastisch.

»Schau mal, da vorne steht es doch.«

Sie schlugen den Weg zu Andys Auto ein und setzten sich dann in den schwarzen Chrysler. Marion fühlte sich wie zu Hause auf ihrem Sofa.

Andy wollte eben den Motor starten, als er innehielt und in den Rückspiegel schaute. Marion sah ihn an und schaute dann über ihre linke Schulter, um zu sehen, was Andy da so interessierte.

»Unglaublich, das ist ja wie früher bei der Gestapo«, sagte Andy und ließ den Motor an.

Im Rückspiegel sah Andy drei Zivilfahrzeuge, die vor Wilhelms Haus hielten, und aus denen jeweils zwei Männer in Zivil ausstiegen. Alle sechs schauten zu der Wohnung hoch, in der Marion vor wenigen Minuten das Licht ausgemacht hatte.

»Es ist besser, wir verschwinden von hier.«

»Gute Idee, Andy.«

Es war kurz vor vier Uhr in Hamburg. In Reutlingen stand Aysel kurz vor ihrer Verhaftung und Marion schlief noch den Schlaf der Gerechten als Rüdiger, der immer noch am Steuer des VW-Bus saß, sagte: »Wie es wohl Aysel geht?«

»Verdammt, wir sollten sie warnen, dass wir nicht unentdeckt geblieben sind«, sagte ich mit einem Riesenärger im Bauch über die vielen Fehler, die uns bis jetzt in diesem Fall unterlaufen waren.

Mir fiel der Traum wieder ein, den ich vor ein paar Stunden noch hatte. Marion musste weg, musste in Sicherheit gebracht werden. Ich schickte ihr eine SMS, Aysel musste sofort aus dem Büro und sich verstecken, dabei noch irgendwie Marion benachrichtigen, damit auch sie verschwinden konnte.

Die Zeit im Bus verging jetzt wie im Flug. Zigaretten wurden im Akkord geraucht und die Luft war zum Schneiden, obwohl die Lüftung auf höchster Stufe lief.

Hamburg lag im Nebel, die großen Containerschiffe schälten sich nur schemenhaft aus jenem, und auch auf der rechten Seite, wo man sonst bei Nacht immer Flammen aus langen Rohren züngeln sehen konnte, sah man nur aprikotfarbene Punkte tänzeln.

Der Elbtunnel war fast ohne Verkehr. Unsere Augen schmerzten, als wir in eine der hell erleuchteten Röhren fuhren.

Kaum hatten wir den Tunnel verlassen, klingelte mein Handy.

»Moin, moin, Herr Klein!«

»Guten Morgen, Herr Brinkmann.«

»Wo sind Sie denn jetzt?«

»Wir haben eben den Elbtunnel passiert.«

»Mensch, dann sind Sie ja gleich da!«

»Ich weiß nicht, wie lange braucht man von hier aus noch nach Borsfleth?«

»Halbe Stunde etwa. Nur eine Bitte hätte ich, fahren

Sie nicht über Krempdorf, sondern über Kremperheide, Krempmoor. Dort geht es rechts ab nach Brokreihe auf die L120, die fahren Sie weiter bis zum Borsflether Wisch. Dort stellen Sie das Auto am Straßenrand ab und dann gehen Sie auf die Rückseite des Deichs und laufen diesen entlang. Ich werde Sie dann in Empfang nehmen. Wichtig ist nur, dass Sie auf keinen Fall auf der Vorderseite des Deiches laufen. Haben Sie mich verstanden?«

»Schon, Herr Brinkmann, aber warum?«

»Dammich noch mal, tun Sie einfach was ich sage, Ende.«

»Also, der hat sie auch nicht mehr alle«, sagte ich zu Rüdiger, »aber bitte, wenn er unbedingt möchte, dann fahren wir eben einen kleinen Umweg.«

Frau Zorlu, schönen guten Morgen.«

Aysel schaute in die Augen von Dr. Häberle, der eben ihr Büro betrat, in dem sie vor zwei Stunden verhaftet worden war. Er sah mitgenommen aus, so als hätte er die ganze Nacht nicht geschlafen.

»Frau Zorlu, ich denke Sie wissen, warum wir Sie verhaftet haben?«

»Nein, ich habe keine Ahnung und ich werde sofort ein Dienstaufsichtsverfahren gegen Sie beantragen.«

»Jetzt bleiben Sie mal auf dem Teppich, Ihre Kollegen haben Sie bestimmt über Ihr Recht aufgeklärt und auch den Grund Ihrer Verhaftung genannt.«

»Das haben sie wohl getan, aber ich denke, Ihre Vorwürfe mir gegenüber werden sich als haltlos herausstellen und jetzt sage ich kein Wort mehr, ohne dass ich mit einem Anwalt gesprochen habe.«

Dr. Häberle schob ihr das Telefon hin.

»Bitte schön.«

»Ich brauche noch ein Telefonbuch.«

»Auch das sollen Sie bekommen.«

Er zog eine Schublade von Wilhelms Schreibtisch auf und warf ihr das Telefonbuch hin. Sie blätterte darin und sagte, ohne hochzuschauen: »Woher wussten Sie, dass in dieser Schublade das Telefonbuch ist?«

Häberle überlegte nicht lange und sagte: »Intuition?«

Aysel wusste, dass sie Häberle, der ja ein gestandener Jurist war, mit solchen Fragen nicht in die Enge treiben konnte. Wilhelm hatte erst vorgestern seinen Schreibtisch neu geordnet und das Telefonbuch in die Schublade gelegt, da er sich angewöhnt hatte, Telefonnummern im Internet zu suchen.

»Respekt, Herr Häberle, mein Kollege Klein hat es nämlich erst seit vorgestern in dieser Schublade.«

»Da können Sie mal sehen, was Sie für tolle Staatsanwälte hier haben.«

»Das will ich jetzt nicht kommentieren, Herr Häberle!«

Sie blätterte weiter in dem Telefonbuch, obwohl sie schon längst wusste, welchen Anwalt sie anrufen würde.

Nachdem Aysel den Anwalt ihrer Wahl angerufen hatte, stand er eine halbe Stunde später auf der Matte. Es war ein Verflossener, dem sie den Laufpass gegeben hatte, nachdem sie erfahren hatte, dass er ein Schürzenjäger war. Doch so gut kannte sie ihn dann doch, um zu wissen, dass er immer schon auf eine Gelegenheit gewartet hatte, um dem Staatsanwalt Häberle eins auszuwischen.

Was sie ihm nun zu erzählen hatte, klang so abenteuerlich, dass er immer wieder nachfragte, ob sie ihm wirklich seine Eskapaden verziehen hatte und sie nicht nach Rache dürstete.

»Aysel, wenn das wirklich alles so stimmt, wie du mir das eben erzählt hast, dann wird das enorme Wellen schlagen. Ich kann mir vorstellen, dass sich der Innenminister einschalten wird, und nicht nur der.«

»Darüber bin ich mir durchaus im Klaren, Wolfgang. Es

darf aber nichts an die Öffentlichkeit dringen, solange meine Kollegen und die Tatverdächtigen nicht in Sicherheit sind.«

»Na, gut, dann wollen wir mal Herrn Häberle dazu holen.«

Mein lieber Mann, so viel Geschmack hätte ich dir gar nicht zugetraut, Herr Panne.«

Marion stand staunend im Wohnzimmer von Andreas.

»Ich dachte, ich komme jetzt in eine zweckmäßig eingerichtete Junggesellenbude, die vor Staub und schmutziger Wäsche nur so strotzt, aber was ich da sehe, wirft ja ein ganz anderes Licht auf dich.«

»Schön, dass es dir gefällt. Willst du frühstücken oder dich wieder hinlegen«, sagte Andy und man sah ihm an, dass er froh war, den Eindruck, den Marion bisher von ihm hatte, stückchenweise abbauen zu können.

»Ne, lass gut sein, ich würde nur gerne duschen, bevor ich zum Dienst gehe.«

»Das kannst du kicken.«

»Was?«

»Das mit deinem Dienst.«

»Wieso?«

»Weil ich dich nicht gehen lassen darf. Befehl von Aysel!«

»Wie bitte?«

»Mann, du hast doch gesehen, dass sie hinter dir her sind. Wenn du jetzt zur Arbeit gehst, dann wirst du doch sofort hopsgenommen.«

»Ja aber ...!«

»Nichts, ja aber. Nimm dein Handy und ruf an, dass du nicht kommst.«

Widerwillig begann Marion die Nummer ihrer Station zu wählen, um sich krankzumelden.

»So ist es fein«, sagte Andy. »Willst du jetzt duschen?«

»Ja«, sagte Marion schnoddrig.

Andy zeigte ihr das Badezimmer, gab ihr Handtücher und drehte ihr noch die Heizung auf.

»Willst du danach mit mir frühstücken?«

»Meinetwegen, bevor es wieder irgendwelche Anordnungen gibt, dann mache ich es lieber freiwillig.«

»Ich hab ja gar nicht gewusst, dass du so zahm sein kannst«, frotzelte Andy, »dann geh ich schnell zum Bäcker, bin gleich wieder da.«

»Ist gut, lass dir Zeit.«

»Bestimmt nicht, Marion.«

Die vier im Norden des Landes hatten die Anweisungen von Brinkmann befolgt und waren nun auf der Rückseite des Deichs unterwegs um Brinkmann zu treffen.

»Das ist vielleicht eine Suppe«, schimpfte Frank, der jetzt schon das zweite Mal in einen Kuhfladen getreten war.

Vor zehn Minuten waren wir im Borsflether Wisch angekommen, hatten das Auto abgestellt und uns auf die Rückseite des Deiches begeben. Es war dämmrig und der Nebel, der schon in Hamburg die Sicht genommen hatte, war um ein Vielfaches mächtiger geworden. Er nahm die Sicht und wirkte dabei wie ein Schallschutz. Er wurde nur ab und zu vom Schrei einer Möwe durchdrungen. So merkten wir auch nicht, dass wir mitten durch eine schlafende Herde von Kühen marschierten. Sehen konnten wir sie nicht, nur ihre aufgeweichten Hinterlassenschaften, in die wir nun alle hineingetreten waren, zeugten von ihrer Anwesenheit.

»Bin mal gespannt, wie uns dieser Brinkmann hier finden will«, sagte ich.

Wir waren wohl eine halbe Stunde marschiert und in unzählige Tretminen gelaufen, als plötzlich, wie aus dem nichts, eine Stimme den Nebel durchschnitt.

»Moin, Herr Klein, ich bin links von Ihnen und passen Sie auf, direkt vor Ihnen ist der Fladen einer Kuh.«

Es war zu spät, mit einem satten Schmatzen verdrängte mein Schuh das verdaute Gras.

»Jo, dat hättest dir moal spar könt, Jung«, sagte Brinkmann, der jetzt vor Wilhelm stand und so gar nichts von Jan Fedder hatte.

Er war klein, hatte einen mächtigen Bauch, und was das Merkwürdigste an ihm war, er hatte eine Latzhose an, deren Hosenbeine in Gummistiefeln endeten.

»Entschuldigen Sie meinen Aufzug, aber ich war eben im Stall bei meinen Kühen, als ich den Anruf bekam, dass Ihr Chef hier ist.«

»Unser Chef«, stammelten Rüdiger und ich gleichzeitig.

»Jo, der Herr Schumann. Das ist doch Ihr Chef?«

»Ja, das ist er. Aber was will der hier?«, fragte ich, obwohl ich schon wusste, worum es ging.

»Ich soll Sie und Ihren Kollegen verhaften, weil Sie zwei Tatverdächtige zur Flucht verholfen haben. Nun bin ich aber auch nicht von gestern, und deshalb wollte ich erst mit Ihnen alleine reden, um mir ein Bild zu machen, und außerdem, wo kommen wir denn da hin, wenn irgend so ein Pelikan aus Baden-Württemberg hierherkommt und mir sagen will, was ich zu tun und zu lassen habe.«

Während er das sagte, stopfte er sich eine Pfeife, die er sich dann auch genüsslich ansteckte. Sowieso schien er die Ruhe selbst zu sein. Ich versuchte, die richtigen Worte zu finden, um ihm in kurzen Zügen die nötigen Informationen zu geben, die er brauchte, um sich von unserer Mission zu überzeugen.

»Jung, Jung, in eurer Haut möchte ich nicht stecken«, sagte er und nahm einen tiefen Zug aus seiner Pfeife.

»Auf der anderen Seite ist alles umstellt. Zum Haus, wo sich der Jan verschanzt hat, kommt ihr nicht durch. Wir müssen uns etwas überlegen. Überhaupt, was macht ihr, wenn ihr drin seid und sich herausstellt, dass der Jan tatsächlich der Mörder ist und er euch nur an der Nase herumgeführt hat?«

»Dann können wir nur noch unseren Hut nehmen und um Verzeihung bitten«, sagte ich.

»Eine Verzeihung wird da nicht viel helfen, ihr werdet keinen Fuß mehr auf den Boden bekommen, und was mit euch im Knast passiert, muss ich euch wohl nicht erzählen.«

»Sie haben wohl recht, aber dennoch sollten wir uns jetzt überlegen, wie wir in das Haus kommen«, meldete sich Rüdiger zu Wort.

»Hat jemand eine Idee?«, fragte ich.

»Wir nehmen Sie als Geisel«, sagte Frauke und zeigte dabei auf Brinkmann, der sie sprachlos ansah.

»Natürlich nur auf der Basis der Freiwilligkeit«, sagte sie schnell noch hinterher.

»Sehr gnädig von Ihnen, Sie müssen die Frau Hartmann sein«, sagte Brinkmann in einem ernsten Ton.

»Richtig!«, sagte sie und reichte ihm die Hand, »wissen Sie, seit einiger Zeit sehe ich die Polizei in einem ganz anderen Licht. Sie sind nicht die ausführende Gewalt der Faschisten und Imperialisten, wie ich immer dachte. Sie sind Menschen mit einer eigenen Meinung und einem Herzen im Körper, das bei vielen von ihnen sogar noch am rechten Fleck sitzt«, sagte Frauke mit sanfter Stimme und strich ihm dabei über den Arm.

Das beeindruckte Brinkmann sehr und seine Miene hellte sich auf.

»Danke für das Kompliment, schöne Dirn«, sagte er und reichte ihr nun ebenfalls die Hand. »Für eine andere Idee wäre ich jedoch sehr dankbar«, meinte er noch.

Nach fünfminütiger Stille und Ideenlosigkeit war man sich dann doch einig, dass es wohl das Sicherste und Einzige wäre, Brinkmann als Geisel zu nehmen.

Er appellierte nochmals, darüber nachzudenken. Denn

für den Fall, dass sie wirklich falsch lagen mit ihrer Theorie, würde sich ihr Strafregister immens erhöhen. Geiselnahme eines Polizeibeamten im Dienst würde dem Ganzen noch die Krone aufsetzen. Wir vier waren uns allerdings einig, dass das den Kohl auch nicht mehr fett machen würde.

»Also gut, ich muss aber um sechzehn Uhr wieder zu Hause im Stall stehen zum Melken.«

Alle lachten, und Brinkmann wusste nicht, was daran wohl so lustig sein sollte.

»Herr Brinkmann, wir werden versuchen, unsere Aktion so schnell wie möglich durchzuführen«, sagte ich und klopfte ihm dabei auf die Schulter.

Nach kurzer Beratung hatten wir beschlossen, dass Rüdiger den Part des Geiselnehmers übernehmen sollte, da er als ehemaliger Personenschützer wohl das größte Knowhow dazu besaß. Er nahm die Munition aus seiner Dienstwaffe, dass auch wirklich nichts passieren konnte, und hielt sie dann Brinkmann an die Schläfe. So präpariert gingen wir über den Deich, um den Schlussakt zu setzen.

In spätestens drei Tagen bist du wieder draußen, das verspreche ich dir.«

»Tu, was du kannst, Wolfgang. Ich habe keine Lust, länger als eine Woche in der U-Haft zu bleiben.«

»Ich glaub nicht, dass sich Ihre Hoffnung erfüllen wird, Frau Zorlu«, unterbrach Dr. Häberle das Gespräch.

»Sie sind jetzt erst mal kaltgestellt und dabei wird es auch bleiben, bis wir Ihre Kollegen und die drei Mörder haben. Abführen!«, befahl Häberle den beiden Beamten, die mit im Raum waren, und zeigte dabei auf Aysel.«

Bin wieder da«, rief Andy und warf die Brötchentüte in einem hohen Bogen auf den Frühstückstisch, den Marion gedeckt hatte, und warf dabei die Butter vom Tisch, die fast lautlos auf dem Holzboden landete.

»Na prima, bloß gut, dass das nicht meine Wohnung ist«, schimpfte Marion.

Ohne ein Wort zu verlieren, wischte Andy die Reste der Butter vom Boden und setzte sich dann an den Tisch, wo er die Sprache wiederfand.

»So ein bisschen Butter tut dem Boden nur gut, jetzt kann ich mir das Pflegemittel sparen.«

»Du hast vielleicht eine Logik, an die muss man sich auch erst mal gewöhnen.«

»Ich hoffe, du gewöhnst dich daran Marion, es kann nämlich durchaus sein, dass du mich ein paar Tage ertragen musst.«

»Es gibt Schlimmeres, Andreas Panne, es gibt Schlimmeres«, sagte Marion und begann, ein Brötchen mit Honig zu schmieren, um es sich zum Kaffee schmecken zu lassen.

Andy stand auf und schaltete das Radio an. Leicht tanzend und mit den Hüften wackelnd, soweit er das eben konnte, kam er an den Tisch zurück. Aus dem Radio tönte der Sender SWR 1 mit Bruce Springsteen »Born in the USA«. Von eben jenem, Bruce war Andy einer der größten Fans. Wenn so ein Song auch noch morgens im Radio kam, war der Tag schon für ihn so gut wie gerettet.

»Wie sieht denn dein Tag heute aus?«, riss ihn Marion aus seinem Traum.

»Danke, dass du mir meine meditativen drei Minuten versaut hast.«

Er ließ sein Wurstbrötchen sinken und trank stattdessen einen Schluck Kaffee.

»Wie wird er wohl aussehen? Öde, trist und leer wie fast jeder Tag.«

Zuerst dachte Marion, dass es wieder einer seiner Witze

war, aber dann merkte sie die Veränderung an ihm. Aus seinem ewig fröhlichen Aussehen war eine traurige und leere Gestalt geworden mit hängenden Schultern und geneigtem Haupt. So kannte sie ihn gar nicht und konnte sich auch nur schwer vorstellen, dass er es wirklich war, der da vor ihr saß.

»He, Andy, was ist los, so kenne ich dich gar nicht. Bist du krank, fehlt dir was?«

»Schau dich doch mal um, fällt dir nichts auf?«

»Außer, dass du eine sehr geschmackvolle, saubere und riesige Wohnung hast, nein, tut mir leid«, sagte Marion.

»Hier ist doch kein Leben, wenn du nicht da wärst, dann würde ich jetzt nicht mal hier sitzen, sondern irgendwelcher Arbeit nachgehen, nur um nicht ins Grübeln zu verfallen. Wenn ich nach Hause komme, dann ist keiner da. Wenn ich gehe, freut sich keiner auf ein Wiedersehen, und wenn ich krank bin, kümmert sich auch keiner um mich.«

»Deshalb stürzt du dich in Arbeit?«

»Ja, aber dass fällt mir auch immer schwerer. Die Geschäfte laufen zu gut, ich komme mit Schulungen und Maschinen aufstellen fast nicht mehr hinterher.«

»Du solltest mal Urlaub machen, weg von hier für ein paar Tage.«

»Ach ja, alleine?«

»Gibt es denn niemand, der mitgehen würde?«

Andy überlegte, ob Aysel wohl mit ihm gehen würde, wenn er sie fragen würde und sagte dann: »Nein gibt es nicht!«

»Armer Andy, ich hab nicht gewusst, wie es dir geht, dachte immer du bist ein Hansdampf in allen Gassen. Einer der an jeder Hand drei Frauen hat und sich um nichts sorgen muss.«

»Das denken fast alle«, flüsterte er vor sich hin.

»Ja, weißt du auch warum? Weil du so rüberkommst, immer und ewig bist du locker drauf und machst Witzchen. Lässt keinen so richtig an dich ran und hast für einen, der dich nicht kennt, so wie ich bisher, eine Art auf den Putz zu hauen, dass man sich wünscht, dich in den nächsten zehn Jahren nicht mehr sehen zu müssen. Wilhelm hat es mir immer wieder gesagt, dass ich dich nur näher kennen müsste, damit ich merke, was du für ein lieber Mensch bist. Eben, gerade eben habe ich gemerkt, dass Wilhelm recht hat. Du bist ein Mensch mit ganz großen Gefühlen und vielen Vorzügen, die man eben nur erkennen muss. Vielleicht solltest du es deiner Umgebung einfach leichter machen und ihnen mehr von deiner anderen, hellen Seite zeigen.«

Aus dem Radio rieselte »Nothing else matters« von Metallica und Andy lag in den Armen von Marion, die ihn tröstete.

Wie weich ihr harten Männer doch alle seid, dachte sich Marion und war froh darüber, einen neuen Freund gefunden zu haben.

Das wird Ihnen und Ihren Kollegen endgültig das Genick brechen«, überschlug sich Schumanns Stimme, als er die fünf Menschen den Deich runterkommen sah.

Sämtliche Beamten drehten sich um und rissen ihre Waffen aus den Halftern, um damit auf Rüdiger zu zielen.

»Wenn auch nur einer versucht, uns daran zu hindern in das Haus zu kommen, dann stirbt euer Chef«, sagte Rüdiger.

»Tut, was er sagt«, sagte Brinkmann in der gleichen Art.

Ich dachte schon, dass ich im Kino sitze und träume, als ich wieder die sich hysterisch überschlagende Stimme von Schumann hörte.

»Lasst euch doch nicht so beeinflussen. Die bluffen doch nur!«

»Das ist unser Revier, Kollege Schumann«, sagte einer der Beamten zum Kater, nachdem er kurz in das Gesicht seines Vorgesetzten Brinkmann geschaut hatte.

»Bitte lassen Sie uns unsere Arbeit machen und mischen Sie sich nicht ein.«

»Bitte gehen Sie weiter«, sagte er jetzt zu uns gewandt. »Es wird Sie keiner aufhalten.«

Ich musste unweigerlich Schumann anschauen und setzte dabei ein Grinsen auf.

»Freuen Sie sich nicht zu früh, Herr Klein. In zehn Minuten wird das SEK da sein und dann haben diese Dorfbüttel hier nichts mehr zu melden.«

»Bis dahin verlassen Sie jetzt bitte den Einsatzort«, harschte ihn der Beamte an, der wieder die Augen von Brinkmann suchte.

Schumann drehte sich wortlos um und ging die Dorfstraße sichtlich geknickt entlang in Richtung Kirche.

»Frauke, du gehst vor und versuchst, Jan an die Haustüre zu bekommen«, sagte Rüdiger, der noch sechs Schritte von der Haustüre entfernt war und immer noch Brinkmann im Arm hatte. Frauke betätigte die Klingel.

»Haut ab, ihr Idioten, so langsam hab ich es satt mit euch. Wenn ihr noch einmal klingelt, dann fliegt hier alles in die Luft.«

»Das würde ich jetzt aber nicht tun, sonst wäre unsere Reise ja ganz umsonst gewesen«, sagte Frauke laut.

Von innen hörte man jetzt Geräusche, und der Vorhang, der den Blick durch ein kleines Fenster verhinderte, kam in Bewegung. Ein paar Augen schauten plötzlich aus einem Spalt zwischen Scheibe und Vorhang. Augen, die in tiefen dunklen Augenhöhlen lagen und vor Erschöpfung schon blutunterlaufen waren. Sie hatten bestimmt schon mehr als zwei Tage keine Möglichkeit mehr gehabt, sich zu erholen. Als sie nun aber sahen, wer da vor der Tür stand, leuchteten sie plötzlich auf, um gleich danach wieder klein, ängstlich und misstrauisch zu schauen.

»Wer sind die drei Gestalten, die ihr da dabeihabt?«, zischte die Stimme, die sich hinter den Augen verbarg.

»Das sind Wilhelm und Rüdiger und der andere …!«

»… ist ein Bulle!«, vervollständigte Jan Schlick den Satz.

»Die haben euch für ein Spiel hierher gebracht, aber darauf falle ich nicht rein«, sagte die Stimme.

»Was denn für ein Spiel, Jan, wir sind da. Wilhelm und Rüdiger haben uns dabei geholfen, ohne sie wären wir nicht hier.«

Die Augen zitterten und schauten mir tief in die eigenen Augen. Sie suchten tief in mir nach etwas, von dem ich nicht wusste, was es war. Ich fühlte mich unwohl, weil ich nicht wusste, in welchen dunklen Abgründen sie sich gerade in mir befanden, als sie plötzlich abdrehten und Rüdiger anvisierten. Das Ganze dauerte eine gefühlte Ewigkeit, doch waren es nur Sekunden, in denen die Augen zu einem Entschluss kamen.

»Ihr könnt rein. Der Bulle und der mit der Waffe bleiben draußen.«

Damit hatten wir nun nicht gerechnet. Brinkmann und Rüdiger sahen mich an und ihre Gesichter sagten mir: »Was jetzt, wie geht es weiter?«

»Jan, das geht nicht, die beiden müssen auch mit, sonst kommen wir nicht mehr raus. Sie sind unsere Versicherung«, versuchte Frauke zu vermitteln.

»Ich komme hier sowieso nicht mehr raus, ich will nicht mehr raus!«

»Jan, lass uns rein, wir wollen dir doch helfen.«

»Ich weiß selber, was für mich gut ist und da ihr jetzt nicht mehr im Gefängnis seid, habe ich mein Ziel erfüllt und kann meine letzte Reise antreten.«

»Jan, du musst dir helfen lassen.«

»Ja, ich weiß, und ich weiß auch schon wie«, fistelte die Stimme und zwischen den Augen blitze mit einem Mal der Lauf einer Smith & Wesson auf.

Bis wir die Situation richtig analysieren konnten, bekam ich einen Stoß von Frauke und fiel rückwärts auf Frank, der mit mir zu Boden ging und vor Schmerzen aufschrie, da ich genau auf seinem gebrochenen Handgelenk landete.

Rüdiger hatte die Bewegung wahrgenommen und sich auf die Seite gedreht, ohne dabei Brinkmann die Waffe vom Kopf zu nehmen und die Kollegen, die alle auf uns zielten, aus den Augen zu lassen. So war er elegant unserem Sturz ausgewichen.

Als ich mich aufrappelte, sah ich Frauke mit meiner Dienstwaffe, die sie sich an den Kopf hielt. Wie ein Taschendieb hatte sie mit ihrem übertriebenen Körperkontakt die eigentliche Absicht verschleiert und mir die Dienstwaffe abgenommen. Hinter mir jammerte Frank, aber ich hatte jetzt keine Zeit, mich um ihn zu kümmern.

»Gut Jan, dann gehen wir zusammen!«

Jetzt war der drohende Wahnsinn, der eben noch die Augen hinter dem Vorhang beherrscht hatte, Erstaunen und Ratlosigkeit gewichen.

»Wenn du willst, dann geh ich zuerst«, sagte Frauke und drückte die Waffe stärker gegen ihre rechte Schläfe.

»Das darfst du nicht, du hast doch nichts getan. Warst immer zu allen gut«, holperte Jan Schlicks Stimme hervor.

»Das stimmt nicht, ich war nicht gut genug zu dir, sonst würdest du dir nicht das Leben nehmen wollen. Ich bin schuld, dass du nicht mehr leben willst. Ich hab mich nicht genug um dich gekümmert!«, schrie Frauke ihn jetzt an.

In ihren Augen sammelten sich die Tränen. Ihre rechte Hand begann zu zittern und ich machte mir ernsthaft Sorgen, dass sich dadurch versehentlich ein Schuss lösen könnte.

»Du kannst dich nicht umbringen und die Menschen, die dich gernhaben einfach so zurücklassen. So einfach geht das nicht, du trägst die Verantwortung dafür, was nach deinem Freitod hier passiert. Frank wird seine Unschuld nicht mehr beweisen können und Rüdiger und Wilhelm haben auch keine Zukunft mehr, weil sie nämlich in den Knast kommen. Mir könnte das ja alles egal sein, weil ich ja auch nicht mehr da bin. Warum mach ich mir überhaupt noch Gedanken darüber. Wie blöd bin ich eigentlich.«

Frauke wurde jetzt ruhig und gefasst. Bisher waren ihre Worte so was von emotionsgeladen, aber jetzt sagte sie in einer klaren Stimme: »Komm, Jan, lass uns jetzt gehen!«

Sie spannte den Hahn, der mit einem leisen Klicken einrastete.

»Nein, nicht«, schrie Jan Schlick jetzt aus dem Fenster und in seinen Augen leuchtete das Leben wieder auf.

»Was soll ich tun, Frauke?«

Sie hatte es tatsächlich geschafft, er war wieder auf der Seite des Lebens angelangt. Ich hoffte, dass dieser Zustand noch etwas anhalten würde.

»Lass uns rein«, sagte Frauke mit kühler Stimme.

»Ist gut, aber nicht den mit der Waffe, und der Brinkmann kommt auch nicht rein.«

Wir waren wieder dort angelangt, wo wir begonnen hatten, bevor Frauke mir die Waffe abgenommen hatte. Frauke schaute mich an. Es musste eine Entscheidung getroffen werden, und zwar schnell. Die Stimmung konnte jederzeit wieder kippen. Ihr Blick sagte mir, mehr kann ich nicht tun, jetzt seid ihr gefragt. Ich schaute Rüdiger und Brinkmann an und war froh, dass mir Rüdiger die Entscheidung abnahm.

»Ich glaube, hier trennen sich unsere Wege, Cowboy«, sagte Rüdiger.

»Es ist besser, du bringst die Sache allein zu Ende. Ich bin die halbe Nacht gefahren und mir fallen gleich die Augen zu.«

»Du hattest recht, als du gesagt hast, dass ich hier oben fit sein muss. Ohne dich hätten wir es nicht hier hoch geschafft. Einen besseren Kollegen kann man nicht haben«, sagte ich.

»Wilhelm, lass das Gesülze, du musst dich beeilen. Das SEK ist gleich da und dann wird hier ein anderer Wind wehen«, sagte Rüdiger.

Ich drehte mich zu Frauke um und gab ihr grünes Licht.

Jetzt kam Leben in das Haus. Von innen wurde die Tür einen Spalt geöffnet. Frauke ging als Erste über die Schwelle. Dann setzte ich mich in Bewegung und verstaute dabei noch meine Dienstwaffe, die mir Frauke zurückgab. Gleich neben dem kleinen Fenster blieb ich stehen. Frank, der weiß wie eine Wand war, lief nun ins Haus. Er musste höllische Schmerzen haben. Dann nahm ich die Klinke in die Hand und schaute noch mal zu Rüdiger, der mir zuzwinkerte.

»Für Hans«, sagte er nur leise.

Ich antwortete: »für Hans.« Dann schloss ich die Tür und schaute aus dem kleinen Fenster nach draußen.

Rüdiger drehte sich und Brinkmann in Richtung der Beamten, dann hob er seine Waffe in die Luft und legte sie vorsichtig vor sich auf den Boden. Gleichzeitig ging er in die Knie, ließ sich flach auf den Boden nach vorne kippen und streckte Arme und Beine weit von sich.

»Zugriff«, kam jetzt eine durchdringende Stimme aus einem Megafon. Das SEK war da. Sechs schwarze Gestalten sprangen wie aus dem nichts auf Brinkmann und Rüdiger zu. Ihre Waffen kreisten ständig hin und her. Sie sahen mächtig nervös aus.

Dann drehten sie Rüdiger die Arme auf den Rücken und legten ihm Handschellen an. Das Ganze war nicht unbedingt sanft und lief auch nicht ohne Protest von Brinkmann ab.

»Wat denn nu los. Ihr Dösköppe lasst den Jung in Ruh!«

Und schon hatten sie Brinkmann geschnappt und schleiften ihn davon.

»Ihr habt wohl nicht mehr alle Räder an der Achse, lasst mich los«, schimpfte er vergebens.

Wie er da in seinen Gummistiefeln und seiner Latzhose abgeführt wurde, um ihn in Sicherheit zu bringen, war schon recht amüsant und ich hätte bestimmt laut losgelacht, wenn die Lage nicht so ernst gewesen wäre. So kommt er doch noch rechtzeitig in seinen Stall, dachte ich bei mir. Ich ließ den Vorhang an dem kleinen Fenster wieder zufallen und versuchte, mich in dem alten Haus zu orientieren. Der Putz an den Wänden war vergilbt und hätte etwas Farbe vertragen. Nirgends war eine Tapete zu sehen, was aber in solchen Häusern schon fast normal war. In jedem Zimmer hing eine alte Schiffslampe mit einer Fünfundzwanzig-Watt-Glühbirne drin. Bestimmt hatte jede einzelne dieser Lampen mehr von der Welt gesehen, als wir alle zusammen in diesem Friesenhäuschen.

Hier und dort hing eine alte gerahmte Fotografie mit verschiedenen Motiven. Fischer auf hoher und schwerer See bei der Arbeit, eins vom Häuschen vor guten achtzig Jahren. Ein Familienbild, auf dem ich Jan Schlick aber nicht finden konnte. Vielleicht war er aber auch noch im Bauch der Schwangeren, die mit strohblonden Haaren und einem Gesichtsausdruck der Glückseligkeit neben einem Hünen mit Schiffermütze und Tabakspfeife im Mund stand.

Überall war schwerer und dunkler Dielenboden verlegt, der den Gesamteindruck der Gemütlichkeit unterstrich. Wenn nicht die schlechte Luft gewesen wäre.

In der Küche lagen vier leere Tabakbeutel der Marke »Schwarzer Krauser«, der Aschenbecher sah dementsprechend voll aus. Eine Tüte mit verschimmeltem Brot lag auf dem Büffet und die Spüle quoll über mit verkrustetem Geschirr. Auf dem Küchentisch stapelten sich Unmengen von beschriebenem Papier und gleich daneben standen zwei leere Flaschen Rum und eine angefangene Flasche Tullamore Whisky. Von der Letzteren schenkte sich Jan Schlick jetzt ein großes Glas ein und trank es zur Hälfte aus.

Mir fiel jetzt erst auf, dass das Gesicht, das eben noch aus dem Fenster schaute, nichts über seine enorme Körpergröße verriet. Ich hätte eher an einen kleinen schmächtigen Kerl gedacht, aber wenn ich ihn jetzt so sah, passte er zu dem Mann mit der Mütze und der Pfeife auf dem Bild. Es ist wohl sein Vater auf dem Bild, dachte ich, als er die Stille durchbrach.

»Und, wie geht es jetzt weiter«, fragte er und strich sich dabei mit dem Handrücken die Whiskyreste vom Kinn.

»Ich möchte Sie überreden, die Sache hier friedlich zu beenden und damit Ihren Freunden Frank und Frauke zu helfen. Natürlich helfen Sie damit auch sich selber.«

»Ja, ja, laber, laber, laber«, sagte er höhnisch. »Was meinen Sie, wie oft ich das schon gehört habe, geben Sie mir lieber eine Zigarette.«

»Gerne, wenn ich dafür eine von Ihrem Tabak drehen darf?«

»Bitte schön, Herr Polizist, bedienen Sie sich.«

»Danke, ich hab nicht gewusst, dass es den Tabak noch gibt. Ist jetzt wohl so zweiundzwanzig Jahre her, als ich den zum ersten Mal geraucht habe. Da war ich achtzehn Jahre jung und dachte, ich kann mit meiner Ausbildung zum Polizisten die Welt ein bisschen besser machen. Das dachte ich übrigens noch bis vor ein paar Tagen.«

»Jetzt denken Sie es nicht mehr?«, fragte Schlick und nahm wieder einen Schluck aus seinem Glas.

»Nein, jetzt glaube ich es nicht mehr und ich habe das erste Mal seit ich Polizist bin das Gefühl, dass ich für diesen Beruf nicht geeignet bin und ich langsam den Boden unter den Füßen verliere. Auch deswegen bin ich diesen Weg gegangen und hab mich gemeinsam mit meinen Kollegen strafbar gemacht. Dabei haben wir gleichzeitig unsere Existenzgrundlage zerstört, sollten wir auf dem Holzweg sein. Selbst wenn wir recht behalten, wird es wahrscheinlich nicht ohne Folgen für uns bleiben.«

»Was soll Ihnen denn schon passieren, außer dass Sie ihren Job verlieren?«, fragte Schlick.

»Unseren Job verlieren? Denken Sie das ist alles? Meinen Sie denn, wir von der Polizei bewegen uns in einem gesetzesfreien Raum? Auch wir unterliegen den Rechten und Pflichten eines jeden Bundesbürgers. Wenn ich unser Strafkonto so anschaue, dann könnten da locker fünf Jahre rausschauen. Ihnen als Ex-Knacki brauch ich wohl nicht zu sagen, was uns Polizisten dort dann blüht.«

»Knast«, seine Miene wurde nachdenklich und für einen Moment war er wieder im Gefängnis, war er wieder in seiner Zelle.

Ja, hallo, da ist ja unsere große Zuckerstange.«

Jan Schlick klappte sein Buch zu und schaute auf.

Er war gerade dabei, eine Biografie von Emanuel Kant zu lesen. Das war ein feiner Mensch, war nie aus seinem Königsberg herausgekommen und war doch so gescheit. Dieser Kant wusste, wie Jan Schlick dachte und fühlte, und darum wurde er ein großer Freund von ihm.

Wenn er seine Zeit abgesessen hatte, dann wollten er und sein Freund Frank gemeinsam das Abitur nachholen und dann studieren. Philosophie sollte es sein, dazu sah er sich berufen. Ein Philanthrop wollte er werden.

»Was liest denn unser Knecht?«

Kongo war in seine Zelle gekommen, zusammen mit seinen drei Bodyguards.

Kongo war ein Zuhälter und Drogendealer. Mit seiner polnisch-russischen Abstammung zählte er zur Ostgang und war bei dieser der zweite Chef. Ein brutaler Haufen, die nie versucht haben, ein normales Leben zu führen. Sie konnten sich nicht unterordnen, außer Ihresgleichen. Und auch dort ging es nicht immer reibungslos.

»Eine Biografie von Emanuel Kant. Sie ist wirklich sehr schön geschrieben. Wollt ihr sie ausleihen?«

Die vier lachten sich schief, bis dieser Kongo eine Handbewegung machte, die wohl heißen sollte: Schluss. Die drei Bodyguards verstummten und nur Kongo selber lächelte noch leise vor sich hin.

»So so, ausleihen willst du uns das Buch und schön geschrieben ist es auch noch. Hör mal zu, Zuckerstange, wir leihen uns nichts aus und etwas schön Geschriebenes mögen wir auch nicht.«

»Aber du kommst doch auch aus Königs…!«

Mit voller Wucht schlug ihm Kongo seine Faust ins Gesicht. Aus seiner Nase lief Blut und er war sich sicher, dass sein Nasenbein gebrochen war.

»Es ist besser, du antwortest erst, wenn ich es dir erlaube!«

Jan versuchte sich wieder zu fangen und sagte: »Ist gut.«

Da hatte er schon die Nächste im Gesicht. Er flog mit dem Kopf gegen die Zellenwand. Sein Jochbein war gebrochen.

»Ich sagte doch, du sollst erst reden, wenn ich es dir erlaube!«

Jan nickte jetzt nur mit dem Kopf.

»So ist es fein. Ich sehe, wir verstehen uns. Das sollten wir nämlich. Weißt du, ich bin heute Morgen aufgestanden und hab mich total einsam gefühlt. Da habe ich mich an den Jan erinnert, der dort oben in seiner Zelle ganz alleine ist und auch bestimmt einsam ist, so ganz ohne Freunde. Wollen wir Freunde sein?«

Jan nickte, was sollte er auch anderes tun. Er musste die nächsten zehn Minuten irgendwie überstehen, dann war Zellenschließung und die Wärter würden kommen. Zehn Minuten.

»Das ist fein. Habt ihr gesehen, er will mein Freund sein«, sagte Kongo an seine Leibwächter gerichtet. Diese nickten und hatten dabei ein Lächeln auf den Lippen.

»Dann musst du mir aber einen Gefallen tun, willst du das tun?«

Jan nickte wieder.

»Na prima, ich hab gewusst, dass du mich magst«, sagte Kongo und fing an, sich seinen Gürtel zu öffnen.

Jetzt wurde Jan klar, was er vorhatte. Er nahm alle Kraft zusammen und sprang vom Bett auf. Er warf sich gegen die drei Leibwächter, die die Tür versperrten und schrie um Hilfe, aber seine Stimme ging im Würgegriff der nahkampferprobten Männer unter. Zwei hielten ihn im Schwitzkasten, der Dritte zog ihm die Hose aus und ließ eine ölige Flüssigkeit auf sein Gesäß laufen. Kongo trat jetzt von hinten an ihn heran und vergewaltigte ihn.

Aus den zehn Minuten wurden gefühlte Stunden.

Jan Schlick wurde weiß im Gesicht, sein Körper zitterte und wurde kaltschweißig.

»Jan was ist los, geht es dir nicht gut?«, fragte Frauke und streichelte seinen Rücken.

»Was? Doch, danke, mir geht es gut. Gefängnis, sagten Sie? Da dürfen Sie nicht hin. Ich werde versuchen Ihnen zu helfen, was muss ich tun?«

»Zuerst muss ich Ihre Version vom Tod meines Kollegen Görges hören, danach werde ich ein wenig telefonieren und versuchen, dass wir hier ohne eine Verhaftung rauskommen.«

»Was, wenn wir doch verhaftet werden?«, fragte Schlick.

»Daran denke ich noch nicht, erst will ich Sie reden hören«, sagte ich und fing an, mir eine Zigarette zu drehen. »Könnte ich vielleicht auch noch einen Schluck von ihrem Whisky bekommen?«

»Ja, sicher, ich glaub nur, dass ich kein sauberes Glas mehr habe«, antwortete Schlick.

»Lass mal, ich mach das«, sagte Frauke und drückte Schlick wieder zurück auf die Küchenbank. Sie räumte das

Spülbecken aus, ließ heißes Wasser einlaufen und fing dann an abzuwaschen.

Ich bekam ein strahlend sauberes Glas und einen großen Schluck Whisky dazu. Die Zigarette hatte ich fertig und ließ sie mir nun schmecken.

»So, Herr Schlick, dann erzählen Sie mal. Frank und Frauke, ihr sagt bitte keinen Ton, verstanden?«

Frank nickte mit bleichem Gesicht. Er gefiel mir nicht. Auch Frauke bewegte, während sie weiterspülte, zustimmend den Kopf.

Schlick saß mir gegenüber und fing an, genau die gleiche Geschichte zu erzählen, die ich schon von Frank und Frauke gehört hatte. Als er fertig war, schaute ich ihn lange an. Blickte dann zu Frauke, die mit dem Abwasch schon fast fertig war. Schwenkte zu Frank, der mit Schweißperlen auf der Stirn schlief.

Ich war mir sicher, dass ihnen kein Richter glauben würde und jeder sie für Jahre hinter Gitter stecken würde. Uns konnten nur noch Aysel und ihre Ergebnisse weiterhelfen. Wenn die auch nichts brachten, dann war der Ofen aus. Ich durfte es so aber nicht an die drei weitergeben, ich musste sie anlügen.

»So wie ich die Sache sehe, haben wir gute Karten, hier heil aus der Sache rauszukommen.«

Schlicks Gesicht wurde hell und die Freude strahlte aus seinen Augen.

»Habt ihr das gehört«, rief er, »wir werden nicht ins Gefängnis gehen. Mensch, Frauke, lass doch den Quatsch mit dem Abwasch, das können wir immer noch machen, wenn wir wieder zurück sind.«

Frauke schaute zuerst mich an und dann Schlick.

»Du hast recht Jan.« Sie legte ihr Geschirrtuch beiseite und steckte sich eine Zigarette an und fragte mich: »Darf ich einen Schluck nehmen?«

»Bitte schön«, sagte ich und reichte ihr mein Glas.

Als sie das Glas mit der rechten Hand nehmen wollte, fiel ihr die Zigarette aus der Hand direkt vor meine Füße. Sie bückte sich, nahm sie in die Hand und flüsterte dabei: »du alter Lügner!«

»He, Frank, freust du dich denn überhaupt nicht?«, fragte Schlick seinen Freund und klopfte ihm auf die Schulter. Er reagierte nicht!

»Leute, was hat Frank denn?«, Schlick sah uns fragend an.

Frauke setzte sich neben ihn auf die Bank und strich ihm sein von Schweiß durchnässtes Haar aus dem Gesicht.

»Frank«, flüsterte sie, »geht es dir nicht gut?«

Er stöhnte nur leise.

»Ich bin vorhin auf seine kaputte Hand gefallen, als du mir die Waffe geklaut hast. Aber wenn ich so darüber nachdenke, hat er die letzten Stunden im Bus auch nicht mehr viel geredet«, sagte ich.

»Seine Finger sind ganz dick und rot, mein Gott, die sind ja ganz heiß«, sagte Frauke und wurde panisch.

»Wir brauchen einen Arzt, schnell«, schrie sie.

»Jetzt mach schon Wilhelm, tu irgendetwas.«

Ich zog mein Handy aus der Jacke und wählte die Nummer von Brinkmann.

»Jung, wie geht's, lang habt ihr nicht mehr, die wollen stürmen«, meldete er sich.

»Wir brauchen einen Arzt, Fausser geht es schlecht. Er ist ohnmächtig und hat Fieber.«

»Schitt noch mol, schau, was sich machen lässt«, sagte er und legte auf.

»Brinkmann leitet alles in die Wege«, sagte ich.

Keine fünf Minuten später klingelte mein Handy und Brinkmann war dran.

»Du sollst an die Tür kommen und den Arzt in Empfang nehmen.«

»Ist gut, mach ich.«

Ich setzte mich in Bewegung in Richtung Haustür. Dort

angekommen, schaute ich zuerst aus dem kleinen Fenster. Ein Notarzt in voller Montur stand bei den Polizeifahrzeugen und wartete darauf, dass sich die Tür öffnete.

»Besonders schlau sind die Kollegen ja gerade nicht«, murmelte ich vor mich hin. In einem der Fahrzeuge spiegelte sich das Haus und so sah ich, dass links und rechts der Haustüre jeweils drei schwarze Gestalten in Lauerstellung hockten. Bereit das Haus zu stürmen, sobald sich die Tür öffnete. Ich machte das Fenster einen Spalt auf und rief: »Hier befindet sich ein Sprengsatz im Haus und der wird gezündet, sobald jemand ungebeten das Haus betritt. Ich bitte euch also, macht keinen Quatsch!«

Zehn Sekunden später zogen sich die Gestalten zurück und ich öffnete die Tür. Mit erhobenen Händen schob ich mich aus dem Haus. Der Nebel fing an sich aufzulösen und das Dorf kam langsam aber sicher zum Vorschein. Gemächlichen Schrittes setzte sich der Notarzt in Bewegung und kam auf mich zu. Er war mit seinen wohl dreißig Jahren sichtlich nervös und seine Stimme zitterte, als er mir sagte, dass ich gerne seinen Koffer kontrollieren könne.

»Nicht nötig«, sagte ich und bat ihn herein.

Er ging an mir vorbei in das Haus und ich schloss die Türe.

»Haben Sie keine Angst, hier drin wird ihnen niemand etwas tun«, sagte Frauke und führte ihn zu Frank. Zusammen mit Jan hatte sie ihn in das kleine Wohnzimmer gebracht und ihn dort auf die Couch gelegt.

Der Arzt kniete sich neben Frank nieder und packte sein Blutdruckmessgerät aus. Nachdem er lange seine rechte Hand angeschaut hatte und das Messgerät abnahm, sagte er mit ernster Miene: »Es geht ihm sehr schlecht, und wenn er nicht schnell in ein Krankenhaus kommt, dann wird er keine zwei Tage mehr leben.«

Frauke schlug sich die Hände vor ihren Mund.

»Was hat er?«, fragte ich.

»Sepsis, Blutvergiftung auf Deutsch.«

»Wie das? Er wurde doch ärztlich versorgt.«

»Vielleicht eine fehlende Tetanusimpfung, was genau kann ich ihnen nicht sagen, passieren kann so etwas immer«, sagte der Arzt und zog eine Spritze auf, deren Inhalt er in Franks Arm injizierte.

»Was geben sie ihm da?«

»Ein Schmerzmittel mit entzündungshemmender Wirkung. Es wird aber nicht reichen.«

»Warum kann er denn nicht hier behandelt werden?«

»Erstens müssen wir ein Blutbild machen, um Gewissheit zu haben. Zweitens können jederzeit seine inneren Organe versagen und drittens braucht er sofort Antibiotika. Wenn Sie ihrem Freund helfen wollen, dann lassen Sie ihn gehen. Jede Minute ist kostbar!«

Ich sah Frauke an, die immer wieder über Franks Kopf strich, wie eine Mutter, die ihr fiebriges Kind behütet.

»Du musst ihn loslassen, Frauke«, sagte ich.

»Ich weiß, Wilhelm, ich weiß und ich will euch auch nicht daran hindern. Wenn es nicht anders geht, dann soll es so sein«, sagte sie mit feuchten Augen.

»Ich kann ihn nicht allein hier herausschaffen. Ich brauche eine Bahre. Wo kann ich telefonieren?«

»Hier im Flur steht das Telefon«, sagte Jan.

»Gut, ich ruf die Klinik an, sie sollen schon alles vorbereiten. Dann wäre jetzt noch das Problem mit dem Transport bis zum NAW«, sagte der Arzt und sah mich Hilfe suchend an.

»Ich glaube, ich habe da schon eine Idee. Rufen sie in der Klinik an, ich setze mich danach mit Brinkmann in Verbindung.«

Zwanzig Minuten später lag Frank im Krankenwagen und war auf dem Weg in die Klinik nach Glückstadt. Brinkmann hatte sich sofort bereit erklärt, mit dem Arzt zusammen Frank mit einer Bahre aus dem Haus in den Wagen zu bringen. Wir bedankten uns noch bei Brinkmann.

»Habt ihr was an der Bulette? Dafür doch nich, sabbelt hier mal nich so rum und schaut lieber, dass ihr zu Potte kommt und wieder Ruhe in meinem Dorf einkehrt.«

»Wir tun unser Möglichstes«, sagte ich und schloss die Tür.

»Wie geht es jetzt weiter?«, fragten mich Jan und Frauke.

»Ehrlich gesagt, ich weiß es nicht!«

Beide schauten mich ungläubig an.

»Tut mir leid, es ist so. Aysel hätte sich schon längst melden müssen, um mir die Ergebnisse der DNA durchzugeben.«

»Warum meldet sie sich nicht?«, fragte Frauke.

»Ich habe eine SMS von ihr bekommen, in der nur ein Wort stand: verhaftet.«

»Dann stecken wir jetzt in der Falle«, jammerte Jan los.

»Wie ich Aysel kenne, hat sie vor ihrer Verhaftung noch genug Hebel in Bewegung gesetzt, um alles am Rollen zu halten. Also bitte ich euch darum, Ruhe zu bewahren. Ich weiß jetzt, dass ihr drei die Werkzeuge wart, um Hans zu töten, ohne dass ihr etwas davon gewusst habt. Wir müssen es jetzt nur noch beweisen können. Ich schlage vor, wir nehmen jetzt einen Schluck von diesem vorzüglichen Whisky und Jan gibt mir nochmal seinen Tabakbeutel. So lässt es sich besser warten.«

Wir gingen in die Küche und schenkten uns Whisky in die Gläser. Als ich begann, mir eine Zigarette zu drehen, fragte Jan: »Was meinen Sie, wie lange wird es noch dauern?«

»Zum Ersten, ich bin der Wilhelm und zum Zweiten, das hängt davon ab, wie schnell unsere Freunde sind, die Aysel vor ihrer Verhaftung benachrichtigt hat.«

»Welche Freunde?«, fragte Frauke.

»Jetzt muss ich leider noch mal ehrlich sein, ich weiß es nicht. Ich habe keine Ahnung, wen Aysel beauftragt hat!«

Wilhelm war sich sicher, dass in Reutlingen alle Hebel in Bewegung waren, um ihnen zu helfen. Er hatte nur eine Sorge, er wusste nicht, ob es immer noch Andy war der diese Hebel bewegte, jetzt wo Aysel verhaftet war. War er schnell genug da unten und konnte er hier oben die Situation lange genug aufrechthalten?

In Reutlingen saßen jetzt zwei Personen an den Hebeln, und diese setzten alles daran die Geschicke in die richtigen Bahnen zu lenken.

»Mann, Andy, jetzt ist es schon zehn Uhr und diese Yvonne hat sich immer noch nicht gemeldet«, maulte Marion.

»Was soll ich denn machen?«

»Ruf noch mal an, vielleicht hat sie ja jetzt die Ergebnisse.«

»Ich habe sie doch schon angerufen und da hat sie gesagt, dass es noch über drei Stunden dauern kann. Du musst dich schon gedulden, Marion.«

»Also deine Ruhe möchte ich einmal haben. Da steckt einer deiner Freunde bis zum Hals im Dreck und du sitzt hier und wartest darauf, dass das Telefon klingelt.«

»Was soll ich denn deiner Ansicht nach tun, bei der Polizei anrufen?«

»Ich weiß doch auch nicht!«

»Siehst du. Möchtest du noch einen Kaffee?«

»Nein.«

»Vielleicht könntest du mir helfen bei meiner Büroarbeit. Ich muss meine Buchhaltung machen, Bestellungen weiterleiten und meinen Lagerbestand überprüfen.«

Marion schaute ihn entgeistert an. »Ich soll deine Tippse spielen?«

»Ich kenne Frauen, die sich darum reißen würden«, sagte Andy.

»Ach ja, und du meinst, ich gehöre dazu?«

»Das habe ich nicht gesagt. Ich wollte dir nur dabei helfen, die Zeit zu vertreiben. Arbeit macht ja bekanntlich den Kopf frei.«

»So, ist das so?«

»Ja, bestimmt sogar, aber wenn du nicht willst, dann mache ich es eben alleine.«

»Nein, ist schon gut, ich helfe dir. Du meinst es ja auch nur gut.«

»Danke für die Einsicht. Komm, ich zeig dir, was du machen kannst.«

Andreas führte sie in seine Büroarbeit ein und gab ihr Aufgaben, die sie gut alleine meistern konnte. Er freute sich, dass er nicht alleine in seinem Büro sitzen musste und Unterhaltung hatte. Er konnte eingehende Anrufe entgegennehmen und sich ganz auf den Anrufer konzentrieren, ohne mit dem Telefon am Ohr seinen Papierkram weiter zu bearbeiten. Dies tat ja jetzt Marion, und nach fünf Stunden Arbeit beschloss er, sich eine Schreibkraft zuzulegen. Sie musste ja nicht jeden Tag da sein, zweimal in der Woche würden schon reichen. Die Uhr zeigte an, dass es kurz nach fünfzehn Uhr war. Ein Anruf von dieser Labor-Yvonne war immer noch nicht eingegangen.

»Zeit für eine Kaffeepause«, sagte Marion und klappte den Ordner mit der Aufschrift »angemahnte Rechnungen« zu.

»Gute Idee, ich mach uns einen.«

»Sag mal Andy, machst du dir immer noch keine Sorgen?«

»Weil das Labor nicht anruft?«

»Ja!«

»Nein, die wird sich schon noch melden.«

In Wirklichkeit hatte er schon um zehn Uhr einen Panikanfall unterdrücken müssen. Wenn Marion nicht hier gewesen wäre, dann würde er schon längst kopflos durch die Wohnung laufen. So musste er sich aber zusammenreißen und eine Ruhe ausstrahlen, die er eigentlich gar nicht hatte.

»Hast du Zigaretten hier?«

»Ja, klar, ich bring sie dir mit dem Kaffee.«

Es dauerte keine zwei Minuten und Andy kam mit dem Kaffee und den Zigaretten zurück ins Büro, das eine Etage tiefer lag.

Marion bedankte sich, nahm die Tasse in die Hand und begann damit, die Crema mit einem Löffel abzuschöpfen. Die schmeckte ihr immer besonders gut. Als die Oberfläche cremalos war, legte sie den Löffel beiseite und nahm den ersten Schluck. Einen guten Kaffee musste sie zelebrieren und hatte Freude daran, wenn sich ihre Geschmacksknospen bei ihr für diesen Genuss bedankten. Sie stellte die Tasse auf den Tisch und zündete sich eine Zigarette an. Den Rauch ließ sie langsam aus dem Mund in die Nase wedeln. Sie schloss die Augen, legte den Kopf in den Nacken und blies genüsslich den Rauch in den Raum.

»Eigentlich sollte ich nicht rauchen.«

»Wieso, bist du krank?«

»Nein, schwanger.« Das sagte sie mit geschlossenen Augen und so beiläufig, als würde sie sich in einer Kneipe ein Bier bestellen.

Andy sagte keinen Ton. Er hatte alle über Jahre hinweg gesammelten persönlichen Erfahrungen mit Frauen in den letzten vierundzwanzig Stunden über Bord geworfen. Sie waren haltlos geworden. Er musste mit seinen vierundvierzig Jahren wieder von vorn anfangen. Anfangen, Frauen erneut zu studieren. Offensichtlich hatte er eine Entwicklung in der Welt der Weibchen verschlafen. Selbstbewusst, frech und vor allem, dass war besonders beängstigend, schlau waren sie geworden. Er wäre wohl heute nicht mehr von diesem Gedanken losgekommen, wenn nicht plötzlich sein

Telefon klingelte und auf der Anzeige die Nummer von der Labor-Yvonne aufleuchtete.

»Andreas Panne«, meldete er sich.

»Hallo hier ist die Yvonne.«

»Hallo, wir haben lange auf dich gewartet.«

»Ja, sorry, war schwieriger als ich dachte. Die Aufgliederung hat ewig gedauert, aber es hat sich gelohnt.«

»Erzähl!«

»Wir haben eine Übereinstimmung mit der DNA, die auf der Patronenhülse gefunden wurde und mit den Zigarrenresten. Die Haare brachten kein Ergebnis.«

»Der Chef persönlich«, murmelte Andy.

»Was sagst du?«

»Ähm, könntest du den Bericht vorbeibringen oder könnte ich ihn mir abholen?«

»Ja, klar, ich werfe ihn dir in den Briefkasten, eine Stunde werde ich wohl noch brauchen.«

»Wunderbar, ich danke dir. Den Rest klären wir, wenn alles vorbei ist.«

»Da brauchen wir nichts klären, Aysel hat schon so viel für mich getan, dass ich richtig froh darüber bin, ihr helfen zu können. Sag schöne Grüße von mir und bis dann.«

Andy sagte noch: »Ciao« und legte dann den Hörer auf.

»Wir haben ihn!«

Marion schaute ihn an: »Sag jetzt nicht, dass es Schumann war.«

»Es sieht wohl so aus.«

Marion war entsetzt.

»Was hat ihn dazu getrieben? Welche Beweggründe hat er gehabt, Hans umzubringen?«

»Ich weiß es nicht Marion, und ich glaube, das herauszufinden, wird die Aufgabe von unseren drei Musketieren sein.«

»Wir müssen Wilhelm anrufen, er wartet doch auf die Ergebnisse.«

»Du hast recht«, sagte Andy und stellte Marion das Telefon hin. Mit zittrigen Fingern nahm sie den Hörer ab und wählte die Nummer von Wilhelms Handy.

Ich blickte auf die Uhr in der Küche, die man noch von Hand aufziehen musste. Wenn sie stimmte, dann war es jetzt fünfzehn Uhr dreißig. Warum melden die sich nicht? Ich wusste, dass man sich auf Andy verlassen konnte. Deshalb wurde ich immer unruhiger und nachdenklicher. Aysel verhaftet, Rüdiger verhaftet, Frank ringt mit dem Leben. Einen hohen Preis hatten wir bis jetzt bezahlt. Wenn jetzt auch noch Andy ausfallen würde, dann wäre die Sache gelaufen. Um Marion machte ich mir die größten Sorgen. Ich hätte schon längst angerufen und gefragt, was los sei, aber ich war mir nicht sicher, ob sie mein Handy nicht schon angezapft haben. Die Einzige, die sich gegen die Lethargie der letzten drei Stunden behaupten konnte, war Frauke.

»Wollte ihr noch Kaffee?«, fragte sie und riss uns damit wieder aus unseren seelischen Löchern heraus.

»Nein, danke, ich kann keinen Tropfen mehr von dieser Plörre trinken. Am liebsten wäre ich jetzt bei Dieter Holzner im Laden. Dort jetzt sitzen und seine Weine probieren und mit einem Hochgenuss seinen Geschichten lauschen, die er über jeden Einzelnen auf Lager hat«, sagte ich.

»Trinkst du gerne Wein?«, fragte Frauke.

»Ja, sehr gerne. Am liebsten die Franzosen.«

»Vielleicht können wir uns dort mal treffen, wenn das alles hier vorbei ist und dann gemeinsam seinen Weingeschichten lauschen.«

»Auf jeden Fall müssen wir das tun. Er wird sich bestimmt über neue Gäste freuen.«

Das Gespräch verstummte wieder, und bevor ich wieder in dieses Loch fiel, stand ich auf, öffnete ein neues Päckchen Zigaretten und steckte mir eine davon an. Ich legte das Feuerzeug wieder auf den Tisch und sah, dass Jan eingeschlafen war. Ein paar Minuten Schlaf werden ihm guttun, dachte ich. Ich setzte mich vor ihn hin und wollte ihn im Schlaf beobachten, als mein Handy klingelte. Auf dem Display stand »Festnetz Panne«.

»Hallo Hiob, welche Botschaft bringst du mir?«, meldete ich mich.

»Hallo?«

»Marion?«

»Ja, ich bin's!«

»Geht es dir gut? Bist du in Sicherheit? Wenn ja, sag mir nicht, wo du bist!«

»Warum nicht?«

»Weil bestimmt mein Telefon abgehört wird und ich auch gleich wieder auflege, damit sie dich nicht orten können.«

»Gut, dann ruf ich dich von woanders an«, sagte Marion und hörte schon ein Knacken in der Leitung.

»Er hat aufgelegt.«

»Hätte gleich daran denken sollen, verdammt. Komm Marion wir fahren nach Tübingen, dort ist heute Flohmarkt auf dem Festplatz und vielleicht finden wir dort eine gebrauchte Prepaidkarte. Dann können sie nur unseren Standort herausfinden, von dem aus wir gerade telefonieren und nicht uns, als neue Besitzer. Bis sie uns geortet haben, sind wir schon wieder weg.«

»Du bist ja ein richtiger Agent, Herr Panne.«

»Hab ich mal in einem Tatort gesehen und für irgendetwas muss ja der sonntägliche Krimi gut sein.«

Das war meine Freundin«, sagte ich und musste dabei meine Tränen unterdrücken.

»Was wollte sie?«, fragte Jan, der mit verschlafenen Augen wieder aufrecht am Tisch saß.

»Ich weiß es nicht. Ich glaube, sie ist in Sicherheit. Die Nummer war von einem Freund, den du an der Pforte unseres Polizeipräsidiums gesehen hast«, sagte ich an Frauke gerichtet.«

»Ach, dessen Auto wir kurz benutzt haben?«

»Ja, genau.«

»Sie will wieder anrufen, sobald sie eine sichere Leitung gefunden hat.«

»Also weiter warten, lange halt ich das nicht mehr aus. Der Whisky ist auch gleich alle«, sagte Jan.

»Ja, aber schau mal, was ich gefunden habe.«

Ich öffnete die Tür des alten Holzofens, der in der Küche stand. Jans Augen schauten angestrengt in die Dunkelheit des Ofens, bis er die drei alten Rumflaschen sah.

»Die sind so alt, dass sogar noch das Hakenkreuz auf der Banderole eingeprägt ist.« Er holte eine heraus und las uns vor, was er auf dem Etikett fand:

»Überseerum 54%, Gebrüder Johnson, Flensburg, Reichskriegsmarine 1941.«

Er öffnete die Flasche und roch daran. Dann füllte er einen Schluck in sein Glas und nippte daran.

»Ihr werdet es nicht glauben, aber der ist erste Sahne.«

»Dann gib uns auch was«, sagte Frauke und wir hielten ihm unsere Gläser hin. Er schenkte jedes bis zur Hälfte ein. Dann stellte er die Flasche auf den Tisch, hob sein Glas und sagte: »Einer für alle!«

Dann hoben wir unsere Gläser und sagten: » Alle für einen!«

Wir leerten die Gläser in einem Zug und beschlossen, die anderen Flaschen für bessere Zeiten aufzuheben.

Die Stimmung hob sich wieder ein wenig und auch der

Himmel öffnete für ein paar Minuten die Wolkendecke, um die Sonne zu uns zu lassen. Frauke schaltete das alte Röhrenradio an. Der Sprecher von NDR2 kündigte Ina Müller mit dem Titel »Wenn ich allein durch Hamburg geh« an. Er wünschte noch einen schönen Tag an seine Hörer und verabschiedete sich ins Wochenende mit dem Versprechen, nicht allein durch Hamburg zu gehen. Leise begann die rauchige, warme Stimme von Frau Müller die Küche zu fluten. Frauke drehte am Lautstärkeregler, um den Genuss, den sie mit ihrer Stimme verbreitete, besser genießen zu können.

Es hätte ein herrlicher Freitagnachmittag sein können. Mit ein wenig Sonne, Rum und Zigaretten in einer urgemütlichen Küche sitzen und über Gott und die Welt reden, dabei alle Sorgen vergessen und das Leben Leben sein lassen. Wir saßen wohl schon eine gute Stunde, als mein Handy klingelte. Marion, dachte ich und nahm den Anruf, ohne auf die Nummer zu schauen, an.

»Marion, was gibt es Neues?«

»Spreche ich mit Hauptkommissar Klein?«, fragte eine Männerstimme.

»Ja, mit wem habe ich das Vergnügen?«

»Mein Name ist Hinnak Richter, ich bin der Einsatzleiter des SEK-Kommandos, das draußen vor Ihrer Türe steht.«

»Angenehm – darf ich Kollege sagen?«, fragte ich um das Gespräch etwas aufzulockern.

»Gerne, allerdings muss ich Sie darauf hinweisen, dass wir in dreißig Minuten das Haus stürmen werden, sofern Sie nicht freiwillig rauskommen wollen. Könnten Sie das Ihren verbliebenen Mitbewohnern klarmachen?«

»Nun, ich werde es versuchen. Versprechen kann ich aber nichts. Ich hoffe jedoch, dass Sie sich den Folgen ihres Handelns bewusst sind. Sollten Sie das Haus stürmen, so kann ich nicht für die Unversehrtheit der im Haus befindlichen Personen garantieren.«

»Wenn Sie mit den drei Personen, Frau Hartmann, Herr Schlick und sich selbst meinen, dann muss ich Ihnen sagen, dass ich für Ihre Sicherheit auch nicht garantieren kann.«

Die wissen, dass wir alleine sind. Der Arzt hatte sie bestimmt darüber informiert, dass wir alleine waren. Verdammt, wir brauchen noch Zeit, dachte ich.

»Hm, nun, ich glaube, Sie haben die Lage erkannt, in der wir uns befinden. Ich würde Sie aber gerne darum bitten, uns noch ein wenig mehr Zeit zu geben. Ich verspreche Ihnen, wir werden herauskommen, sobald wir alles geklärt haben.«

»Ich weiß nicht, was es da zu klären gibt, Herr Klein. Was immer Sie mit ihrer Tat auch vollbringen wollten, Sie sind gescheitert.«

»Lassen Sie mich bitte erklären, um was es geht«, flehte ich den SEK-Beamten an.

»Ich gebe Ihnen fünf Minuten.«

Ohne Umschweife erzählte ich ihm die ganze Geschichte und appellierte an ihn, mir zu glauben.

»So, Sie warten also nur noch auf das Ergebnis einer DNA-Analyse. Herr Klein, Sie müssen verstehen, dass Ihre Story für mich schon ziemlich abenteuerlich klingt. Da mir aber meine Jungs wichtig sind und ich Sie auch gerne unversehrt haben möchte, mache ich aus den dreißig Minuten sechzig. In einer Stunde melde ich mich wieder. Wenn Sie dann nicht freiwillig rauskommen, werde ich das Gebäude stürmen. Ich habe Vorgesetzte, und die wollen diese Sache so schnell wie möglich vom Tisch haben.«

»Gut, ich danke Ihnen für die zusätzlichen dreißig Minuten und hätte da noch eine Bitte.«

»Was möchten Sie?«

»Das Fahrzeug, mit dem wir hier hochgekommen sind, steht am Borsflether Wisch. Es ist ein alter grüner VW-Bus. Schauen Sie sich die Unfallspuren an und dann versuchen Sie, das Auto von Herrn Schumann zu finden. Die Unfallspuren an seinem Fahrzeug müssten zu denen an unserem Fahrzeug passen.«

Ich wusste, dass ich pokerte, aber mir blieb nichts anderes übrig, um eventuell doch noch etwas mehr Zeit für uns herauszuholen für den Fall, dass sich Marion in den verbleibenden sechzig Minuten nicht meldete.

»Herr Schumann ist nach eigener Aussage mit dem Zug hier hochgefahren. Er hat dies soeben mit einer gelösten Fahrkarte von Stuttgart nach Hamburg belegt. Herr Klein, schauen Sie, dass Sie Ihre Sache in sechzig Minuten geregelt haben«, sagte Hinnak Richter mit böser Stimme und legte auf.

»Verdammter Mist, der hat wirklich an alles gedacht«, fluchte ich.

Jan begann zu weinen und fiel in das alte Muster zurück, in das Muster in dem wir ihn angetroffen hatten.

»Ich geh nicht in den Knast, ich hab noch die Pistole. Die sollen ruhig versuchen, mich zu holen, ich knall sie alle ab.«

»Du bist tot, noch ehe du einmal geschossen hast. Mit denen ist nicht zu spaßen. Die verstehen ihr Handwerk, das ist eine Elitetruppe. Also, lass es lieber.«

»Ach, Wilhelm, du bist doch auch einer von denen, ich hätte dich nicht reinlassen sollen. Bis ihr kamt, war alles in Ordnung und ich hatte die Lage im Griff. Was wollt ihr eigentlich noch hier, ihr könnt ruhig gehen. Los, haut ab«, brüllte er uns jetzt an.

Frauke versuchte ihn zu beruhigen und auf ihn einzureden, doch die Situation richtig einzuschätzen. Aber er wurde immer wilder und ich befürchtete schon das Schlimmste, als mein Handy abermals klingelte.

Wir sind hier nicht bei einem türkischen Basar in Istanbul, und einen Preis für den größten Geiz erhalten wir auch nicht«, schimpfte Marion. »Wenn du die nächste Karte nicht kaufst, dann kündige ich dir die Freundschaft, und zwar auf der Stelle.«

»Hast du die letzten drei Karten gesehen? Total versifft und die Kontakte waren auch schon oxidiert. Entschuldigung, aber da kommt dann der Kaufmann in mir durch«, wehrte sich Andy.

»Mag sein, aber es ist doch dringend.«

»Also gut, die Nächste kaufen wir, versprochen.«

Keine zehn Minuten später hatten sie eine Karte für zehn Euro erstanden, auf der sich noch ein Guthaben von fünf Euro befinden sollte.

»Wenn du uns anschmierst, dann komme ich wieder«, pöbelte Andy den jungen Trödelverkäufer mit Rastalocken an. Marion lächelte entschuldigend und schob Andy auf die Seite, der schon wieder seinen Mund öffnen wollte, um noch etwas nachzulegen.

»Komm jetzt, wir brauchen noch mehr Guthaben«, sagte sie ihm und zog ihn weiter.

»Wenn der uns übers Ohr gehauen hat.«

»Jetzt lass doch gut sein.«

»Ich komm wieder, das sag ich dir«, rief er dem Verkäufer aus zehn Metern Entfernung zu. So laut, dass sich die Besucher des Flohmarkts zu ihnen umdrehten und sie anschauten.

»Hältst du jetzt die Klappe. Es schauen schon alle.«

Andy zog sich seine Lederjacke mit Fellkragen zurecht und sagte dann: »Ist ja gut, Marion, lass uns gehen.«

Am nächsten Kiosk kauften sie sich eine Karte für dreißig Euro, um die eben erstandene Karte aufzuladen. Marion steckte die Karte in ihr Handy, und tatsächlich, sie funktionierte, und auch die fünf Euro Guthaben waren drauf.

»Dafür gehst du nachher zurück und entschuldigst dich bei ihm, verstanden!«, sagte Marion.

»Muss das sein?«

»Ja, das muss sein!«

Auch das Aufladen der Karte klappte. Mit einem Guthaben von fünfunddreißig Euro wählte sie die Nummer von Wilhelms Handy. Andy war in einen Feldweg eingebogen und stellte den schweren Motor seines Chryslers ab, obwohl man ihn fast nicht hörte im Innenraum.

»The member you call is temporarily not available«, drang es aus dem Handy. Marion nahm das Handy vom Ohr und schaute auf das Display.

»Mann, ich hab mich verwählt.«

»Bleib ruhig, Marion, dein Wilhelm hat alles im Griff. Du brauchst dich nicht aufregen«, sagte Andy.

»Du hast bestimmt recht.«

Sie wählte erneut, und diesmal klingelte es am anderen Ende. Nach dem vierten Klingeln wurde abgehoben.

»Klein!«, meldete sich Wilhelm.

»Du kannst den Arschlöchern sagen, sie sollen ruhig kommen. Ich knall sie alle ab und werde die letzte Kugel für mich aufheben«, rief ein Mann im Hintergrund.

»Halte jetzt endlich den Mund«, schrie eine Frau mit hysterischer Stimme. »Du weißt doch gar nicht wer das ist.«

Dann hörte man nur noch, wie der Mann anfing zu weinen und die Frau sagte: »Ist gut Jan, wir werden es schaffen. Es kann nicht alles umsonst gewesen sein!«

»Wilhelm, was ist los bei dir?«, rief Marion in das Telefon.

»Marion, du bist es, Gott sei Dank! Du rufst im richtigen Moment an. Hör zu was ich dir jetzt sage. Die Ergebnisse, wenn sie positiv ausgefallen sind, dann sag nur ja, sonst nichts!«

»Ja!«

Marion hörte, wie Wilhelm schluckte.

»Wilhelm, ich mach mir solche Sorgen.«

»Jetzt wird alles gut, du musst es irgendwie publik machen. Die Ergebnisse müssen mit der Geschichte an die Öffentlichkeit.«

»Wir bringen sie sofort zu deinen Kollegen.«

»Nein, das dürft ihr nicht tun. Ich weiß nicht, wer alles manipuliert wurde. Ihr müsst einen anderen Weg finden. Der Kater ist viel zu schlau für mich. Er ist uns immer einen Schritt voraus. Bringt es also nicht zu meinen Kollegen, da er diesen Schritt bestimmt schon abgedeckt hat.«

»Was soll ich dann damit tun?«, fragte Marion mit bedrückter Stimme.

»Versuch es bei dem Pannenservice, den du nicht magst. Dem wird bestimmt etwas einfallen.«

»Pannenservice? Ach den«, sagte Marion, als Andy sie anstupste und auf sich zeigte.

»Ja, weißt du, so schlecht ist der gar nicht.«

»Marion, ich muss auflegen. Ich liebe dich!«

»Ich liebe dich auch.«

Ein leises Klicken, die Verbindung wurde beendet.

Marion drückte auf den roten Knopf an ihrem Handy und schaute Andy an.

»Wir dürfen die Ergebnisse nicht an die Polizei weitergeben.«

»Warum nicht?«

»Wilhelm denkt, dass ein Teil seiner Kollegen von Schumann manipuliert wurde.«

»Und was machen wir jetzt?«

»Das soll ich dich fragen. Er hat gesagt, ich soll mich an dich wenden.«

»Jetzt soll ich die Welt retten? So habe ich mir das aber nicht gedacht.«

»Jetzt überleg doch mal, wie können wir die Ergebnisse an die Öffentlichkeit bringen, ohne dass die andere Seite etwas davon mitbekommt?«

»Mein Vorschlag: Wir fahren jetzt erst mal zu mir nach

Hause. Dort machen wir eine Flasche Amarone auf und überlegen gemeinsam, was wir tun können.«

»Gute Idee, Andy, nur können wir uns nicht viel Zeit lassen. Wir müssen handeln!«

Wilhelm beendete das Gespräch und fühlte sich wie ein Ertrinkender, der das rettende Ufer vor sich sah aber genau wusste, dass er es nicht erreichen würde. Andreas und Marion mussten die Ergebnisse bekannt machen, sie mussten sie an die Öffentlichkeit bringen. Er überlegte, wie man dies bewerkstelligen könnte, aber ihm fiel nichts ein. In ihm schwand immer mehr die Hoffnung, diese Geschichte mit einem blauen Auge abschließen zu können. Dennoch behielt er die Nerven und hielt sein kleines Kartenhaus aufrecht, das er so mühsam in dieser kleinen Fischerhütte, in Jan Schlicks Zuflucht aufgebaut hatte.

»Wir haben ihn! Schumann muss die Patrone in den Bolzenschussapparat getan haben. Seine DNA stimmt mit der an der Patrone gefundenen überein.«

Jan und Frauke schauten mich an.

»Dann können wir jetzt gehen«, sagte Jan und strahlte mich an.

»So einfach ist das nicht. Die Ergebnisse müssen erst an die Öffentlichkeit. Bis dahin müssen wir jetzt erst mal aufgeben und uns verhaften lassen«, sagte ich.

Jans Gesichtsausdruck verfinsterte sich wieder. Er tippte mit dem rechten Zeigefinger gegen seine Stirn.

»Du spinnst ja«, sagte er. »Jetzt, wo ich, ich meine, wo wir wissen, dass wir unschuldig sind und alles eine Falle war, jetzt sollen wir uns verhaften lassen?«

»Wir kommen nicht ins Gefängnis. Zuerst werden wir verhört, das wird schon mehrere Tage im Anspruch nehmen. Wenn wir bis dahin noch nicht die Beweise veröffentlicht haben, müssen wir in die U-Haft. Soweit wird es aber nicht kommen. Vertrau mir Jan, ich gebe Schumann noch maximal zwei Tage, dann ist er erledigt.«

»Ach ja? Woher weißt du das denn? Nein, nein mein Lieber, ich bleibe dann doch lieber bei meinem Vorhaben. Vielleicht war der Anruf eben auch nur eine Falle. Ja, genau, ich soll schon wieder reingelegt werden. Frauke, der Kerl ist nicht koscher, geh weg von ihm.«

Mit einem Mal hatte Jan seine Pistole in der Hand und zielte mit zittriger Hand auf mich.

»Mann, Jan, denkst du wirklich, du könntest mich treffen? Schau dich doch an, wie du zitterst.«

»Ich würde es nicht darauf ankommen lassen! Was ist mit dir Frauke, bleibst du hier oder willst du mit dem Bullen das Haus verlassen?«

Frauke schaute mich mit einem Rat suchenden Blick an.

»Ich weiß es nicht!«

»Gut, dann verschwindet jetzt, beide.«

»Tut mir leid Jan, aber das kann ich nicht zulassen«, sagte ich und ging auf Jan zu.

»Bleib stehen, ich schwöre, ich drück ab«, sagte er und ließ dabei seine Pistole immer wieder von mir hinüber zu Frauke schwenken.

»Das wirst du nicht tun. Du bist kein Mörder, du bist ein guter Mensch und die da draußen sollen es auch wissen. Deshalb gibst du mir jetzt die Waffe, und wir gehen gemeinsam dort raus.«

»Keinen Schritt weiter, ich warne dich.«

Er zielte jetzt mit der Waffe vor meine Füße. Sein Gesicht verspannte sich. Seinen Kopf drehte er leicht zur Seite, um nicht von dem lauten Knall, den er gleich aus seiner Waffe erwartete, wenn er sie abfeuerte, erschreckt zu werden. Doch außer einem leisen Klick des Schlagbolzens, der ins Leere schlug, blieb es still in der Küche. Ich machte einen Schritt vor und hielt den Lauf der Pistole mit der rechten

Hand fest. Jan schaute mich erstaunt an, seine Hand glitt von der Waffe. Dann ließ er sich auf seine Knie fallen. Er vergrub sein Gesicht in seinen Händen. Frauke setzte sich neben ihn auf den Boden. Sie nahm ihn in den Arm.

Aus der Pistole hatte ich gleich nach Betreten des Hauses die Patronen entfernt, ohne dass es jemand bemerkt hatte.

Ich nahm mein Handy in die linke Hand und tippte eine Nummer ein, die ich vor zwei Tagen noch nicht kannte. Die Nummer einer Person, die mir ans Herz gewachsen war, in nur zwei Tagen. Es klingelte und kurz darauf wurde das Gespräch angenommen.

»Jung, was macht ihr denn da drin? Die stehen hier draußen schon in den Startlöchern«, kam die Stimme von Brinkmann aus meinem Handy. Kaum hatte ich die Waffe in der Hand, wählte ich Brinkmanns Telefonnummer.

»Kollege Brinkmann, wären Sie so freundlich und sagen den Kollegen, dass wir in zwanzig Minuten das Haus ohne Widerstand und unbewaffnet verlassen werden?«

»Mach ich, Kerl. Das eine will ich dir aber noch sagen. Da läuft eine Riesensauerei. Ein Mordsgekuttel is hier im Gange. Dieser Schumann würde euch am liebsten über den Haufen knallen, wenn ihr das Haus verlasst. Ik heff mien Lüüd Bescheed seggt, dass sie auf ihn aufpassen sollen.«

»Vielen Dank, Herr Brinkmann. Ich bin froh und dankbar, dass Sie so neutral sind.«

»Kein Problem, jetzt kommt erst mal raus, und wenn alles vorbei ist, dann trinken wir einen anständigen Rum und roken ne Piep dazu.«

»Da freue ich mich schon drauf«, sagte ich, ohne dass ich alles verstanden hatte, und legte auf.

Frauke versuchte immer noch, Jan zu trösten. Ich nahm die angefangene Flasche Rum und füllte die drei Gläser bis zur Hälfte. Dann schaltete ich das Radio wieder ein und reichte jedem ein Glas und je eine meiner letzten Zigaretten.

»Ich schwöre euch, das wird nicht der letzte Rum sein,

den wir gemeinsam trinken. Wir müssen nachher langsam und einzeln das Haus verlassen. Frauke geht zuerst, dann Jan, und ich zum Schluss.«

»Wieso gehen wir nicht zusammen raus?«, fragte Frauke.

»Wenn irgendetwas schiefgeht. Wenn einer von den SEK-Leuten die Nerven verliert und anfängt zu schießen, dann wird das einen Dominoeffekt haben und alle werden unkontrolliert durch die Gegend schießen. Keiner von uns wird da dann heil rauskommen. Gehen wir einzeln, so wird nur einer von uns in Mitleidenschaft gezogen.«

»Meinst du wirklich, dass so was passieren kann?«

»Hättest du mich das vor zwei Wochen gefragt, dann hätte ich dir ganz klar mit einem Nein geantwortet. Aus dem jetzigen Stand der Dinge heraus muss ich sagen, ich bin mir nicht mehr sicher, dass so was nicht passiert.«

Jan hatte von dem Gespräch nichts mitbekommen. Er saß immer noch auf dem Boden und hielt sein Glas fest.

»Jan, lass uns anstoßen: Auf dein neues Leben und auf die Zukunft.«

»Wilhelm, hör auf mit dem Geschwafel, es gibt kein neues Leben für mich und schon gar keine Zukunft. Alles endet hier und heute.«

»Dann lass uns wenigstens noch gemeinsam unsere Gläser leeren und für zehn Minuten die Welt da draußen vergessen«, sagte Frauke.

Jan sah sie an. Aus seinen Augen kullerten Tränen über seine Backen. Er erhob sich, zündete eine der Zigaretten an und nahm einen tiefen Zug. Wir taten es ihm gleich. Dann hielt er uns sein Glas hin und sagte: »Auf die Zukunft!«

»Auf die Zukunft, Jan!«

Aus dem Radio drang »Bring ´em Home« von Bruce Springsteen. Der Rum lief unsere Kehlen runter und brannte. Jan war glücklich und schloss die Augen. Er stellte sein Glas auf den Tisch und wiegte seinen großen Körper mit der Musik. Er nahm noch einen Zug von seiner Zigarette. Sah uns an. Lächelte und rannte los. Die Haustüre flog auf und keinen Augenblick später brach ein Inferno, ausgelöst von Maschinenpistolen, über das kleine Fischerhaus herein.

Frauke schrie mit weit aufgerissenem Mund. Sie sah aus, als würde sie jeden Augenblick den Verstand verlieren. Ich riss sie zu Boden und legte mich auf sie, um sie vor umherfliegenden Glassplittern zu schützen. Es waren nur Sekunden, die der Beschuss dauerte und als es aufhörte und keine Kugeln mehr flogen, wurden Befehle durch die Luft gerufen. Es war Gepolter und Schritte von schweren Stiefeln zu hören. Dann waren sie da. Die schwarzen SEK-Beamten mit ihren kreisenden Maschinenpistolen. Laut schreiend rissen sie uns auseinander. Kabelbinder schnitten in unsere Handgelenke. Dann wurden wir brutal auf die Beine gestellt, und wie Trophäen auf die Straße bugsiert.

Jan lag auf dem Boden. Er hatte es keine fünf Meter geschafft. Sein Körper lag total abstrus verdreht im nassen Laub, das auf der Straße lag. Blut lief aus unzähligen Einschusslöchern aus ihm heraus. Keiner war bei ihm, es war für alle klar, dass er tot war! Er hatte es so gewollt und keiner hätte ihn davon abbringen können. Alle Bemühungen, ihn von der Wichtigkeit seines Daseins zu überzeugen, hatten nicht geholfen. Seine Angst, ins Gefängnis zu müssen war größer als der Drang und der Hang des Menschen am Leben.

An Jans totem Körper vorbei wurden wir in einen Transporter gestoßen und auf einem der Sitze fixiert. Aus dem Fenster heraus konnten wir die Dorfstraße sehen, die an beiden Enden mit einem Flatterband abgesperrt war. Dahinter tummelte sich die bunte Schar von Journalisten und Dorfbewohnern. Beide hatten ihre Erlebnisse gehabt. Die einen hatten ihre Schlagzeile und die anderen die Gewissheit, dass ihr Dörfchen nicht mehr der heile Ort sein würde, der er einmal gewesen war. Gewalt hatte Einzug gehalten und den Dorfbewohnern klargemacht, dass sie nicht am Ende der Welt wohnten.

Die Fahrt ging durch das Dorf in Richtung Glückstadt. Als unser Transporter an der kleinen Dorfkirche vorbeikam, standen dort neun schwere, schwarze Limousinen einer schwäbischen Automarke. Die Einsatzfahrzeuge des SEK. Ein durchtrainierter Beamter in der typischen schwarzen Kleidung dieser Spezialtruppe stand zusammen mit Schumann bei den Fahrzeugen. Sie unterhielten sich. Als unser Fahrzeug an ihnen vorbeifuhr, sahen beide auf, und in Schumanns Augen konnte man den Triumph sehen, den er genoss, als er uns sah. Ich wich seinem Blick nicht aus und versuchte, mir nichts anmerken zu lassen. Ich wollte ihnen zeigen, dass ich noch die Oberhand in dem ganzen, tragischen Spiel in den Händen halte. Für einen Augenblick dachte, ich ein Zucken in Schumanns Zügen zu erkennen, aber schon waren wir an den Fahrzeugen vorbei und bogen rechts auf die Hauptstraße ab.

Zurück in seiner Wohnung versucht Andy mit Marion eine Lösung zu finden, um die Ergebnisse der DNA-Probe an die Öffentlichkeit zu bringen. Wie Andy so ist, versucht er erst mal das hektische Treiben von Marion zu unterbinden, um den Kopf freizuhaben für vorbeifliegende Ideen.

»Du, lass das mal lieber mit der Flasche Amarone und mach lieber einen dieser Espresso von der Sorte ›Der beste der Welt‹.«

»Keinen Wein?«, fragte Andy traurig.

»Nein, besser nicht, wir müssen doch noch nachdenken.«

»Okay, dann eben Espresso, auch gut.«

Andy machte sich an der Maschine zu schaffen und Marion dachte an ihren Wilhelm.

Wo steckt der jetzt wohl? Wie geht es ihm? Rüdiger ist bei ihm, der wird schon auf ihn aufpassen. Er muss ja heil zurückkommen, er will mich ja heiraten.

»So, hier der Espresso!«

Andy riss sie aus ihren Gedanken.

»Oh, danke.«

»Wie geht es jetzt weiter?«, fragte Andy.

»Das fragst du mich schon zum zweiten Mal. Du bist doch der Pannenservice.«

Andy hielt die kleine Espressotasse mit beiden Händen dicht vor seinen Mund. Die Ellenbogen hatte er auf den Lehnen seines Bürostuhls abgestützt. Sein Blick wanderte an Marion vorbei zur kahlen Wand seines Büros.

»Geht's dir gut?«, fragte Marion, nachdem es über zehn Minuten keine Regung bei ihm gab.

»Ich muss an die frische Luft«, sagte er und nahm seine Jacke vom Haken.

»Mach dir keine Sorgen, ich muss nachdenken. In einer Stunde, höchstens, bin ich wieder da.«

Ohne ein weiteres Wort schloss er die Tür hinter sich. Marion beobachtete durch das Fenster, wie er das Haus verließ, sich eine Zigarette anzündete und in seinem Machogang über den Hof ging. Was für ein großer, einsamer, liebenswerter und sonderbarer Mensch doch dieser Andy ist, dachte Marion. Sie zog den Vorhang des Fensters wieder zu. Nach einer guten halben Stunde, Marion hatte sich in einem Anfall von Müdigkeit auf das Sofa in Andys Wohnzimmer gelegt, kam Andy mit lautem Gepolter zurück.

»Marion, wo bist du?«

»Hier im Wohnzimmer.«

»Wie hieß die Journalistin, die Wilhelm während der Pressekonferenz verhaftet hat?«, fragte er, während er die Tür aufriss.

»Woher weißt du denn davon?«, fragte Marion.

»Von Aysel, aber erzähle es nicht weiter. Wenn es kein Notfall wäre, hätte ich es jetzt auch nicht gesagt. Wenn Wilhelm davon erfährt, wird er stinksauer sein.«

»Keine Sorge, ich sag nichts weiter. Um zu deiner Frage zurückzukommen: Sie heißt Ilona Stoll.«

»Richtig.«

Er setzte sich vor seinen Computer und befragte das Internet nach der Telefonnummer dieser Frau Stoll.

»Hier ist sie. Ich ruf sie gleich an.«

»Halt, es wäre schön von dir, wenn du mich in deinen Plan einweihen würdest.«

»Entschuldige, diese Stoll hat Wilhelm ihre Hilfe angeboten, sollte er sie einmal brauchen. Gibt es einen besseren Zeitpunkt als diesen, um ihre Hilfe anzufordern?«

»Was soll sie denn machen?«

»Sie soll die Ergebnisse der DNA-Proben veröffentlichen.«

»Und du meinst, man kann ihr vertrauen?«

»Haben wir eine Wahl?«

»Nein.«

»Also, soll ich jetzt anrufen?«

»Ruf an, Andy.«

»Es wird alles gut, mach dir keine Sorgen. Du wirst sehen, am nächsten Freitag sitzen wir alle zusammen und werden an heute zurückdenken. Dann werden wir sagen: Wir haben alles richtig gemacht.«

Marion drückte ein gequältes Lächeln hervor und reichte Andy das Telefon.

Andy wählte die Nummer der Stoll und hielt sich den Hörer ans Ohr.

»Guten Tag, mein Name ist Andreas Panne. Spreche ich mit Ilona Stoll vom Stadt-Anzeiger? Sehr schön. Ich rufe Sie an, weil wir Ihre Hilfe benötigen!«

Andys Miene verfinsterte sich.

»Ja, ich weiß, dass ich nicht mit der Feuerwehr telefoniere«, schnodderte er in den Hörer.

»Nein, Ihre Zeit will ich Ihnen auch nicht stehlen.«

Andys Gesichtsausdruck wurde immer finsterer.

»Nein, jetzt hören Sie mir zu«, brüllte er in den Apparat, »wenn Sie nicht in einer halben Stunde Ihren süßen

Hintern hier auf meinem Bürostuhl breit drücken und sich unsere Geschichte anhören, dann werde ich bei Ihnen vorbeikommen und Ihnen in den selbigen treten! Und zwar so, dass sie die nächsten drei Wochen unter Verstopfungen leiden! Danach werden Sie sich wahrscheinlich selber in diesen beißen, weil Sie dann wissen, dass Sie sich die Story ihres Lebens durch die Lappen haben gehen lassen. Mein Name ist Andreas Panne und meine Adresse steht im Telefonbuch.«

Mit diesen Worten legte er den Hörer auf und sah Marion an, die mit weit geöffnetem Mund dasaß und ihn anstarrte.

»Ist was?«, fragte er.

»Was hast du da eben gemacht?«

»Ich hab der Frau Stoll die Meinung gegeigt und jetzt ist sie auf dem Weg hierher.«

»Hat sie das gesagt?«

»Nein, aber ich weiß es.«

»Mann, Andy, du hast vielleicht gerade unsere einzige Chance verspielt, Wilhelm zu helfen.«

»Wenn sie in einer halben Stunde nicht da ist, dann ruf ich noch mal bei ihr an. Nur, soweit wird es nicht kommen, darauf würde ich jede Wette eingehen.«

»Was macht dich da so sicher?«

»Erfahrung, vielleicht? Ich weiß es nicht, ist halt so.«

Es dauerte keine zwanzig Minuten und Ilona Stoll kam mit einem BMW-Cabrio in den Hof gefahren.

»Du gibst mir immer mehr Rätsel auf, Herr Panne«, sagte Marion und öffnete Ilona Stoll die Türe.

»Entschuldigen Sie, wenn ich eben am Telefon unhöflich war, aber Sie glauben ja nicht, wie viele Anrufe ich am Tag von Leuten bekomme, die mich einfach nur zumüllen wollen«, sagte die Stoll, als sie Andy die Hand gab.

Marion verstand die Welt nicht mehr, hatte sie doch damit gerechnet, dass die Frau Andy keines Blickes würdigen werde. Stattdessen entschuldigte sie sich auch noch bei ihm. Andy merkte wohl, wie verdutzt Marion war.

»Das glaube ich Ihnen aufs Wort, mir geht es ähnlich. Wollen Sie einen Espresso?«

Das schlug nun dem Fass den Boden aus. Hatte er es doch tatsächlich geschafft, die Journalistin, die eigentlich mit allen Wassern hätte gewaschen sein müssen, um den Finger zu wickeln.

»Sehr gern, Herr Panne, ich habe gehört, Sie sollen ja so eine Art Messias des Kaffees sein.«

Marion hielt es nicht mehr aus.

»So lange du den Kaffee bereitest, werde ich die liebe Frau Stoll über unsere Situation aufklären. So verlieren wir keine Zeit.«

»Ach lassen Sie mal, ich hab mir für den Rest des Tages freigenommen. Wer sind Sie denn eigentlich?«, fragte die Stoll mit einem gewissen stutenbissigen Unterton.

»Ich bin die Marion und die Freundin, ich meine, die Verlobte von Wilhelm Klein.«

Wie vom Blitz getroffen stand jetzt die Stoll da.

»Sie sind die Verlobte von Wilhelm Klein?«, stammelte sie.

»Ja, warum?«

»Weil Sie noch so locker dastehen und einen Eindruck der Ruhe vermitteln.«

Marion stutzte.

»Warum sollte ich das nicht tun?«

Der Stoll merkte man an, dass sie nicht wusste, wie sie die Situation einschätzen sollte.

»Wegen der Meldung aus diesem Nest in Norddeutschland«, sagte sie.

»Welche Meldung?«

Die wissen noch überhaupt nichts, dachte die Stoll und Andy hörte auf, das Espressopulver in den Siebträger zu drücken.

»Von der Geiselnahme und Gefangenenbefreiung durch Ihren Mann und seinen Kollegen.«

Marion wurde kreidebleich.
»Entschuldigung«, sagte sie und rannte auf die Toilette um sich zu übergeben.
»Brauchst du Hilfe?«, fragte Andy, der ihr auf die Toilette gefolgt war.
»Nein, es geht schon«, sagte sie und fing an zu weinen.
»Was hat mein Wilhelm da gemacht? Kannst du das verstehen?«
»Ja, kann ich. Aysel hat mir alles erzählt, ich wusste nur nicht, dass die Medien schon darüber Bescheid wissen.«
»Seit über zwei Stunden kommt nichts anderes mehr über den Ticker«, sagte die Stoll, die plötzlich hinter Andy stand.
»Haben Sie denn noch kein Radio gehört oder Fernsehen geschaut?«
»Nein, wir hatten zu tun«, sagte Marion.
Andy ging ins Wohnzimmer zurück und schaltete seinen Fernseher ein. Marion spülte sich den Mund aus und setzte sich dann vor das Gerät. Im Wortschwall eines Journalisten, den man nicht sah, flogen die bewegten Bilder an ihnen vorbei. Fassungslos schauten sie auf das Szenario, das sich dort abspielte: Ein Toter lag auf dem Asphalt, abgedeckt mit einer Plastikplane, die nicht groß genug war, um das Blut zu verdecken, das aus seinem Körper herausgeflossen war. Dahinter sah man ein kleines Häuschen, dessen Fenster zerschossen waren. Der Fassade nach hätte das Häuschen auch im Kosovo, Afghanistan oder einem anderen Kriegsgebiet stehen können, so zerschossen sah es aus.
»Der Tod des 26-jährigen Jan Schlick, der zusammen mit zwei weiteren Komplizen, des Mordes an einem Polizisten beschuldigt wird, sei unvermeidbar gewesen, so der Leiter des SEK Hinnak Richter. Die beiden Komplizen sind in Polizeigewahrsam. Noch unklar ist die Verstrickung von drei Polizeibeamten, die den beiden lebenden Mördern zur Flucht verholfen haben sollen. Es wird eine lückenlose Aufklärung des Falles geben, so der Vorgesetzte der drei verhaf-

teten Beamten, Kriminalrat Karl Schumann. Im Raum steht auch noch die rätselhafte Aussage des Leiters des hiesigen Polizeipostens, Johann Brinkmann. Ich glaube, dass sich mehr hinter diesem Drama, das sich hier abgespielt hat verbirgt, als die meisten hier glauben. Sollte es neue Erkenntnisse zu diesem Thema geben, so werden wir sie selbstverständlich unterrichten«, sagte jetzt die schöne Moderatorin des Nachrichtenmagazins und wechselte zu den News aus der Promiwelt.

»Das glaub ich jetzt nicht«, sagte Andy und schlug mit der Faust fest auf den Tisch, der den Schlag mit einem verdächtigen Knacken und hochspringenden Espressotassen kommentierte. Die Stoll zuckte zusammen und hielt ihre Handtasche fest.

»Da läuft der Schumann noch frei herum, schwingt große Reden von lückenloser Aufklärung, und Wilhelm, Rüdiger und Aysel werden verhaftet. Wo bleibt da bitte die Gerechtigkeit?«

Jetzt schrillten sämtliche Alarmglocken der Ilona Stoll.

»Wie meinen Sie das, Herr Panne?«

»Was meine ich?«, maulte Andy zurück.

»Das mit Herrn Schumann, dass er noch frei rumläuft.«

»Deswegen sind Sie da«, meldete sich jetzt Marion zu Wort.

»Wir haben Beweise, dass Schumann seinen Kollegen Hans Görges ermordet hat oder dazu beitrug, dass er stirbt.«

Die Journalistin sah die beiden überrascht an.

»Ja, aber warum gehen sie denn dann nicht zur Polizei damit?«

»Weil wir nicht wissen, wer von der Polizei mit drinhängt. Wir würden uns selber in Gefahr bringen. Wilhelm hat uns dies ausdrücklich untersagt.«

»Das kann ich nicht glauben. Korruption bei unserer Polizei und dann soll auch noch unser Saubermann, Karl Schumann, darin verwickelt sein. Nicht nur das, nein, er soll vielleicht sogar noch der Drahtzieher der ganzen Sache sein. Wissen Sie, was Sie da sagen?«

»Ich ...«, wollte Andy ansetzen.

»Wir«, korrigierte Marion.

»Wir würden es nicht sagen, wenn es nicht so wäre.«

»Was haben Sie denn für Beweise?«

»Schumanns DNA an der Tatwaffe!«

»Schumanns DNA, sind Sie sich da sicher?«

»So sicher, wie eine DNA-Spur eben ist«, sagte Marion und rieb sich dabei die Schläfen.

»Ich muss telefonieren«, sagte die Stoll und erhob sich, um das Wohnzimmer zu verlassen.

Andy ging ihr hinterher und nahm ihr von hinten das Handy aus der Hand.

»Wenn Sie telefonieren müssen, dann hier und nirgendwo anders«, sagte er mit ernster Stimme.

»Selbstverständlich«, sagte sie und hielt ihre Hand hin, um das Handy wiederzubekommen. Andy gab es ihr zurück und sofort fing sie an zu wählen.

»Ich rufe einen Freund beim Fernsehen an und danach noch in meiner Redaktion, damit sie die Redaktionssitzung verschiebt. Das ist ein Hammer«, murmelte sie vor sich hin und blätterte dabei den Laborbericht durch.

»Hallo Kurt, Ilona hier. Ja können wir machen, aber jetzt hör mir zu, ich brauche fünf Minuten in deinen Neunzehn-Uhr-Nachrichten.«

Marion hörte den Rest des Gesprächs nicht mehr, und auch das darauf folgende Telefonat ging an ihr vorbei. Sie war auf dem Sofa sitzend an Andys Schulter eingeschlafen. Der trug sie in sein Bett, aus dem sie erst wieder am nächsten Mittag erwachte. Die letzten Stunden waren zu viel für die schwangere Frau gewesen. Andy, der sich Sorgen machte, rief seinen Arzt. Der kam vorbei und gab der schlafenden Marion eine Spritze, die sie für zwanzig Stunden schlafen ließ.

Die Stoll hatte alles in die Wege geleitet, um die Beweise

für Schumanns Tat in die Welt zu schicken. Bis zu den Neunzehn-Uhr-Nachrichten waren es aber noch gute zwei Stunden und die nutzte Schumann, obwohl er von den Beweisen gegen ihn nichts wusste.

Die Tür des dunklen, fensterlosen Verhörzimmers in der kleinen Glückstädter Polizeistation ging auf, und Schumann kam herein. Wilhelm hatte jedes Zeitgefühl verloren. War es früh am Morgen, Mittag, Abend?

»So, sieht man sich wieder, Kollege Klein. Ich glaube, ich sollte den Kollegen weglassen. Mit dieser Aktion haben Sie sich ins Abseits geschossen. Ihre Zukunft wird wohl in der Gutmütigkeit der Menschen liegen, die Ihnen etwas in ihre Mütze werfen, wenn Sie auf der Straße sitzen und um Almosen betteln. Ihren Job sind Sie los, und wenn Sie wieder aus dem Gefängnis kommen, wird Sie keiner mehr kennen und keiner wird mehr etwas mit Ihnen zu tun haben wollen. Oder, wie sehen Sie das, Herr Klein?«

Ich hatte keine Lust und keinen Nerv mich mit ihm auseinanderzusetzen.

»Sie werden wohl recht haben«, sagte ich nur.

»Aber aber, Sie werden jetzt doch nicht geläutert sein? Haben Sie endlich begriffen, dass Sie auf das falsche Pferd gesetzt haben? Ihr, wie Sie dachten, unschuldiger Täter, hat sich ja nun verabschiedet und die anderen beiden werden jetzt keinen Fürsprecher mehr haben und schnell merken, dass sie keine Chance mehr haben, außer ihre Tat zu gestehen. Wenn Ihr ehemaliger Kollege Görges wüsste, was er da für eine Kapazität herangezogen hat, würde er sich im Grab herumdrehen. Ach ja, er ist ja noch nicht mal beerdigt.«

Schumann lachte höhnisch. Er holte aus einem ledernen Zigarrenetui eine seiner Sumatras heraus, um sie anzustecken.

Ich kochte innerlich, versuchte jedoch die Fassung zu bewahren. Er blies eine dicke Rauchwolke in den Raum und setzte erneut an zu reden.

»Nicht nur, dass Sie sich selbst in diese Situation manövriert haben, nein, auch noch zwei vielversprechende junge Kollegen haben Sie gegen die Wand gefahren. Können Sie damit überhaupt noch leben? Ich würde mich schwer damit tun, aber Sie haben ja bewiesen, dass Sie über Leichen gehen. Oder sehen Sie es nicht so, dass das Ableben von diesem Schlick auf ihre Kappe geht?«

Er nahm wieder einen Zug von seiner Zigarre und blies den Rauch in Richtung der Lampe, die mitten im Raum hing.

»Wissen Sie eigentlich«, ich schaute auf Schumanns Zigarre, »dass man von solch einem Zigarrenstummel eine brauchbare DNA-Spur bekommen kann? Und wissen Sie, dass man an der Patrone aus dem Bolzenschussapparat eine DNA-Spur gefunden hat, die weder zu den drei Tatverdächtigen passt, noch sonst wohin?«

Wilhelm Klein, du bist so ein Idiot, jetzt hast du deinen größten Trumpf ausgespielt. Der Kater wird es zu nutzen wissen, dachte ich. Schumanns Gesichtsausdruck gab mir recht. Er schaute seine Zigarre an.

»Was so ein Zigarrenstummel nicht alles erzählt. Die Zeiten haben sich geändert. Sie ist schneller geworden. Es ist nicht mehr die Zeit, in der man sich auf seine Fähigkeiten verlassen konnte. In die Gedanken der Verbrecher muss man sich nicht mehr hineinversetzen. Ein Klick hier, ein Klick da, eine Analyse hier und eine Analyse da. Der Computer nimmt uns alles ab. Meine Zeit ist es nicht mehr. Zeit dafür, die Geschäfte abzugeben«, sagte er und verließ den Raum ohne ein weiteres Wort.

Ich saß da und konnte nicht fassen, dass ich so dumm gewesen war. Wo war er jetzt hin? Was hatte er vor? War der Kater jetzt zu allem fähig. Meine Gedanken wanderten zu

Marion. Ich konnte nur hoffen, dass sie in Sicherheit war. Aysel und Rüdiger, er hat recht, ich habe sie einfach in die Sache hineingezogen. Sicher haben sie mir immer ihre Loyalität zugesichert, aber wussten sie überhaupt, was sie taten? Ich hätte sie raushalten müssen. Ich bin der Ältere und Erfahrenere, ich bin schuld daran, dass sie nie wieder ihren Beruf ausüben werden, den sie mit so viel Freude und so viel Spaß gemacht hatten.

Jan, bin ich auch daran schuld? Dieser intelligente Junge, Philosophie wollte er studieren. Er wird nie wieder ein Buch lesen. Keinen Kant, keinen Schopenhauer wird er in einer Klausur beschreiben müssen.

Mach dir keine Vorwürfe, Wilhelm. Du hast alles richtig gemacht und es geht dir gut. Ich bin da, wo ich hinwollte. Ich sehe meinen Onkel, Hans und all die anderen, die, mit denen ich mich immer mal unterhalten wollte. Wenn du eines Tages kommst, wird ein Platz für dich frei sein und alle werden dich abholen von der anderen Seite des Regenbogens. Du bist ein Ritter, der an Artus Tafelrunde seinen Platz gehabt hätte. Bleib so, wie du bist und führe zu Ende was du begonnen hast!

Ob es ein Traum oder ein fehlgeleiteter Sinn war, konnte ich später nicht mehr sagen, aber ich war der festen Überzeugung, dass wie Hans nun auch Jan zu mir gesprochen hatte.

Die schlanke Gestalt saß gebeugt in der kleinen protestantischen Kirche in Borsfleth und hielt Zwiesprache mit seinem Vater.

»Es ist aus Vater. Sie wissen alles. Ich habe einen Fehler begangen.«

»Du Nichtsnutz, ich hätte es mir denken können, dass du es nicht fertigbringst, meine Arbeit weiterzuführen. Jetzt

musst du selber sehen wie du zurechtkommst. Ich hätte dich damals ertrinken lassen sollen.«

»Was soll ich tun, Vater?«

Der Vater antwortete ihr nicht mehr.

Dieser Klein war an allem Schuld. Er und seine Sippe muss büßen für das, was sie getan haben. Er wusste jetzt, was zu tun war. Er verließ die Kirche und ging in die gegenüberliegende Dorfgaststätte. Dort bestellte er sich ein Bier und einen Korn, beides trank er in einem Zug aus. Danach bestellte er sich das Gleiche noch mal. Als der Wirt ihm die Getränke brachte, bezahlte er und schaltete dabei sein Handy ein. Er tippte eine Nummer ein und wartete, bis der andere Gesprächsteilnehmer abhob. Nach fünf Minuten war das Gespräch beendet. Zufrieden verließ er die Gaststätte.

»Jetzt muss es schnell gehen«, murmelte die Gestalt vor sich hin, als sie in ein Polizeiauto einstieg.

Nach einer guten Stunde, in der ich einen Becher Automatenkaffee getrunken und zwei Zigaretten, die man mir freundlicherweise gebracht hatte, geraucht hatte, kam ein Beamter in Zivil in das Vernehmungszimmer und forderte mich auf, mit ihm mitzukommen.

»Wo gehen wir hin?«

»Sie werden überführt.«

»Wohin?«

»Dorthin, wo Sie hergekommen sind!«

»Was ist mit meinen Kollegen und den beiden Verdächtigen?«

»Darüber darf ich Ihnen keine Auskunft geben!«

Weiter fragen konnte ich nicht, denn der Kollege verschränkte meine Arme auf dem Rücken und fixierte sie mit einem paar Handschellen. Er drückte mit einer Hand gegen meine rechte Schulter. Für mich war das das Zeichen, mich in Bewegung zu setzen. Mit einer Hand auf meiner Schulter steuerte er mich durch das Gebäude hinaus auf den Hof, wo ein Fahrzeug auf uns wartete. Er legte eine Hand auf meinen Kopf und drückte mich sanft aber bestimmt auf die Rücksitzbank. Als ich meine Position eingenommen hatte, öffnete er eine Seite der Handschellen, aber nur um sie an eine extra für solche Zwecke angebrachte Halterung einzuklicken.

»Sollten Sie sich nicht benehmen, werde ich die andere Hand auch wieder fixieren.«

»Keine Angst Kollege, Sie werden keine Probleme mit mir haben«, sagte ich. Doch er reagiert nicht einmal und warf die Tür zu. Jetzt stand er draußen vor dem Fahrzeug und telefonierte. Kurze Zeit später kam der Kater aus dem Gebäude und ging auf meinen Aufpasser zu. Ein Handschlag, kurzer Small Talk, das war's. Der Kater öffnete die Beifahrertüre und setzte sich wortlos auf seinen Sitz. Der Aufpasser stieg an der Fahrerseite ein. Er ließ den Motor an. Wir setzten uns in Bewegung.

Ich drehte mich noch mal um und versuchte noch einen Blick auf das Backsteingebäude zu erhaschen. Ob ich es wohl jemals wiedersehen werde, schoss es mir durch den Kopf. Eigentlich konnte ich froh sein. Froh darüber, dass ich nicht mit Schumann allein zurückfahren musste. Er würde es fertigbringen und mich, wie die römischen Feldherren, die ihre Trophäen auf ihren Streitwagen hatten, als sie in Rom einfuhren, direkt vor unserem Polizeigebäude aus dem Wagen steigen zu lassen und mich dann, immer vor sich hertreibend, durch das Gebäude marschieren zu lassen. Die Kollegen würden mich mit Hohn und Spott begrüßen. Mit meinem Aufpasser an der Seite würde er es sich nicht trauen. Wahrscheinlich.

Draußen wurde es schon langsam dunkel und meine Gedanken wollten gerade wieder zu Andy und Marion wandern, als Schumann zu meinem Aufpasser sagte: »Fahren Sie bitte noch mal zur Elbe, ich habe sie noch nie bei Nacht gesehen.«

Der Aufpasser schaute ihn fragend an, es dauerte eine Weile bis er sich dann doch zu Wort meldete.

»Ich habe Anweisung, Sie und den Gefangenen auf direktem Weg zum Zielort zu bringen«, sagte der Aufpasser.

Schumann schrie ihn an.

»Fahren Sie zur Elbe oder ich werde dafür sorgen, dass Sie Ihre berufliche Karriere, sollten Sie danach noch eine haben, in einer Registratur in irgendeinem entlegenen Kuhnest an der polnischen Grenze beenden!«

Als das Gesicht des Aufpassers durch ein entgegenkommendes Auto kurz erhellt wurde, sah ich, wie angespannt der Mann war und nach kurzem Schweigen sagte er:

»Ist gut, ich nehme die nächste Ausfahrt.«

Was hat er denn jetzt vor? Wusste gar nicht, dass er so sentimental veranlagt war. Bei Nacht noch mal die Elbe sehen! Schumann schaltete das Radio ein und ließ klassische Musik laufen.

Der Aufpasser verließ die Autobahn und fuhr jetzt auf Straßen, die immer schmaler wurden, bis schließlich auch der Belag sich zum Schotter wandelte und wir auf einem Wanderparkplatz direkt an der Elbe hielten. Ein kleines Küstenfrachtschiff dümpelte an uns mit voller Beleuchtung vorbei. Der Aufpasser stellte den Motor ab und die Scheinwerfer gingen aus.

»Ich werde mir ein wenig die Beine vertreten und den Anblick genießen, kommen Sie mit Herr Klein?«

Ich überlegte kurz und dachte dann, dass es eventuell meine Lage verbessern könnte, wenn ich mit ihm ein paar Schritte ging.

»Ja, gerne, wenn Sie mich losmachen?«

Schumann schaute den Aufpasser an und sagte: »Würden Sie bitte die Handschellen abnehmen?«

Der Aufpasser wollte nicht noch mal die Erregung Schumanns spüren und stieg aus dem Auto, um mir die Handschellen abzunehmen.

Er öffnete meine Türe und suchte dann den Schlüssel in seiner Hosentasche. Als er ihn hatte, ging die Hand mit dem Schlüssel zu meinem fixierten Handgelenk. Kurz bevor der Schlüssel das Schloss erreichte, stoppte er und lauschte dem Sprecher des Radios, das immer noch lief.

»Baden-Württemberg: Bei dem Fall des ermordeten Polizisten im Raum Tübingen/Stuttgart sind neue Beweise sichergestellt worden. Diese wurden von der Polizei und der Staatsanwaltschaft bisher noch nicht bestätigt. Sollten sich die Beweise jedoch erhärten, so wäre der Vorgesetzte des toten Polizisten maßgeblich an dessen Ermordung beteiligt gewesen. Nach unseren Recherchen soll auch der ermittelnde Staatsanwalt in die Tat verstrickt sein.«

Ich blickte in die Augen des Aufpassers und sah die Verwunderung darin. Das war es dann aber auch schon, denn in der nächsten Sekunde wich das Leben aus seinen Augen. Wie vom Blitz getroffen, fiel er nach rückwärts aus dem Fahrzeug und blieb der Länge nach auf dem Rücken liegen. Wie aus einem kleinen Springbrunnen quoll Blut aus einem Loch zwischen seinen Augen. Ich warf den Kopf in Richtung Beifahrerseite und sah Schumann mit einer alten Parabellum 08 in der Hand an der Türe stehen.

»Die habe ich von meinem Vater bekommen. Er hat damit im Krieg über zwanzig Menschen umgebracht. Er war darauf nicht stolz, aber er hat immer gesagt: »Junge, was gemacht werden muss, muss gemacht werden. Ob es dir gefällt oder nicht, ist nicht entscheidend, nur auf das Ergebnis kommt es an und ob es der Sache dient!«

»Danach habe ich immer gelebt. Ich wurde dafür erzogen, alles zu tun, um Recht und Ordnung mit allen Mitteln zu verteidigen.«

Mir war sofort klar, dass er mich nicht lebend nach Hause bringen wollte. Das laufende Autoradio war dem Aufpasser zum Verhängnis geworden. Die Nachrichten hatten Schumanns Plan durcheinandergebracht. Sein eigentlicher Plan sah wohl vor, mich auf der Flucht zu erschießen, so hätte er sein Lügengerüst weiter aufrechterhalten können. Von manipulierten Beweisen wäre dann die Rede gewesen und Schumann hätte sie wieder alle um den Finger gewickelt. Ich war total entspannt, egal was jetzt passieren würde, er konnte sich nicht mehr aus der Affäre ziehen. Hatten es doch Marion und Andy tatsächlich geschafft, die Kugel ins Rollen zu bringen. Wir hatten Hans' Mörder gestellt und somit die Welt wieder ein wenig zurechtgerückt. Ich hatte neue, liebe und großartige Menschen kennengelernt. Habe erfahren, was Freundschaft heißt und wie wichtig wahre Freunde sind. Freunde, die sich nicht scheuen, die Meinung zu sagen und mit der Wahrheit und nichts als der Wahrheit umgehen. Auch wusste ich, wenn ich jetzt gehen müsste, dass ich weiter leben würde in den Gedanken und Erinnerungen der Menschen, die ich kannte und im Herzen meines ungeborenen Kindes.

Jetzt erst nahm ich wahr, dass das Radio immer noch lief und die Nachrichten eben zu Ende waren. Der Radiosprecher, der offensichtlich einen Nachtdienst hatte, meldete sich wieder:

»Für alle, die jetzt dort draußen in der Nacht sind und nicht zu Hause, hat NDR 2 und unsere Ina Müller ein paar Worte für euch. »Nees in ´n Wind«, von Ina Müller.«

Das passte, die Nase in den Wind halten, das hatte ich in den letzten Tagen mehr als genug getan.

»Herr Klein, öffnen Sie bitte Ihre Handschelle und steigen Sie langsam aus dem Fahrzeug«, sagte Schumann und warf mir den Schlüssel zu, den er eben aus der Hand des toten Aufpassers geholt hatte. Ich tat es ohne Umschweife.

»Lassen Sie uns ein paar Schritte an der Elbe entlanggehen. Ich finde, das ist der richtige Ort um große Dinge zu tun, meinen Sie nicht auch?«

Ich blieb stehen, drehte mich zu ihm um und schaute ihn an.

»Herr Schumann, ich weiß, dass jetzt die Zeit gekommen ist, in der man keine großen Pläne mehr machen braucht. Aber bevor es so weit ist, hätte ich schon gerne gewusst, warum mein Freund und Vorgesetzter Hans Görges sterben musste. Und wie haben Sie es geschafft, eine Patrone in den Bolzenschussapparat einzulegen?«

In seinem Gesicht konnte man lesen, dass er sich darüber freute, dass wir doch nicht alles wussten. Dass es immer noch Ungereimtheiten gab.

»Die Patrone, die hat mir ja dann wohl auch das Genick gebrochen. Aber sei es drum, ihren Zweck hat sie ja nun erfüllt. Nachdem ich wusste, dass es Herr Görges nicht verdient hatte, mein Nachfolger zu werden …«

»Ihr Nachfolger?«

»Langsam, Herr Klein, Sie haben immer noch nicht gelernt, zu warten. Noch mal von vorn und diesmal keine Unterbrechung. Herr Görges war nicht der Richtige und so musste er weichen. Also musste ich einen Weg finden, ihn aus dem Weg zu räumen. Ich begann, ihn zu beschatten und stellte fest, dass diese jungen Leute genau das richtige Klientel waren, um es ihnen in die Schuhe zu schieben. Es war so einfach, sie zu verfolgen und zu beobachten. Sie waren zu sehr mit sich selber beschäftigt. Nach kürzester Zeit hatte ich sämtliche Orte, an denen sie probten, kennengelernt. Auch ihr Theaterstück, das sie da spielten, könnte ich ihnen jetzt noch aufsagen. Ich wusste, wann der Bolzenschussapparat zum Einsatz kam. Ich wusste, dass sie gemeinsam vor dem Auftritt kontrollierten, ob er geladen war. Ich wusste, dass sie ihn danach nicht mehr kontrollierten. Es musste nur noch der richtige Ort gefunden werden, an dem ich unerkannt hinter die Bühne gelangen konnte, um den Bolzenschussapparat zu laden. Auch das war dann schnell geklärt. Sie haben ja den Tatort besichtigt, vielleicht ist Ihnen dabei aufgefallen, dass hinter der Bühne eine Tür ist, die in einen Lagerraum führt. Dort gibt es ein Fenster, das sich nicht schließen lässt. Durch dieses bin ich eingestiegen, hab dann hinter der Türe gewartet, bis alle vier auf der Bühne waren. Ich wusste, dass ich jetzt genügend Zeit hatte, den Apparat zu laden. Als ich dies getan hatte, habe ich wieder hinter der Türe gewartet, bis es zu der Szene kam, bei der der Apparat eingesetzt wurde. Da der Knall über ein Tonband simuliert wurde, musste ich erst eine kurze Zeit warten, bis ich die Hartmann hab schreien hören. Sie haben genauso reagiert, wie ich es erwartet hatte. Sofort haben sie versucht die Tat zu vertuschen und somit machten sie sich verdächtig. Nicht wahr, Herr Klein?«

»Für kurze Zeit hatte ich das Gefühl, die Täter zu haben, dann gab es aber einige Situationen und Dinge, die mich zweifeln ließen«, sagte ich.

»Zu Ihrer ersten Frage, warum Herr Görges sterben musste. Nun, er sollte mein Nachfolger werden und somit mein Werk fortsetzen. Ein Werk, das ich von meinem Vater übernommen habe. Ein Werk, für das ich gelebt habe. Ein Werk, für das ich gelebt und viele Entbehrungen in Kauf genommen habe. Ich sah meinen Sohn nicht aufwachsen, konnte ihm kein Vater sein, heute reden wir nicht mehr miteinander. Er meldet sich nicht, ich weiß nicht, wo er ist, was er macht. Meinen Enkel habe ich noch nie gesehen. Ich habe nicht einmal ein Foto von ihm. Als meine Frau, die immer für mich da war und mich immer unterstützt hat, die ich nie klagen hörte, nie unglücklich gesehen habe, starb, war sie allein, einen halben Tag lag sie allein in der Wohnung, bis sie starb. Ich war in Wiesbaden auf einer Tagung, und als ich nach Hause kam, lag sie im Wohnzimmer auf dem Boden und war an einem Schlaganfall verstorben. Trotzdem machte ich weiter für die Sache. Als ich dann versuchte, mit ihrem ehemaligen Vorgesetzten in Kontakt zu treten, um eine nähere Beziehung aufzubauen, merkte ich schnell, dass er der Falsche war für die Stelle. Ich unterrichtete meinen Vorgesetzten darüber und versuchte ihm klarzumachen, dass wir einen anderen Kandidaten benötigten. Leider wollte er davon nichts hören. So versuchte ich noch mal ihren Kollegen auf meinen Kurs einzuschwören, aber ohne Erfolg. Er wollte mein Werk nicht fortsetzen. Das konnte ich nicht zulassen, es konnte doch nicht sein, dass alle Opfer, und alle Qualen, die ich gebracht hatte, umsonst gewesen waren. Er musste sterben. Leider habe ich nicht mit seinem Schüler gerechnet. Sie haben nicht aufgegeben. Jetzt sind Sie es, der mein Werk zerstören wird. Nun kann ich nicht mehr, und ich werde die Bühne verlassen, aber nicht ohne Sie mitzunehmen. Er hob den rechten Arm, in der er die alte Pistole seines Vaters hielt.

»Halt«, rief ich, »noch eine Frage.«

Er ließ die Waffe wieder sinken.

»Na, dann, was wollen Sie noch wissen?«

»Welche Rolle spielt Dr. Häberle?«

Ein Schmunzeln ging über seine Lippen.

»Der Erwin hat mir gute Dienste geleistet. Er besorgte die Akten von Jan Schlick und Frank Fausser und manipulierte sie auch.«

»Warum hat er das gemacht, warum hat er Ihr Spiel mitgespielt?«

»Er stand in meiner Schuld. Ich habe ihm vor langer Zeit den Kopf gerettet. Er war damals ein junger Referendar und stand kurz vor dem zweiten Staatsexamen. Er war in einer Burschenschaft und dort ging es damals wie heute sehr hoch her. Es wurde gesoffen bis zur Bewusstlosigkeit. Nach einer solchen Veranstaltung musste er unbedingt noch mit dem

Auto fahren und da passierte es. Mitten in der Nacht war ihm ein Mann in seinen Wagen gelaufen und war sofort tot. Ich kam damals vom Dienst, war auf dem Weg nach Hause. Ich kam wie durch Zufall an der Unfallstelle vorbei. Als ich ausgestiegen war, sah ich sofort, dass der Mann tot war. Ich kannte ihn, ein Nichtsnutz, Rumtreiber und Kleinkrimineller. Mindestens einmal im Monat wurden wir von seiner Frau gerufen, weil er sie wieder grün und blau geschlagen hatte. Erwin stand bei ihm und sagte immer wieder, dass er doch aufstehen solle und er auch für den Schaden aufkommen würde, wenn nur die Polizei aus dem Spiel bliebe. Als er mich sah, sagte er, dass ich nicht die Polizei rufen solle. Er könne sonst seine Zukunft an den Nagel hängen, wolle er doch Staatsanwalt werden. Um den ist es sowieso nicht schade, sagte ich und begann den Toten von der Straße zu schleifen. Kannst du mir vielleicht mal helfen, fragte ich und er antwortete, was haben Sie vor. Na, was wohl, ihn aus dem Weg räumen.

Wir luden ihn in Erwins Kofferraum und fuhren nach Kirchentellinsfurt, um ihn dort im Baggersee zu versenken. Dort liegt er wohl noch heute auf dem Grund. Wir trafen uns am nächsten Tag in seiner Studentenbude. Als er erfuhr, dass ich Streifenpolizist bin, fiel er aus allen Wolken. Wir haben uns auf Anhieb verstanden und haben uns immer wieder gegenseitig den einen oder anderen Gefallen getan. Die letzten Jahre jedoch wurde er weich und ihn plagte das schlechte Gewissen. Hart war er nie, der Häberle Erwin.«

Er hob seine Pistole wieder hoch und zielte auf meinen Kopf. Das war es also. Das war also mein Ende, hier, an der Elbe bei Hamburg in der Nacht. Ich suchte noch nach einem schönen Bild in dieser dunklen Szenerie. Ich dachte, das Letzte, was du siehst, müsste etwas Schönes sein. Der Blick fiel auf einen kleinen Fischkutter, der mit eingeschalteten Positionslichtern die Elbe abwärtsfuhr. War morgen nicht Sonntag? Vielleicht fuhr er ja in den Hafen, um in aller Herrgottsfrüh seinen Fisch an die Marktbesucher zu verkaufen. Ich beschloss, dass es ein schöneres Bild nicht geben kann, und verfolgte ihn mit meinem Blick. Tausende und Abertausende Gedanke schossen mir mit einem Mal durch den Kopf. Hunderte von Freunden, Bekannten und Verwandten waren plötzlich bei mir und mein alter Pfarrer aus dem Konfirmationsunterricht kam auf mich zu und sagte: »Selig sind, die da Leid tragen; denn sie sollen getröstet werden. Selig sind die Sanftmütigen; denn sie werden das Erdreich besitzen. Selig sind, die da hungert und dürstet nach der Gerechtigkeit, denn sie sollen satt werden.«

Ich sank auf meine Knie, um den Worten meines Pfarrers weiter zu lauschen und schloss die Augen.

»Selig sind die Barmherzigen, denn sie werden Barmherzigkeit erlangen. Selig sind, die um Gerechtigkeit willen verfolgt werden. Denn das Himmelreich ist ihr.«

Jetzt fiel der Schuss, ich war tot! Es dauerte ein wenig, bis ich wieder zu mir kam und mein Gehör nach dem lauten Knall wieder zurückkam, doch dann hörte ich Schritte. Das werden sie sein, alle meine Freunde, die schon vor mir diesen Weg gegangen waren, jetzt kommen sie und holen mich ab. Doch nachdem ich die Geräusche der Schritte genauer vernehmen konnte, kam ich zu dem Entschluss, dass es nur ein paar Beine sein konnten, die auf mich zukamen. Enttäuscht öffnete ich meine Augen. Wer da auf mich zukam, war Brinkmann in Latzhose und Gummistiefeln. Wortlos starrte ich ihn an.

»Komm Jung, komm auf die Beine«, sagte er und half mir hoch.

Ich stand auf und im Hochgehen sah ich Schumann auf dem Boden liegen.

»Was ist mit ihm?«, fragte ich Brinkmann und zeigte dabei mit der Hand auf Schumann.

»Der is man übern Jordan.«

Aus der Ferne hörte man Polizeisirenen. Blaulichter kamen auf uns zu.

»Komm man mit Jung, det geit gleich richtig los hier.«

Er legte seinen Arm um meine Schulter und wir gingen auf die heranbrausenden Polizeiautos zu. Er langte in seine linke Kitteltasche, holte eine alte Tabakspfeife heraus und steckte sie sich an.

»Du, Wilhelm, darf ich dich mal was fragen, ich darf doch Wilhelm sagen?«, fragte er und blies den Rauch genüsslich aus seinem Mund.

»Sicher, entgegnete ich ihm, wenn du mir noch mal sagst, wie du heißt.«

»Ich bin der Johann«, sagte er und streckte mir seine Hand hin.

»Was willst du mich denn fragen, Johann?«

»Sind bei euch da unten alle so verrückt?«

»Wie meinst du das?«

»Na, dein Chef, dieser Rüdiger, die lütte Dirn, der spacke Jung und du, ihr habt doch alle ein bisschen was an der Frikadelle.«

»Nein, Johann, mach dir da keine Sorgen, die anderen sind nicht so.«

»Dann will ich das mal so hinnehmen«, kommentierte er.

»Warum bist du eigentlich hier?«, fragte ich nun.

»Weil mir dieser Schumann von Anfang an nicht koscher war. Also habe ich gedacht, dass ich mich ein wenig auf die Lauer lege. Als meine Kollegen mir mitteilten, dass du alleine überführt werden solltest, wollte ich sehen, ob das alles mit rechten Dingen zugeht. Wenn ihr noch zwei Ausfahrten weitergefahren wärt, hätte ich umgedreht. Als ihr dann aber hier abgebogen seid, hab ich mir gedacht, Johann, hier stimmt etwas nicht. Leider konnte ich nicht früher da sein, weil ich mein Auto weiter vorn abgestellt habe und zu Fuß hier hergelaufen bin. Als dann der Schuss fiel, hab ich mich erst mal in die Büsche geschlagen, um mich dann vorsichtig anzuschleichen. Wie ich dich dann da auf den Knien sah und deinen Chef vor dir mit der Pistole, blieb keine Zeit mehr zum Nachdenken. Als ich dann rief, ›Waffe weg!‹, reagierte er nicht. Tja, da hab ich dann geschossen.«

»Johann, dich hat der Himmel geschickt. Du hättest bei deinen Kühen im Stall bleiben können. Hättest dir einen schönen Abend mit deiner Familie machen können. Stattdessen fährst du uns hinterher und bringst dich in Lebensgefahr. Du bist ein guter Mensch und ein Polizist, wie man ihn sich nur wünschen kann.«

»Ach Wilhelm, in zwei Monaten werde ich pensioniert. Als Dorfbüttel hat man nun nicht unbedingt einen abenteuerlichen Beruf. Da hab ich eben die Chance genutzt, ein letztes großes Abenteuer in meinem Leben zu erleben. Ich habe dir zu danken, dass du mir dies ermöglicht hast.«

Er klopfte mir auf die Schulter, schob mich in Richtung der Polizeifahrzeuge, aus denen schon die Kollegen ausstiegen.

»Dann man tau, min Jung, und achte darauf, dass du immer eine Handbreit Wasser unterm Kiel hast, denn das nächste Mal werde ich nicht da sein.« In seinem Gesicht lag ein Stück Wehmut, als er sich umdrehte und davonstapfte in seiner Latzhose, seinen Gummistiefeln und mit seiner rauchenden Pfeife. Ich sollte in nie wiedersehen. Zwei Tage später fand ihn seine Frau in seinem Sessel. Mit der Pfeife in der Hand und seiner Latzhose an den Beinen war er eingeschlafen mit einem Lächeln im Gesicht. Ich werde ihn nie vergessen, und immer wenn Ina Müller ihren Song »Min Johann« aus dem Radio dudelt, bekomme ich Sehnsucht nach diesem Jan Fedder-Verschnitt.

Epilog

»Gibst du mir mal den Rotwein?«

»Bitte schön, Rüdiger.«

»Dankeschön, Marion.«

Im Weinladen von Dieter Holzner hatten sich alle eingefunden um Hans Görges Abschied zu feiern. Dieter hatte den Wein kostenlos zu Verfügung gestellt, den Hans gerne getrunken hatte. Er hatte aber zur Auflage gemacht, dass man erst die drei Kisten Colombard leeren sollte, die Hans noch bestellt hatte und nicht mehr abholen konnte. Die anwesenden Gäste taten dies gerne. Andy hatte eine Siebträgermaschine aufgestellt und den Kaffee dazu gesponsert. Marcel hatte sich bereit erklärt, diese zu bedienen und Irina wollte unbedingt ihren Teil dazu beitragen und bediente die Gäste.

Es gab viel Brot, Oliven und Käse dazu, die irgendwie plötzlich da waren. Dieter spielte das eine oder andere Lied auf seiner Gitarre und an dem alten Klavier saß der kleine Sven und begleitete ihn. Somit hatte Sven nun auch seinen Teil unseres Deals, den wir vor einiger Zeit an der Kellertreppe ausgemacht hatten, erfüllt. Dazwischen lief immer wieder Musik, die das Leben von Hans begleitet hatte.

Heike hatte lange gebraucht und sehr mit sich gehadert, bis sie ihr Kommen zugesichert hatte. Es gab noch viele Tränen mit ihrem Sven und einige Nächte, in denen Marion, Aysel und Heike zusammensaßen und redeten. Am Schluss überwiegte jedoch die Freude darüber, dass er seinen Papa kennengelernt hatte. Seiner Mutter hatte er schnell verziehen, nur musste sie nun jeden Abend statt der üblichen erfundenen Kurzgeschichte etwas über seinen Papa erzählen.

In einer Ecke des Ladens lehnten Aysel und Andy an einem Pfeiler und unterhielten sich leise. Ab und zu kam dann mal ein leises Kichern aus Aysels Mund und sie senkte verstohlen ihren Blick.

Rüdiger ging, nachdem sein Glas wieder mit Rotwein gefüllt war, vor die Türe, wo Lotte, die Psychologin mit der rauchigen Stimme, gerade eine Zigarette rauchte. Sie war die Erste gewesen, die er anrief, nachdem er von den Kollegen in Hamburg – dorthin hatten ihn die Kollegen des SEK gebracht – auf freien Fuß gesetzt wurde. Er und Aysel wurden ohne irgendwelche Tadel wieder in Dienst gestellt und erhielten zusammen mit Wilhelm eine Auszeichnung des Innenministeriums für besondere Leistungen im Dienst. In dieser Begründung stand unter anderem: »... haben Sie ohne Rücksicht auf Ihre eigene Zukunft sowie Ihr Leib und Leben Ihren Dienst aufs Außergewöhnlichste versehen und so Schaden für Recht, Freiheit und Demokratie der Bundesrepublik Deutschland abgewendet!«

Alle Kollegen, die Schumann eingewickelt hatte in sein Lügengeflecht, entschuldigten sich bei den Dreien. In der Wirtschaft ist es gang und gäbe, dass Mitarbeiter von ihren Chefs angelogen und hinters Licht geführt werden. Bei der Polizei ist es eines der obersten Gebote, dass sich alle aufeinander verlassen können. Um das zu garantieren, ist die Wahrheit, ein, wenn nicht sogar der wichtigste Faktor. Aus diesem Grund hatten fast alle geglaubt, was der Kater erzählt und angeordnet hatte. Ihre Kollegen hatten nach Recht und Glauben gehandelt. Deshalb waren sie keinem von ihnen böse. Schumann selber hatte in seiner Jackentasche einen Abschiedsbrief gehabt, in dem er seine Tat nochmals beschrieb. Es stand aber auch dabei.

»... so ist das Ableben des Kollegen Görges unausweichlich gewesen, um den Kampf gegen das Verbrechen konstant voranzutreiben. Eine Übernahme meines Amtes durch eben jenen Kollegen Görges hätte eine ungeahnte Auswirkung im

System gehabt. Der Kampf gegen das Verbrechen muss mit allen Mitteln fortgeführt werden.«

Warum er sich schlussendlich das Leben nehmen wollte, nachdem er Wilhelm Klein aus dem Weg geräumt hatte, stand nicht in dem Brief. So kann man nur Vermutungen anstellen. Vielleicht wollte er sich selber richten, da die Rechtsprechung keine Todesstrafe vorsieht und er seiner Ansicht nach im Gefängnis nichts zu suchen hatte. Vielleicht, wollte er aber auch seinem Vater beweisen, dass er nicht der Nichtsnutz war, für den der ihn immer hielt. In einem späteren psychologischen Gutachten wurde erkennbar, dass er unter einer extremen Form von Schizophrenie gelitten hatte, ausgelöst durch eine posttraumatische Belastungsstörung in seiner Kindheit. Als bei der Durchsuchung seines Hauses mehrere Tagebücher aus seiner Kindheit und Jugend gefunden wurden, war vielen klar, was für eine grausame Kindheit, Karl Schumann durchlaufen hatte.

Wie auch immer, lassen wir hier unserer Fantasie freien Lauf, denn es wird wohl nie ganz geklärt werden können, warum er all diese Verbrechen verübte. Zu erwähnen wäre vielleicht noch, dass Dr. Häberle, nachdem er ein volles Geständnis abgelegt und drei Tage in Untersuchungshaft gesessen hatte, in die geschlossene Psychiatrie eingewiesen wurde. Er hatte den Verstand verloren. Der jahrelange Druck, den Schumann auf ihn ausgeübt hatte, zeigte nun seine Wirkung. Er gestand Verbrechen, die er gar nicht begangen haben konnte, wie die Morde an den Prostituierten in London zu Zeiten des Jack the Ripper. Am Anfang waren die Ermittler sprachlos und geradezu erleichtert darüber, wie viele Verbrechen sich auf einmal aufklärten. Häberle gestand sämtliche Verbrechen, die in seiner Amtszeit über seinen Tisch gewandert und unaufgeklärt zu den Akten gekommen waren. Erst am zweiten Tag merkten sie, dass es eben jene waren, die er ohne Erfolg bearbeitet hatte. Schnell fanden sie heraus, dass er bei einigen zur Tatzeit im Urlaub auf einer Fortbildung oder krank gewesen war. Als sie ihn dann fragten, ob er auch für eben jene Morde des Jack the Ripper verantwortlich sei und er sagte: »Ja und ich bin froh, dass ich endlich mit jemandem darüber reden kann«, brachen sie das Verhör ab und holten einen Psychologen, der ihn umgehend einweisen ließ.

»Ich habe gehört, sie haben Ihr Fahrzeug zur Verfügung gestellt, damit die vier nach, wie hieß dieses Dorf doch gleich wieder?«

»Borsfleth heißt das Dorf, Frau Stoll«, sagte Markus und verdrehte dabei die Augen.

»Wir würden jederzeit wieder mit deinem Auto fahren«, meldeten Frank und Frauke sich zu Wort.

»Wäre der Anlass dieser Reise nicht so ernst gewesen, es hätte der Anfang eines wunderschönen Urlaubes werden können. Du glaubst gar nicht, wie wir uns freuten, als wir die Kaffeemaschine entdeckten«, sagte Frauke.

»Ist denn alles wieder repariert?«, wollte Frank wissen.

»Nur vom Feinsten, mit einer Komplettüberholung von Motor und Karosserie habe ich meinen Bus wiederbekommen. Wenn Wilhelm ihn jetzt wieder haben will, dann muss mindestens ein neues Getriebe rausspringen«, feixte Markus und hob sein Glas in die Richtung von Wilhelm.

»Schön für die beiden, dass sie wieder auf freiem Fuß sind«, sagte Marion zu Wilhelm und schaute dabei zu Frank und Frauke.

»Ja, finde ich auch, und schön ist auch, dass die Klage wegen Körperverletzung mit Todesfolge gegen die beiden fallen gelassen wurde. Sie können neu anfangen.«

»Und du, mein Liebster, hast du dich schon entschieden?«

»Ich weiß es nicht, es ist zu viel passiert, als dass ich einfach wieder zur Tagesordnung übergehen könnte«, sagte Wilhelm und schaute auf die drei großen Fotografien, die an der Stelle, wo sonst die teuren Bordeaux-Weine standen, aufgestellt waren. Links war ein Bild von Jan, in der Mitte eins von Hans und rechts davon ein Foto von Johann Brinkmann. Allen dreien wollte man heute gedenken.

»Du musst wissen, was du tust. Ich bin froh, dass du wieder da bist, und stehe hinter dir, egal, wie du dich entscheidest.«

»Danke Marion, deshalb liebe ich dich so«, sagte Wilhelm und küsste seine Marion. Nur sie wusste, dass er seit Tagen einen Brief mit sich herumtrug mit der Bitte, ihn aus dem Polizeidienst zu entlassen.

Ich möchte mich bedanken …

… bei meinem guten Freund und größten Kritiker Daniel Braunschweiger, der mit großem Sachverstand das Buch gelesen und sein Urteil darüber gefällt hat.

… bei Christina Rambacher, die obwohl in diesem Buch so viel geraucht und gesoffen wird, es mit buddhistischer Demut zu Ende gelesen hat und mir danach eine objektive Kritik hat zukommen lassen.

… bei Markus Niethammer, der das schöne Titelfoto gemacht hat und dabei fast seinen Generator geschrottet hätte.

… bei Marcel Winkler, Andreas Panne und Dieter Holzner, deren Namen und Räumlichkeiten ich in dem Buch verwenden durfte und es darum so lebendig wurde.

… bei meinem Lektor Bernd Weiler, den ich mit meinen kleinen sies wo eigentlich große Sies hätten stehen sollen und meinen durcheinander gewirbelten Zeiten fast zum Wahnsinn getrieben habe.

… beim Verlag Oertel & Spörer, der dieses Buch ermöglichte.

… bei meinem Sohn Ragnar für das Porträtfoto, bei dessen Aufnahme wir so viel Spaß hatten.

… bei meiner Familie, die immer für einander da ist und auf die man sich verlassen kann.

… bei meiner lieben Frau Silke. Ohne Dich würde es dieses Buch nicht geben!